Stendhal

Armance
oder
Szenen aus einem Pariser Salon des Jahres 1827

Übersetzung von Frank Miething

Nachwort von Ulrich Mölk

Philipp Reclam jun. Stuttgart

Französischer Originaltitel:
Armance ou quelques scènes d'un salon de Paris en 1827

Der Übersetzung liegt die Ausgabe zugrunde:
Stendhal: Romans et nouvelles. Vol. 1. Texte établi et annoté par Henri Martineau. Paris: Gallimard, 1952. (Bibliothèque de la Pléiade.)

Universal-Bibliothek Nr. 5090

Gesamtherstellung: Reclam, Ditzingen. Printed in Germany 1991

ISBN 3-15-005090-1

Armance

Vorwort

Eine Frau von Geist, die sich in Fragen literarischer Qualität ihres Urteils nicht sicher ist, hat mich, unwürdig wie ich bin, gebeten, den Stil dieses Romans zu verbessern. Ich bin weit davon entfernt, gewisse politische Ansichten, die der Erzählung offensichtlich beigemischt sind, zu teilen; es ist mir ein Anliegen, dem Leser dies zu sagen. Die liebenswürdige Verfasserin und ich denken über viele Dinge sehr gegensätzlich; was uns aber verbindet, ist der Abscheu vor dem, was man Bezüge nennt. Man hat in London sehr anzügliche Romane verfaßt: *Vivian Grey*, *Almak's High Life*, *Matilda*[1] etc., für die man einen *Schlüssel* braucht. Es sind sehr witzige Karikaturen von Personen, die der Zufall ihrer Geburt oder das Glück des Reichtums in Positionen gebracht hat, um die man sie beneidet.

Genau diese Art literarischen Verdienstes erstreben wir nicht. Die Verfasserin hat den Palast der Tuilerien und dessen erste Etage seit 1814 nicht mehr betreten; ihr Stolz geht so weit, daß sie nicht einmal die Namen derer kennt, die in einer bestimmten Gesellschaft von sich reden machen.

Dagegen läßt sie Industrielle und Privilegierte auftreten, die sie satirisch zeichnet. Wollte man die Tauben, die auf den Wipfeln der großen Bäume seufzen, fragen, was sie vom Garten der Tuilerien halten, so würden sie antworten: »Das ist eine riesige grüne Ebene, auf der man vom hellsten Licht beschienen wird.« Wir, die Spaziergänger, würden dagegen sagen: »eine herrliche, schattige Promenade, auf der man vor der Hitze und vor allem vor dem grellen Licht des Sommers geschützt ist«.

So wird dieselbe Sache von jedem, entsprechend seiner Lage, anders beurteilt; auf ebenso entgegengesetzte Art sprechen Leute, die gleichermaßen achtbar sind, aber verschiedene Wege gehen wollen, uns das Glück zu bescheren, über den gegenwärtigen Zustand der Gesellschaft. Dabei bietet jeder der Gegenpartei Anlaß zum Spott.

Würden Sie die mißgünstigen und falschen Beschreibungen, die jede Partei von den Salons der Gegenpartei abgibt, auf eine boshafte Geisteshaltung des Autors zurückführen? Würden Sie verlangen, daß leidenschaftliche Menschen durch abgeklärte Philosophen ersetzt werden, d. h. daß sie keine Leidenschaften kennen? Im Jahre 1760 erforderte es Anmut, Geist und nicht zu viele Launen noch zuviel Ehrbarkeit – wie der Regent sagte –, die Gunst des Herrn und der Herrin zu erlangen.

Dagegen erfordert es Sparsamkeit, beharrliche Arbeit, Solidität und einen von jeder Illusion freien Kopf, aus der Dampfmaschine Nutzen zu ziehen. Darin unterscheidet sich das Jahrhundert, das 1789 endete, von dem, welches um 1815 begann.

Napoleon sang auf dem Wege nach Rußland ständig diese Worte vor sich hin, die er von Porto (in der *Molinara*) so gut hatte vortragen hören:[2]

> Si batte nel mi cuore
> L'inchiostro e la farina.*

Das könnten sich auch viele junge Leute sagen, die gleichzeitig von Stand und mit Verstand begabt sind.

So haben wir, indem wir von unserem Jahrhundert sprachen, schon zwei der Hauptpersonen der folgenden Novelle charakterisiert. Es finden sich darin kaum zwanzig Seiten, die Gefahr laufen, satirisch zu klingen. Die Verfasserin will etwas ganz anderes; aber dieses Jahrhundert ist düster, übellaunig und unberechenbar, man muß sich vor ihm in acht nehmen, selbst wenn man nur eine Broschüre veröffentlicht, die, wie die besten ihrer Sorte (ich habe es der Verfasserin bereits gesagt), in spätestens sechs Monaten vergessen sein wird.

Bis es soweit ist, erheischen wir ein wenig von derselben Nachsicht, wie sie den Autoren der Komödie von den *Trois Quartiers* gewährt wurde.[4] Sie hielten dem Publikum einen Spiegel vor; ist es ihre Schuld, wenn häßliche Menschen vor

* Soll ich Müller oder Notar werden?[3]

ihm entlanggegangen sind? Auf wessen Seite steht ein Spiegel?[5]

Man wird am Stil dieses Romans einige naive Redeweisen bemerken, die ich nicht abzuändern wagte. Nichts finde ich ärgerlicher als deutsch-romantische Emphase. Die Verfasserin sagte: »Ein zu angestrengtes Suchen nach gehobenen Wendungen erzeugt schließlich zugleich Bewunderung und Langeweile. Ihretwegen liest man gern eine Seite, aber diese bezaubernde Geziertheit läßt uns das Buch am Ende des Kapitels schließen, und wir wollten doch, daß man ich weiß nicht wie viele Kapitel läse. Lassen Sie mir also meine bäuerliche, oder bürgerliche, Einfachheit.«

Freilich wäre die Verfasserin untröstlich, wenn ich ihren Stil tatsächlich für *bürgerlich* hielte. Dieses Herz beherbergt unendlich viel Stolz. Es gehört einer Frau, die sich um zehn Jahre gealtert fühlte, erführe man ihren Namen. Bei einem solchen Thema ...

Stendhal

St. Gingouf[6], den 23. Juli 1827

Armance
oder
Szenen aus einem Pariser Salon des Jahres 1827

I

Octave war eben zwanzig Jahre alt und hatte das Polytechnikum gerade abgeschlossen. Sein Vater, der Marquis de Malivert, wünschte seinen einzigen Sohn in Paris zu behalten. Sobald Octave sah, daß dieser Wunsch seines Vaters, den er verehrte, und seiner Mutter, die er mit einer Art Leidenschaft liebte, unabänderlich war, verzichtete er auf sein Vorhaben, in die Artillerie einzutreten. Er hätte gern einige Jahre lang in einem Regiment gedient und dann, bis zum nächsten Krieg, seinen Abschied genommen; es wäre ihm ziemlich gleichgültig gewesen, ob er daran als Leutnant oder im Rang eines Obersten teilnahm. Dies ist ein Beispiel für sein absonderliches Wesen, mit dem er sich bei gewöhnlichen Menschen verhaßt machte.

Scharfsinn, hoher Wuchs, vornehme Manieren und große, schwarze, einzig schöne Augen hätten Octave seinen Platz unter den angesehensten jungen Männern der Gesellschaft angewiesen, wenn nicht etwas Finsteres, das in seinen so sanften Augen lag, mehr zum Mitleid als zum Neid Anlaß gegeben hätte. Seine Worte hätten sicher Eindruck gemacht, wenn er nur das Wort hätte ergreifen wollen; aber Octave wollte gar nichts, nichts schien ihm Kummer, nichts Freude zu bereiten. Nachdem er in seiner frühesten Jugend häufig krank gewesen war, sah man ihn, seit er Kräfte und Gesundheit wiedergewonnen hatte, sich stets ohne Schwanken dem unterwerfen, was die Pflicht ihm zu diktieren schien. Ohne diese Stimme der Pflicht hätte es für Octave allem Anschein nach überhaupt kein Motiv zum Handeln gegeben. Vielleicht war, tief im Herzen dieses jungen Mannes, irgendein sonderbarer Grundsatz verankert, der zu den Ereignissen des wirklichen Lebens – wie sie sich unter seinen Augen abspielten – im Widerspruch stand und der ihn dazu brachte, sich sein weiteres Leben und seine Beziehungen zu den Menschen in allzu düsteren Farbtönen auszumalen. Was auch der Grund seiner tiefen Melancholie sein mochte: Octave wirkte vorzeitig wie ein Menschenfeind. Eines Tages sagte der Kommandeur de Soubirane, sein Onkel, in seinem Beisein, er sei über diese Eigenschaft entsetzt. »Warum sollte ich mich anders geben als ich bin?« entgegnete Octave ihm kalt. »Ihr Neffe wird sich immer auf der Linie der Vernunft bewegen.« – »Aber nie auch nur einmal diesseits oder jenseits davon«, fuhr der Kommandeur mit der ihm eigenen provenzalischen Heftigkeit fort, »woraus ich schließe, daß du, wenn du nicht der von den Juden erwartete Messias bist, Luzifer in Person sein mußt, der eigens zu dem Zweck, mir Kopfschmerzen zu bereiten, in die Welt gekommen ist. Wer zum Teufel bist du? Ich kann dich nicht verstehen; du bist die Pflicht in Person.« – »Wie glücklich wäre ich doch, wenn ich nie von ihr abwiche«, sagte Octave, »und wie gerne würde ich dem Schöpfer meine Seele so rein zurückgeben, wie ich sie von ihm erhalten habe!« – »O Wunder!« rief der Kommandeur aus. »Seit einem Jahr ist dies der erste Wunsch, den ich einem Herzen entspringen sehe, das mir vor lauter Reinheit schon gefroren schien!« Und überaus zufrieden mit seiner Formulierung stürzte der Kommandeur hinaus.

Octave sah seine Mutter zärtlich an: *Sie* wußte, ob seine Seele gefroren war! Madame de Malivert, so konnte man sagen, war trotz ihrer nun beinahe fünfzig Jahre jung geblieben. Sie war nicht nur schön; sie hatte sich, neben einem höchst eigenwilligen und scharfen Verstand, auch eine lebhafte und gewinnende Anteilnahme an den Sorgen ihrer Freunde und selbst an Freud und Leid der jungen Leute bewahrt. Sie verstand mühelos, weshalb diese sich fürchteten und worauf sie hofften, und schien bald mit ihnen zu fürchten und zu hoffen. Diese Eigenschaft wird Frauen eines gewissen Alters, die sich nicht der Frömmelei verschrieben haben, von der öffentlichen Meinung heute als schicklich abverlangt, seitdem verliert sie an Reiz; Madame de Malivert hingegen wäre nie imstande gewesen, etwas aus Verstellung zu tun.

Ihre Bediensteten bemerkten seit einiger Zeit, daß sie in der Droschke ausfuhr und bei ihrer Rückkehr oft nicht allein war. Der neugierige alte Kammerdiener Saint-Jean, der seiner Herrschaft in die Emigration gefolgt war, wollte wissen, mit wem Madame de Malivert mehrmals nach Hause gekommen war. Am ersten Tag verlor er den Unbekannten in der Menge aus den Augen, beim zweiten Versuch aber war seine Wißbegierde von Erfolg gekrönt: Er sah, wie die Person, der er folgte, das Krankenhaus Charité betrat, und erfuhr vom Pförtner, der Unbekannte sei der berühmte Arzt Doktor Duquerrel. Madame de Maliverts Bedienstete fanden heraus, daß ihre Herrin nacheinander die berühmtesten Ärzte von Paris zu sich rief und fast immer eine Gelegenheit fand, ihnen ihren Sohn vorzuführen.

Sie war beunruhigt durch Octaves sonderbares Verhalten und fürchtete, er sei von einer Lungenerkrankung befallen. Aber sie dachte, eine Erwähnung der tückischen Krankheit, sollte sie unglücklicherweise richtig vermuten, würde deren Verlauf noch beschleunigen. Die Ärzte, gescheit wie sie waren, sagten zu Madame de Malivert, ihr Sohn leide an nichts anderem als an jener unzufriedenen und zum schnellen Verurteilen neigenden Melancholie, die ein Kennzeichen der jungen Leute seiner Zeit und seines Standes sei; sie rieten ihr jedoch, auf ihre eigene Lunge sehr sorgfältig zu achten. Die Hiobsbotschaft verbreitete sich, wegen der Diät, der man sich zu unterwerfen hatte, schnell im ganzen Hause, und Monsieur de Malivert, dem man den Namen der Krankheit vergeblich zu verheimlichen suchte, fürchtete schon, im Alter alleine zu stehen.

Der Marquis de Malivert, vor der Revolution überaus leichtsinnig und sehr reich, war erst im Jahre 1814, im Gefolge des Königs, nach Frankreich zurückgekehrt, wo er sich durch die Beschlagnahmungen adligen Besitzes auf ein Einkommen von zwanzig- bis dreißigtausend Livres zurückgesetzt fand. Ihm kam dies wie ein Bettlerdasein vor. Seine Gedanken, die nie sehr beweglich gewesen waren, drehten sich nur noch um die Verheiratung Octaves. Da aber die

Treue zu seinen Ehrbegriffen noch immer stärker war als die fixe Idee, die ihn quälte, versäumte es der alte Marquis nie, seine Sondierungen in der Gesellschaft mit den Worten zu eröffnen: »Ich habe einen guten Namen und einen Stammbaum zu bieten, der nachweislich bis zum Kreuzzug Ludwigs VII. zurückreicht,[7] und kenne in Paris nur dreizehn Familien, die dies erhobenen Hauptes von sich sagen können; im übrigen jedoch bin ich verarmt, auf Almosen angewiesen, kurz: ein Bettler.«

Diese Art, die Dinge zu sehen, trägt bei einem älteren Mann nicht gerade zu der sanften und abgeklärten Resignation bei, die die Heiterkeit des Alters ausmacht; und ohne die Bocksprünge des Kommandeurs de Soubirane, dieses ein wenig verrückten und ziemlich boshaften Südfranzosen, wäre das Haus de Malivert sogar im Stadtteil St. Germain durch seine Traurigkeit aufgefallen. Madame de Malivert, die nichts, nicht einmal ihre eigene Gefährdung, von der Sorge um die Gesundheit ihres Sohnes abhalten konnte, nahm ihren entkräfteten Zustand zum Vorwand, sich ständig mit zwei renommierten Ärzten zu umgeben, deren Freundschaft sie gewinnen wollte. Da sie rivalisierenden Schulen angehörten, als Haupt der ersten bzw. als einer der glühendsten Verfechter der zweiten, entspannen sich Dispute, an denen Madame de Malivert, die sich eine rege und wißbegierige Intelligenz bewahrt hatte, Gefallen fand, obgleich sie um einen Gegenstand kreisten, der jeden langweilen mußte, den kein besonderes Interesse an die Wissenschaft und an das zu lösende Problem band. Madame de Malivert stachelte sie zum Reden an, und so kam es dank dieser Diskussionen doch von Zeit zu Zeit vor, daß in dem vornehm ausgestatteten und dabei so düsteren Salon des Hauses Malivert jemand die Stimme hob.

Der Wandbehang aus grünem Samt mit überreichen goldenen Ornamenten schien einzig dazu gemacht, alles Licht zu absorbieren, das die Spiegelglasscheiben der zwei gewaltigen Fenster noch durchdringen konnte. Diese Fenster blickten auf einen verlassenen Garten, der durch Buchsbaumhecken in bizarr geschnittene Flächen aufgeteilt wurde. Den Hintergrund schmückte eine Reihe von Linden, die dreimal jährlich gestutzt wurden, und deren unbewegliche Formen waren lebendiges Abbild des inneren Zustands der Familie. Das Zimmer des jungen Vicomte, über dem Salon gelegen und der Schönheit dieses wichtigsten Raumes geopfert, hatte kaum die Höhe einer Zwischenetage. Dieses Zimmer erregte Octaves Grauen, und doch hatte er es zwanzigmal seinen Eltern gegenüber gepriesen: er befürchtete, sich durch eine unbedachte Äußerung zu verraten und ihnen zu zeigen, wie unerträglich ihm dieses Zimmer und das ganze Haus waren.

Seine kleine Zelle im Polytechnikum vermißte er sehr. Er dachte gern zurück an die Zeit, die er an dieser Schule verbracht hatte, denn sie hatte ihm die Ruhe und Zurückgezogenheit eines Klosters geboten. Lange Zeit hatte Octave mit dem Gedanken gespielt, sich aus der Welt zurückzuziehen und sein Leben Gott zu weihen. Diese Idee hatte seine Eltern in höchste Sorge versetzt, vor allem den Marquis, der sich in seinen Befürchtungen, im Alter verlassen dazustehen, bestätigt sah. Beim Studium der Religion aber, das er zum besseren Verständnis jener Wahrheiten betrieb, war Octave auf die Schriftsteller gestoßen, die seit zwei Jahrhunderten versuchen, das Denken und Handeln der Menschen zu erhellen, und er dachte nun ganz anders; sein Vater hingegen nicht. Der Marquis sah mit einem gewissen Entsetzen, wie ein junger Mann von vornehmer Geburt sich ans Studium der Bücher verlor; er fürchtete stets einen Rückfall und wünschte auch aus diesem Grunde Octaves baldige Heirat.

Man genoß die letzten schönen Herbsttage, die in Paris dem Frühling gleichkommen, und Madame de Malivert sagte zu ihrem Sohn: »Sie sollten ausreiten.« Octave sah in diesem Vorschlag nur überflüssige Ausgaben; er weigerte sich lange Zeit, darauf einzugehen, da er wegen der ständigen Klagen seines Vaters das Familienvermögen für viel geringer hielt, als es in Wirklichkeit war. »Zu welchem Zweck, liebe Mama?«, entgegnete er immer wieder, »ich reite zwar nicht schlecht, aber ich habe keinerlei Freude daran.« Madame de Malivert ließ ein herrliches englisches Pferd in den Stall bringen, das, mit seiner Jugend und Grazie, zu den zwei alten normannischen Gäulen, die seit zwölf Jahren für die Familie Dienst taten, in einem seltsamen Gegensatz stand. Octave brachte dieses Geschenk in Verlegenheit; zwei Tage lang bedankte er sich bei seiner Mutter; doch am dritten, als er mit ihr allein war und das Gespräch auf das englische Pferd kam, sagte er, indem er ihre Hand ergriff und sie zu den Lippen führte: »Ich liebe dich zu sehr, um dir schon wieder zu danken. Soll dein Sohn zum ersten Mal in seinem Leben nicht ehrlich zu dir sein, da er dich doch mehr liebt als jeden anderen Menschen auf der Welt? Dieses Pferd kostet 4000 Francs; so reich bist du nicht, daß dich diese Ausgabe nicht in Schwierigkeiten brächte.«

Madame de Malivert öffnete die Schublade eines Sekretärs und sagte: »Hier ist mein Testament, in dem ich dir meine Diamanten vermacht habe, aber unter einer ausdrücklichen Bedingung: daß du, solange der Erlös aus ihrem Verkauf reicht, ein Pferd haben sollst, auf dem du meinem Wunsch entsprechend hin und wieder ausreitest. Ich habe heimlich zwei dieser Diamanten verkaufen lassen, um dich schon zu meinen Lebzeiten im Besitz eines schönen Pferdes zu sehen. Eins der größten Opfer, die dein Vater mir auferlegt hat, ist die Verpflichtung, mich von diesen Schmuckstücken, an denen ich so wenig Freude habe, nicht zu trennen. Er hegt irgendeine in meinen Augen unbegründete politische Erwartung, und er hielte sich für doppelt so arm und heruntergekommen, wenn seine Frau keine Diamanten mehr besäße.«

Eine tiefe Traurigkeit malte sich auf Octaves Stirn, und er legte das Schriftstück, dessen Bezeichnung ein so grausames und möglicherweise so nahes Ereignis heraufbeschwor, zurück in den Sekretär. Dann nahm er wieder die Hand seiner Mutter und hielt sie in den seinen, was er sich selten erlaubte. – »Die Pläne deines Vaters«, fuhr Madame de Malivert fort, »knüpfen sich an dieses Entschädigungsgesetz[8], das man uns nun schon seit drei Jahren in Aussicht stellt.« – »Ich hoffe nur von ganzem Herzen, daß es abgelehnt wird«, sagte Octave. – »Und warum wünscht du, daß es abgelehnt wird?« entgegnete seine Mutter; sie war begeistert zu sehen, daß er sich für eine Sache ereiferte und ihr damit einen Beweis seiner Achtung und Zuneigung gab. – »Zunächst, weil es unvollständig ist und mir daher kaum gerecht erscheint. Und zweitens, weil es mich zur Heirat zwingen würde. Zu meinem Unglück habe ich einen sonderbaren Charakter; ich habe mich nicht so geschaffen; alles, was ich tun konnte, war, mich selbst kennenzulernen. Außer in den Augenblicken, in denen ich das Glück genieße, mit dir allein zu sein, besteht meine einzige Freude darin, abgesondert zu leben, ohne daß irgend jemand das Recht hätte, mich anzusprechen.« – »Lieber Octave, diese ungewöhnliche Vorliebe ist die Folge deiner übertriebenen Leidenschaft für die Wissenschaften; ich zittere, wenn ich dich so viel studieren sehe; du wirst noch wie Goethes Faust enden. Wärest du bereit, mir zu schwören, wie du es schon am Sonntag getan hast, daß du nicht ausschließlich schlechte Bücher liest?« – »Ich lese die Bücher, die du mir genannt hast, ebenso wie die sogenannten schlechten Bücher, liebe Mama.« – »Ach! Dein Charakter hat etwas Verschlossenes und Finsteres, das mich schaudern macht; Gott weiß, was aus dieser Lektüre noch alles für dich erwachsen wird.« – »Liebe Mama, ich kann nicht umhin, für wahr zu halten, was mir so erscheint. Würde ein allmächtiges und allgütiges Wesen mich dafür bestrafen können, daß ich den Sinnen traue, die es mir selbst verliehen hat?« – »Ach! Ich fürchte stets, dieses erschreckende Wesen zu verstimmen«, sagte Madame de Malivert mit Tränen in den Augen, »es könnte dich meiner Liebe berauben. An manchen Tagen läßt mich die Lektüre von Bourdaloue[9] vor Schreck erstarren. Ich lese in der Bibel, daß dieses allmächtige Wesen unerbittlich in seiner Rache ist, und du bringst es gewiß gegen dich auf, wenn du die Philosophen des 18. Jahrhunderts liest. Ich gestehe dir, daß ich vorgestern beinahe verzweifelt aus Saint-Thomas-d'Aquin gekommen bin. Wenn der Zorn des Allmächtigen gegen die gottlosen Bücher nur den zehnten Teil von dem betrüge, was Pfarrer Fay– –[10] androht, genügte es schon, daß ich um dich zittere. Es gibt eine abscheuliche

Zeitung, die Hochwürden Fay-- in seiner Predigt nicht einmal zu nennen wagte und die du sicherlich alle Tage liest.« – »Ja, Mama, ich lese sie, aber ich halte auch das Versprechen, das ich dir gegeben habe, und lese gleich danach die Zeitung, deren Linie der ihren am stärksten zuwiderläuft.«

»Lieber Octave, mich beunruhigt die Heftigkeit deiner Leidenschaften, und vor allem ihr verborgenes Wirken in deinem Herzen. Wenn ich an dir wenigstens einige der deinem Alter angemessenen Neigungen sähe, die dich von deinen sonderbaren Gedanken ablenken könnten, wäre ich weniger besorgt. Du aber liest gottlose Bücher, und bald wirst du anfangen, an der Existenz Gottes zu zweifeln. Warum denn über diese schrecklichen Dinge überhaupt nachdenken? Erinnerst du dich deiner Leidenschaft für die Chemie? Achtzehn Monate lang hast du niemanden sehen wollen; du hast durch deine Abwesenheit unsere nächsten Verwandten verstimmt; deine wichtigsten Pflichten hast du vernachlässigt.« – »Der Geschmack, den ich an der Chemie fand, war keine Leidenschaft, sondern eine Pflicht, die ich mir selbst auferlegt hatte, und Gott weiß« – fügte er seufzend hinzu – »ob es nicht besser gewesen wäre, diesem Vorsatz treu zu bleiben und ein fern von der Welt lebender Wissenschaftler zu werden!«

Octave blieb an diesem Abend bis ein Uhr bei seiner Mutter. Vergeblich hatte sie ihn dazu gedrängt, zu einer Gesellschaft oder wenigstens ins Theater zu gehen. »Ich bleibe da, wo ich am glücklichsten bin«, sagte Octave. – »Manchmal glaube ich dir, nämlich wenn ich mit dir allein bin«, erwiderte glücklich seine Mutter. »Aber wenn ich dich zwei Tage lang nur vor anderen Leuten gesehen habe, gewinnt die Vernunft wieder die Oberhand. Ein so einsames Leben kann einem jungen Mann unmöglich gut tun. Hier habe ich für 74000 Francs unnütze Diamanten, die solange unnütz bleiben, wie du nicht heiraten willst. Es stimmt, du bist noch sehr jung, zwanzig Jahre und fünf Tage!« und Madame de Malivert erhob sich von ihrer Chaiselongue, um ihren Sohn zu umarmen. »Ich hätte große Lust, diese nutzlosen Diamanten zu verkaufen. Ich werde die Summe anlegen und von den Zinsen meine Ausgaben vergrößern können. Ich werde einen Jour fixe einrichten und unter dem Vorwand meines schlechten Gesundheitszustandes nur diejenigen Leute empfangen, gegen die du absolut nichts einzuwenden hast.« – »Ach, liebe Mama, der Anblick all dieser Menschen macht mich doch gleich traurig; auf dieser Welt liebe ich nur dich ...«

Nachdem ihr Sohn sie verlassen hatte, konnte Madame de Malivert, von düsteren Vorahnungen gequält, trotz der vorgerückten Stunde nicht einschlafen. Vergeblich versuchte sie, Octave wie einen Fremden zu beurteilen und zu vergessen, wie teuer er ihr war. Anstatt vernünftigen Argumenten nachzugeben, verlor sie sich immer wieder in romantischen Vorstellungen von der Zukunft ihres Sohnes; dabei dachte sie an das Wort des Kommandeurs. »Ja, sicher«, sagte sie sich, »ich verspüre etwas Übermenschliches an ihm; er lebt wie ein Wesen für sich, getrennt von den anderen Menschen.« Wenn sie dann wieder auf vernünftigere Gedanken kam, konnte sie jedoch nicht begreifen, daß ihr Sohn so heftige oder doch so überspannte Leidenschaften besaß und daß ihm trotzdem jeder Sinn für das wirkliche Leben fehlte. Man hätte meinen können, daß seine Leidenschaften ihre Quelle anderswo hatten und sich aus nichts von dem speisten, was auf dieser Erde existiert. Selbst seine so vornehme Gestalt beunruhigte die Mutter; seine schönen und sanften Augen erschreckten sie. Bald schienen sie zum Himmel zu blicken und das Glück zu spiegeln, das sie dort schauten; dann wieder, einen Augenblick später, drückten sie Höllenqualen aus.

Man scheut sich, jemanden ins Verhör zu nehmen, dessen Glück so zerbrechlich erscheint, und so sah seine Mutter ihn häufig nur an, ohne daß sie mit ihm zu sprechen wagte. In ruhigeren Momenten schienen Octaves Augen einem entfernten Glück nachzuhängen; man hätte ihn für eine empfindsame Seele halten können, die von dem einzigen Gegenstand ihrer Zuneigung durch weite Räume getrennt ist. Octave antwortete aufrichtig auf die Fragen seiner Mutter, und dennoch konnte sie das Geheimnis dieser tiefen, oft erregten Träumerei nicht ergründen. Schon mit fünfzehn war Octave so gewesen, und Madame de Malivert hatte nie im Ernst an die Möglichkeit einer bei ihm vorhandenen heimlichen Leidenschaft gedacht. War Octave nicht Herr seiner selbst und Meister seines Glücks?

Immer wieder beobachtete sie, daß das wirkliche Leben, anstatt seine Gefühle zu beleben, keine andere Wirkung auf ihren Sohn ausübte, als ihn ungeduldig zu machen, so als ob es ihn ablenken und in aufdringlicher Weise aus seiner liebgewonnenen Träumerei reißen wollte. Abgesehen von dieser für seine Umgebung befremdlichen Lebensweise mußte Madame de Malivert jedoch anerkennen, daß Octave eine aufrichtige und starke Seele besaß, aus der Genie und Ehrgefühl sprachen. Aber diese Seele war sich ihres Rechts auf Unabhängigkeit und Freiheit sehr wohl bewußt, und ihre edlen Eigenschaften verbanden sich auf sonderbare Weise mit einer für dieses Alter unglaublich entwickelten Verstellungskunst. Die Entdeckung dieser bitteren Wahrheit zerstörte auf einen Schlag alle Träume vom Glück, die Madame de Maliverts Gemüt bisher getröstet hatten.

Nichts war ihrem Sohn unangenehmer, ja widerwärtiger – denn halb hassen oder lieben konnte er nicht – als die Gesellschaft seines Onkels, des Kommandeurs, und dennoch glaubte jeder im Haus, es gefalle ihm über alle Maßen, mit Monsieur de Soubirane Schach zu spielen oder über den Boulevard zu »flanieren«. Dieses Wort stammte vom Kommandeur, der trotz seiner sechzig Jahre zumindest ebensoviel Dünkel besaß wie im Jahr 1789; nur hatte Blasiertheit in Form von Rechthaberei und vorgeblicher Tiefe jene Anmaßungen der Jugend ersetzt, welche zu ihrer Entschuldigung wenigstens mit Anmut und Heiterkeit einhergehen. Die Leichtigkeit, mit der Octave sich in diesem Fall verstellte, erschreckte Madame de Malivert. »Ich habe meinen Sohn gefragt, ob ihm das Leben mit seinem Onkel Spaß mache, und er hat mir die Wahrheit gesagt. Doch wer weiß, welch befremdliche Absicht sich auf dem Grunde dieser sonderbaren Seele noch verbirgt? Wenn ich ihn nicht danach fragte, käme er nie von selbst darauf, mit mir darüber zu sprechen. Ich bin nur eine einfache Frau«, sagte sich Madame de Malivert, »und kenne mich nur in den kleinen Aufgaben meines Wirkungskreises aus. Wie sollte ich mich dazu berufen fühlen, einem so starken, eigensinnigen Wesen Ratschläge zu erteilen? Ich habe auch keinen Freund von überragendem Verstand, den ich um Rat fragen könnte; zudem könnte ich Octaves Vertrauen nicht enttäuschen. Habe ich ihm nicht absolute Geheimhaltung versprochen?«

Nachdem diese traurigen Gedanken Madame de Malivert bis zum Morgen beschäftigt hatten, beschloß sie, wie schon so oft, all ihren Einfluß auf ihren Sohn geltend zu machen, um ihn dazu zu bewegen, daß er möglichst häufig zur Marquise de Bonnivet gehe. Sie war ihre enge Freundin und ihre Cousine; eine hochangesehene Frau, deren Salon oft die geachtetsten Namen der guten Gesellschaft zusammenführte. »Meine Aufgabe ist es«, sagte sich Madame de Malivert, »den verdienstvollen Leuten im Salon der Marquise de Bonnivet den Hof zu machen, um herauszufinden, was sie über Octave denken.« Diesen Salon besuchte man wegen des Vergnügens, das es bedeutete, mit Madame de Bonnivet zusammenzutreffen, und weil man den Beistand ihres Mannes suchte, der ein erfahrener Höfling war, reich an Jahren und an Ehren und bei seinem Herrn fast ebenso gern gesehen wie jener liebenswerte Admiral de Bonnivet, sein Vorfahr, der Franz I.[11] zu so zahlreichen Dummheiten veranlaßte und der das so edel büßte.*

II

Am nächsten Tag, schon um acht Uhr morgens, ereignete sich in Madame de Maliverts Haus eine große Veränderung. Auf einmal stand keine Klingel mehr still. Bald ließ sich der

* Am Abend der Schlacht von Pavia, als der Admiral sah, daß alles verloren war, rief er aus: »Es soll nicht heißen, ich hätte ein solches Desaster überlebt«, und indem er sich mit offenem Visier in die Mitte der Feinde warf, erfuhr er die Genugtuung, mehrere von ihnen zu töten, bevor er, von Stichen durchbohrt, fiel (24. Februar 1525).

alte Marquis bei seiner Frau ansagen, die noch im Bett lag; er selbst hatte sich nicht die Zeit zum Ankleiden genommen. Er kam auf sie zu und umarmte sie mit Tränen in den Augen: »Liebste Freundin«, sagte er zu ihr, »wir werden unsere Kindeskinder doch noch erleben, bevor wir sterben!« Und der gute Alte weinte heiße Tränen. »Gott weiß«, fügte er hinzu, »daß es nicht die Vorstellung ist, kein Bettler mehr zu sein, die mich in diesen Zustand versetzt ... Mit dem Entschädigungsgesetz ist sicher zu rechnen, und Sie werden zwei Millionen erhalten.« In diesem Augenblick ließ Octave, den der Marquis hatte rufen lassen, anfragen, ob er eintreten dürfe; sein Vater stand auf, um ihm in die Arme zu sinken. Octave sah, daß er weinte, und führte seine Tränen vielleicht auf die falsche Ursache zurück, denn auf seinen sonst so bleichen Wangen erschien eine – fast unmerkliche – Röte. »Macht die Vorhänge weit auf! Helles Tageslicht!« rief seine Mutter lebhaft aus. »Komm näher, sieh mich an«, fuhr sie im gleichen Ton fort, und ohne ihrem Gatten zu antworten, betrachtete sie aufmerksam diese unmerkliche Röte, die sich über Octaves Wangen legte. Aus ihren Unterhaltungen mit den Ärzten wußte sie, daß rotgefleckte Wangen ein Anzeichen von Lungenerkrankungen sind; sie bangte um die Gesundheit ihres Sohnes und dachte nicht mehr an die Entschädigung von zwei Millionen.

Als Madame de Malivert sich beruhigt hatte, sagte der Marquis endlich, ein wenig ungeduldig geworden durch all diese Aufregung: »Ja, mein Sohn, ich habe soeben die Gewißheit erhalten, daß das Entschädigungsgesetz eingebracht wird, und wir verfügen über 319 von 420 Stimmen;[12] die sind uns sicher. Das Vermögen, das deine Mutter verloren hat, schätze ich auf mehr als sechs Millionen, und daher können wir, nach Abzug all der Opfer, zu denen die Furcht vor den Jakobinern den König trotz seines gerechten Wesens nötigt, leicht mit zwei Millionen rechnen. Auf diese Weise bin ich kein Bettler mehr, das heißt, auch du bist kein Bettler mehr, und ich werde dir nun eine Ehefrau suchen können und nicht mehr erbetteln müssen.« – »Aber geben Sie acht, mein lieber

Freund«, sagte Madame de Malivert, »daß Ihre Bereitwilligkeit, an die große Neuigkeit zu glauben, Sie nicht den spöttischen Bemerkungen unserer Verwandten, der Herzogin d'Ancre und ihres Salons, aussetzt. Sie besitzt all die Millionen, die Sie uns versprechen, wirklich; verkaufen Sie nicht das Fell des Bären, bevor Sie ihn haben!« – »Seit genau zwanzig Minuten«, sagte der alte Marquis und zog seine Uhr, »bin ich mir sicher, wie man sich nur sicher sein kann, daß das Entschädigungsgesetz verabschiedet wird.«

Es mußte so sein, wie der Marquis gesagt hatte, denn als der *durch nichts zu beeindruckende Octave* am Abend bei Madame de Bonnivet erschien, stellte er in der Art und Weise, wie er von allen empfangen wurde, eine Spur eifrigen Bemühens fest. Es lag auch eine Spur von Herablassung in der Art und Weise, wie er auf dieses plötzliche Interesse reagierte; zumindest bemerkte dies die alte Herzogin d'Ancre. Octave empfand gleichzeitig Mißbehagen und Verachtung. Er sah, daß man ihn in der Pariser Gesellschaft und in jenen Kreisen, in denen er sich mit der höchsten Vertrautheit bewegte, auf einmal besser aufnahm, *weil er mit zwei Millionen rechnen konnte*. Seine leidenschaftliche Seele, die anderen gegenüber ebenso gerecht und fast ebenso streng wie gegen sich selber war, wurde durch die Erkenntnis dieser traurigen Wahrheit zuletzt tief melancholisch gestimmt. Zwar ließ er sich in seinem Stolz nicht dazu herab, denen böse zu sein, die der Zufall in diesem Salon zusammengeführt hatte; er bedauerte sein Los und das aller Menschen. »So wenig liebt man mich also«, sagte er sich, »daß zwei Millionen alle Gefühle, die man für mich hegt, verändern können; anstatt um ihre Liebe zu buhlen, hätte ich eher versuchen sollen, mich durch irgendein Geschäft zu bereichern.« Mit diesen trüben Gedanken beschäftigt, saß Octave auf einem Diwan gegenüber einem kleinen Sessel, den Armance de Zohiloff, seine Cousine, einnahm, und zufällig blieben seine Blicke auf ihr haften. Es fiel ihm auf, daß sie während des ganzen Abends noch kein Wort zu ihm gesagt hatte. Armance war eine fast mittellose Nichte von Madame de Bonnivet und Madame de Malivert, ungefähr im gleichen Alter wie Octave; da die beiden außer Gleichgültigkeit nichts füreinander empfanden, konnten sie ganz offen miteinander sprechen. Seit einer Dreiviertelstunde war Octaves Herz voll Bitterkeit, da kam ihm der Gedanke: »Armance macht mir keinerlei Komplimente, sie allein ist ganz unbeteiligt an diesem verdoppelten Interesse, das ich dem Geld verdanke; sie ist die einzige edle Seele hier.« Es war ihm ein Trost, Armance anzuschauen. »Wenigstens ein Mensch, der meine Achtung verdient!« Und er sah, als der Abend vorrückte, mit einer Freude, die ebenso groß war wie der Kummer, der zuvor sein Herz erfüllt hatte, daß sie auch weiterhin kein Wort mit ihm sprach.

Nur einmal, als ein Provinzler, der im Abgeordnetenhaus einen Sitz innehatte, ihm ein linkisches Kompliment bezüglich der zwei Millionen aussprach, »die er ihm durch seine Stimme verschaffen werde« (das waren die Worte dieses Menschen), erhaschte er einen Blick, den Armance ihm zuwarf. Es war nicht möglich, den Ausdruck, der in diesem Blick lag, zu verkennen, so entschied zumindest Octaves Verstand, der strenger war, als man es sich vorstellen kann. Dieser Blick sollte ihn beobachten, und, was ihm spürbar Freude bereitete: dieser Blick erwartete, den Ausdruck der Verachtung annehmen zu müssen. So wurde der Abgeordnete, der bereit war, für seine Millionen zu stimmen, zum Opfer Octaves: Die Verachtung, die der junge Vicomte an den Tag legte, war selbst für einen Provinzler zu offensichtlich. »Sehen Sie, so sind sie alle«, sagte der Abgeordnete des Departements *** zum Kommandeur de Soubirane, als er einen Augenblick später zu ihm trat. »Ach, meine Herren vom Hofadel, wenn wir für *unsere* Entschädigungen stimmen könnten, ohne gleichzeitig die *Ihren* zu verabschieden, dann würden Sie, meiner Treu, nichts erhalten, ohne uns vorher einige Garantien gegeben zu haben. Wir wollen nicht mehr, daß, wie es früher war, Ihresgleichen mit 23 Oberst ist und unsereins mit 40 erst Hauptmann. Von den 319 wohlgesonnenen Abgeordneten stellen wir, aus jenem einst aufgeopferten Provinzadel, 212 ...« Der Kommandeur, sehr geschmeichelt, daß man eine solche Klage ihm vortrug, begann Rechtfertigungen der Standespersonen vorzubringen. Dieses Gespräch, das Monsieur de Soubirane wichtigtuerisch als ein politisches bezeichnete, dauerte den ganzen Abend an, und es fand trotz des schneidenden Nordwindes in einer Fensternische statt – dem für politische Gespräche unerläßlichen Standort.

Der Kommandeur verließ den Abgeordneten nur für eine Minute, wobei er ihn inständig bat, ihn doch zu entschuldigen und auf ihn zu warten. »Ich muß meinen Neffen fragen, was er mit meinem Wagen gemacht hat«, und er kam auf Octave zu und flüsterte ihm ins Ohr: »So sprechen Sie doch, Ihr Schweigen fällt schon auf; der unverhoffte Besitz des Vermögens darf sich jetzt nicht als Hochmut bei Ihnen äußern. Denken Sie daran, daß diese zwei Millionen eine Rückerstattung sind und nichts weiter. Wie wäre Ihnen, wenn Ihnen der König des Blaue Ordensband[13] verliehen hätte?« Und der Kommandeur eilte wie ein junger Mann zur Fensternische zurück und rief, als wiederholte er, mit halb erhobener Stimme: »Also dann, um halb zwölf, die Pferde!«

Octave beteiligte sich an der Unterhaltung, und wenn er auch nicht die Leichtigkeit und Heiterkeit erreichte, die erst den vollkommenen Erfolg sichern, so verliehen seine bemerkenswerte Schönheit und der tiefe Ernst, den er zur Schau trug, seinen Worten, in den Augen vieler Frauen, mit denen er sprach, doch einen besonderen Wert. Seine Gedanken waren lebendig, klar und von der Art jener, die an Bedeutung zunehmen, je länger man sie bedenkt. Allerdings: die vornehme Schlichtheit, mit der er sich ausdrückte, verhinderte auch die sofortige Wirkung einiger geistreicher Einfälle; man staunte erst eine Sekunde später über sie. Seine hochmütige Sinnesart erlaubte es ihm nie, etwas, das ihm hübsch erschien, mit Nachdruck vorzutragen. Er gehörte zu jenen Geistern, die von ihrem Stolz in die Lage einer Frau versetzt werden, die ungeschminkt in einem Salon erscheint, in dem alle anderen Rouge aufgetragen haben: Im ersten Moment läßt ihre Blässe sie traurig wirken. Wenn Octave dennoch Erfolg hatte, so deshalb, weil die Geistesgegenwart und Angeregtheit, die ihm oft abgingen, an diesem Abend durch die Haltung bitterster Ironie ersetzt wurden.

Diese scheinbare Boshaftigkeit war für Frauen eines bestimmten Alters der Grund, ihm die Schlichtheit seines Betragens zu verzeihen, während die Dummköpfe, denen er Angst machte, ihm eifrig applaudierten. So fand Octave, indem er all die Verachtung, die ihn verzehrte, in elegante Formen zu kleiden wußte, im Salon das einzige Vergnügen, das dieser ihm bieten konnte – da kam die Herzogin d'Ancre an den Divan heran, auf dem er saß, und sagte – nicht zu ihm, aber für ihn bestimmt und ganz leise – zu Madame de la Ronze, ihrer Intimfreundin: »Sehen Sie doch, diese dumme kleine Armance, schämt sie sich denn nicht, neidisch auf das Vermögen zu sein, das Monsieur de Malivert in den Schoß gefallen ist? Mein Gott! Wie wenig kleidsam ist Neid bei einer Frau!« Die Freundin erriet das Spiel der Herzogin und fing den erstarrten Blick Octaves auf, der alles gehört hatte, obwohl er nur das ehrwürdige Gesicht des Bischofs von ***, der gerade mit ihm sprach, zu beachten schien. In weniger als drei Minuten hatte das Schweigen Mademoiselle de Zohiloffs eine Erklärung gefunden; in Octaves Vorstellung war sie aller niedrigen Beweggründe, deren man sie soeben beschuldigt hatte, überführt. »Großer Gott«, dachte er, »gibt es denn von der niedrigen Denkweise dieser ganzen Gesellschaft gar keine Ausnahme? Und wie sollte ich mir einbilden, andere Salons seien anders als dieser? Wenn man schon in einem der erlesensten Salons Frankreichs das Geld so offen zu vergöttern wagt, hier, wo keiner ein Geschichtsbuch öffnen kann, ohne einen berühmten Helden seines Namens darin zu finden, wie wird es dann unter armseligen Kaufleuten aussehen, die zwar Millionäre sind, deren Väter aber noch Laufburschen waren? Mein Gott, wie gemein die Menschen sind!«

Fluchtartig verließ Octave den Salon von Madame de Bonnivet, die Leute widerten ihn an. Er ließ den Wagen der Familie für seinen Onkel, den Kommandeur, stehen und ging zu Fuß nach Hause. Es goß in Strömen, der Regen machte ihm Freude. Bald nahm er das Unwetter, das Paris überschwemmte, gar nicht mehr wahr. »Das einzige Hilfsmittel gegen den allgemeinen Niedergang der Würde«, so dachte er, »wäre es, eine schöne Seele zu finden, die noch nicht durch die vorgebliche Weisheit von Frauen vom Schlage der Herzogin d'Ancre verdorben ist; sich mit ihr für immer zu verbinden, nur noch sie zu sehen, nur mit ihr und für sie und für ihr Glück zu leben. Ich würde sie leidenschaftlich lieben ... *Ich würde sie lieben!* – Ich Unglücklicher! ...« In diesem Augenblick hätte ein Wagen, der im Galopp aus der Rue de Poitiers in die Rue de Bourbon schoß, Octave beinahe überfahren. Das Hinterrad quetschte seine Brust heftig und zerriß seine Weste. Er blieb unbeweglich stehen. Die Begegnung mit dem Tod hatte sein Blut abgekühlt.

»Gott! Warum bin ich nicht zermalmt worden?!« sagte er, die Augen zum Himmel gewandt. Der in Sturzbächen niederprasselnde Regen brachte ihn nicht dazu, den Kopf zu senken; dieser kalte Regen tat ihm wohl. Es dauerte einige Minuten, bis er weiterging. Zu Hause angekommen, rannte er in sein Zimmer hinauf, zog sich um und ließ anfragen, ob seine Mutter zu sprechen sei. Aber sie war, da sie ihn nicht erwartet hatte, früh schlafen gegangen. Allein mit sich selbst, wurde ihm alles lästig, selbst der düstere Alfieri[14], von dem er eine Tragödie zu lesen versuchte.

Lange ging er in seinem weiträumigen und niedrigen Zimmer umher. »Warum eigentlich mache ich nicht Schluß?« sagte er sich endlich. »Wozu mit dieser Verbissenheit gegen ein Schicksal ankämpfen, das mich zermalmt? Ich mag Vorsätze fassen, die noch so vernünftig scheinen, mein Leben ist nur eine Kette von Unglücksfällen und bitteren Erfahrungen. Dieser Monat ist nicht besser als der letzte; dieses Jahr ist nicht besser als das letzte; woher also diese Hartnäckigkeit, mit der ich leben will? Fehlt es mir etwa an Entschlußkraft? Was ist der Tod?« sagte er sich, indem er die Kiste mit seinen Pistolen öffnete und sie betrachtete. »In Wirklichkeit nicht von großer Bedeutung; man müßte verrückt sein, wenn man vor ihm zurückweichen wollte. Meine Mutter, meine arme

Mutter stirbt an der Lunge; noch kurze Zeit, und ich werde ihr folgen. Da kann ich auch vor ihr dahingehen, wenn das Leben für mich zu schmerzhaft und zu bitter ist. Wenn man dafür eine Erlaubnis einholen könnte, sie gäbe sie mir ... Der Kommandeur, ja selbst mein Vater – sie lieben mich nicht! Sie lieben den Namen, den ich trage, verhätscheln in mir einen Vorwand für ihren Ehrgeiz. Was mich an sie kettet, ist nur eine sehr kleine Pflicht ...« Das Wort *Pflicht* traf Octave wie ein Blitzschlag. »Eine *kleine Pflicht*!« rief er aus und blieb stehen. »Eine Pflicht von geringem Gewicht! ... Ist sie von geringem Gewicht, wenn es die einzige ist, die mir bleibt? Wenn ich die Schwierigkeiten, die mir der Zufall in meiner augenblicklichen Lage in den Weg stellt, nicht überwinde, mit welchem Recht darf ich mir dann sicher sein, all die zu überwinden, die mir eines Tages entstehen werden? Wie! Ich besitze den Hochmut, mich allen Gefahren gewachsen zu wähnen, allen Arten von Übeln, die einen Mann treffen können, und dabei flehe ich den Schmerz, der mich befällt, an, eine andere Form anzunehmen, eine Gestalt zu wählen, die mir zusagt, das heißt, um die Hälfte abzunehmen? Welcher Kleinmut! Und ich hielt mich für so entschlossen! Ich war nur anmaßend.«

Der Schritt von dieser neuen Einsicht zum Schwur, den Schmerz, den das Leben ihm zufügte, zu überwinden, war das Werk eines Moments. Schon war der Ekel, den Octave allen Dingen gegenüber empfand, weniger stark, und er selbst kam sich weniger erbärmlich vor. Mit der Achtung vor sich selbst kam wieder etwas Leben und Mut in ihn, nachdem seine Seele durch die lange Entbehrung allen Glücksgefühls niedergedrückt und gleichsam zersetzt worden war. Gedanken ganz anderer Art begannen nun, Octave zu beschäftigen. Die flache Decke seines Zimmers mißfiel ihm aufs äußerste; er wünschte sich sehnlichst einen prächtigen Salon wie den der Bonnivets. »Er ist wenigstens zwanzig Fuß hoch«, sagte er sich, »wie frei könnte ich dort atmen! Oh!« rief er, fröhlich überrascht wie ein Kind, aus, »jetzt weiß ich, was ich mit den Millionen anfange! Ich werde einen prächtigen Salon haben wie die Bonnivets, und nur ich werde ihn betreten dürfen! Jeden Monat, höchstens, ja, am Ersten jeden Monats, einen Bediensteten zum Staubwischen, aber unter meiner Aufsicht: damit er nicht von der Wahl meiner Bücher auf meine Gedanken schließt oder entdeckt, was ich aufschreibe, um mir in den Momenten meiner Verrücktheit Halt zu geben. Den Schlüssel dazu werde ich immer an meiner Uhrkette tragen, einen kleinen, unscheinbaren Schlüssel aus Stahl, kleiner als der einer Aktentasche. Ich werde drei Spiegel aufstellen lassen, jeder sieben Fuß hoch. Ich habe diese Art düsteren und prächtigen Schmucks immer geliebt. Wie groß sind die größten Spiegel, die man in Saint-Gobain herstellt?« – Und der Mann, der gerade eine dreiviertel Stunde lang daran gedacht hatte, seinem Leben ein Ende zu setzen, stieg noch im selben Moment auf einen Stuhl, um die Preisliste der Saint-Gobain-Spiegel aus seinem Bücherschrank zu holen. Er verbrachte eine Stunde mit der Ausarbeitung des Kostenvoranschlags für seinen Salon. Er fühlte, daß er sich wie ein Kind benahm, schrieb aber deshalb nur noch schneller und ernsthafter. Nach Beendigung dieser Arbeit und nach Überprüfung der Rechnungen, die sich für den Raum, der durch das Anheben der Decke seines Schlafzimmers errichtet werden würde, auf 57350 Francs beliefen, sagte er lachend zu sich selbst: »Wenn das nicht heißt, das Fell des Bären zu verkaufen, bevor man ihn erlegt hat; so etwas Lächerliches hat es noch nie gegeben ... Schön und gut! Ich bin nun einmal unglücklich«, fuhr er fort, indem er mit großen Schritten auf und ab ging: »Ja, ich bin unglücklich, aber ich werde mich von meinem Unglück nicht unterkriegen lassen! – Ich werde mich mit ihm messen, und ich werde größer sein. Brutus opferte seine Kinder,[15] das war die Schwierigkeit, vor der er stand, ich aber werde leben.« Und er schrieb in ein kleines Notizbuch, das er im Geheimfach seines Schreibtisches versteckt hielt: »14. Dezember 182... Erfreuliche Auswirkung zweier M. – Zunahme der Freundlichkeiten. – Neid bei Ar. – Schluß machen. – Ich lasse mich nicht unterkriegen. – Saint-Gobain-Spiegel.«

Diese bitteren Gedanken wurden in griechischen Buchstaben eingetragen. Daraufhin spielte er auf seinem Klavier einen ganzen Akt des »Don Giovanni« vom Blatt, und Mozarts düstere Akkorde gaben ihm den Seelenfrieden zurück.

III

Nicht nur des Nachts und wenn er allein war, wurde Octave von solchen Momenten der Verzweiflung übermannt. Extreme Gewalttätigkeit und ungeahnte Bösartigkeit kennzeichneten dann all sein Tun, und man hätte ihn zweifellos als gefährlichen Verrückten eingesperrt, wäre er bloß ein mittelloser Jurastudent ohne Verwandte und ohne sonstigen Schutz gewesen. In einer solchen sozialen Position hätte er allerdings auch nicht jene Eleganz des Benehmens erwerben können, die sein absonderliches Wesen glättete und ihn, sogar inmitten der Hofgesellschaft, zu einer bemerkenswerten Erscheinung machte. Daß er so sehr aus dem Rahmen fiel, hatte Octave ein wenig auch dem Ausdruck seiner Gesichtszüge zu verdanken: In ihnen lag eine Mischung aus Kraft und Sanftmut, und nicht aus Kraft und Härte wie bei gewöhnlichen Menschen, die ihrer Schönheit wegen Blicke auf sich ziehen. Ihm war von Natur aus die schwierige Kunst zu eigen, seine Gedanken, welcher Art sie auch waren, mitzuteilen, ohne dabei jemals verletzend zu wirken, oder wenigstens ohne jemals unnötig zu verletzen, und dank dieser vollkommenen Selbstbeherrschung in den Beziehungen des täglichen Lebens lag der Gedanke, er könne verrückt sein, fern.

Es war noch kein Jahr her, daß eines Abends ein junger Lakai, erschreckt beim Anblick der Miene Octaves, welcher aus dem Zimmer seiner Mutter gelaufen kam, den Anschein erweckt hatte, als wolle er sich ihm in den Weg stellen; und Octave hatte wütend geschrien: »Was fällt dir ein, dich mir entgegenzustellen! Wenn du stark bist, beweise es!« Bei diesen Worten hatte er ihn untergefaßt und aus dem Fenster geworfen. Der Lakai war im Garten in einen Kübel mit Oleander gefallen und hatte sich kaum wehgetan. Zwei Monate lang machte sich Octave zum Diener des Verwundeten. Er gab ihm zuletzt viel zuviel Geld und verbrachte jeden Tag mehrere Stunden damit, ihn zu unterrichten. Da die ganze Familie am Stillschweigen dieses Mannes interessiert war, erhielt er Geschenke und wurde mit Gefälligkeiten überhäuft, so daß er ein Taugenichts wurde und man sich gezwungen sah, ihn mit einer Rente nach Hause zurückzuschicken. Man wird jetzt verstehen, welche Sorgen Madame de Malivert sich machte.

An diesem unheilvollen Ereignis hatte sie vor allem erschreckt, daß Octaves Reue zwar äußerst heftig war, sich aber erst am nächsten Tag gezeigt hatte. Als er in der Nacht nach Hause kam und man ihm die Gefahr vor Augen hielt, in der dieser Mann geschwebt hatte, war seine Antwort gewesen: »Er ist doch jung, warum hat er sich nicht verteidigt? Als er mich am Hinausgehen hindern wollte, habe ich ihn denn nicht aufgefordert, sich zu wehren?« Madame de Malivert glaubte beobachtet zu haben, daß solche Wutanfälle ihren Sohn gerade in jenen Augenblicken befielen, in denen er die düsteren Träumereien, die sie immerfort auf seinem Gesicht las, am gründlichsten vergessen zu haben schien. So war es zum Beispiel mitten in einem Rätselspiel, nachdem er eine Stunde lang mit einigen jungen Leuten und fünf oder sechs engen Vertrauten fröhlich gespielt hatte, geschehen, daß er aus dem Salon gestürzt war und den Lakai zum Fenster hinausgeworfen hatte.

Einige Monate vor dem Abend der zwei Millionen war Octave auf eine beinahe ebenso brüske Weise von einem Ball der Madame de Bonnivet fortgerannt. Mit wunderbarer Grazie hatte er gerade einige Kontertänze und Walzer getanzt. Seine Mutter war über seine Erfolge entzückt, und ihm selbst konnten sie nicht entgangen sein; mehrere Frauen, die wegen ihrer Schönheit in den besseren Kreisen große Berühmtheit erlangt hatten, richteten das Wort an ihn auf die schmeichelhafteste Weise. Sein Haar vom schönsten Blond, das in großen Locken in seine herrliche Stirn fiel, hatte besonders auf die berühmte Madame de Claix Eindruck gemacht. Sie machte ihm gerade ein lebhaftes Kompliment im Zusammenhang mit der in Neapel, wo sie jüngst gewesen war, unter jungen Leuten herrschenden Mode, als Octave ganz plötzlich rot wurde und den Salon mit schnellen Schritten, deren Hast er vergeblich zu verbergen suchte, verließ. Seine Mutter folgte ihm besorgt, fand ihn aber nirgends mehr. Ihr Warten blieb die ganze Nacht vergeblich; er kam erst am nächsten Morgen zurück, und zwar in einem seltsamen Zustand: Er hatte drei Säbelhiebe abbekommen, wenn auch wenig gefährliche. Die Ärzte glaubten, daß diese Besessenheit nur »moralischen« Ursprungs sei, wie sie sich ausdrückten; sie habe keine physische Ursache, sondern müsse von irgendeiner sonderbaren Idee herrühren. Es gab kein äußeres Anzeichen, das die »Migräne« des »Herrn Vicomte Octave« ankündigte – wie die Bediensteten sagten. Die Abstände zwischen den Anfällen waren während des ersten Jahres am Polytechnikum und bevor er daran gedacht hatte, Priester zu werden, noch wesentlich kürzer gewesen. Seine Kameraden, mit denen er häufig Streit hatte, hielten ihn zu jener Zeit für völlig verrückt, und dadurch blieb ihm mancher Schwerthieb erspart.

Als er, der erwähnten leichten Verletzungen wegen, das Bett hüten mußte, hatte er so einfach, wie er sich immer äußerte, zu seiner Mutter gesagt: »Ich war wütend, suchte Streit mit Soldaten, die mich ansahen und lachten, ich habe mich mit ihnen geschlagen und nur bekommen, was ich verdiente«, und schon sprach er von etwas anderem. Lediglich mit Armance de Zohiloff, seiner Cousine, war er mehr ins einzelne gegangen. »Ich erlebe Momente des Unheils und der Raserei«, sagte er eines Abends zu ihr; »die zwar kein Wahnsinn sind, die aber bewirken, daß ich in unseren Kreisen und am Polytechnikum als wahnsinnig gelte. Es ist aber ein Leiden wie jedes andere; was mich daran allerdings zur Verzweiflung bringt, ist die Furcht, mich plötzlich für immer ins Unglück zu stoßen, wie es bei dem Unfall des armen Pierre fast geschehen wäre.« – »Sie haben die Angelegenheit edelmütig wiedergutgemacht; Sie haben ihm nicht nur Ihr Geld gegeben, sondern auch Ihre Zeit geopfert, und wenn er nur die bescheidendsten Grundsätze der Ehrbarkeit besessen hätte, so hätten Sie damit sein Glück gemacht! Was hätten Sie mehr tun können?« – »Nichts, zweifellos, nachdem der Unfall einmal geschehen war; ich wäre ein Ungeheuer gewesen, hätte ich es nicht getan. Aber das ist nicht alles, denn diese unglückseligen Anfälle, die in aller Augen Wahnsinn sind, machen mich, wie mir scheint, zu einem Außenseiter. Selbst die ärmsten, beschränktesten und dem Anschein nach unglücklichsten jungen Leute meines Alters haben, wenn ich sie so sehe, einen oder zwei Freunde von Kindheit an, die Freud und Leid mit ihnen teilen. Abends sehe ich sie zusammen spazierengehen, sie sprechen über alles, was sie interessiert. Nur ich stehe ganz allein in der Welt. Niemanden habe ich, und ich werde auch nie jemanden haben, dem ich unbefangen anvertrauen kann, was ich denke. Wohin mit meinen Gefühlen, wenn ich solche verspüre, die mir das Herz abschnüren?! Bin ich denn dazu verurteilt, für immer ohne Freunde zu leben und beinahe auch ohne Bekannte? Bin ich denn so ein Bösewicht?« fügte er seufzend hinzu. – »Ganz bestimmt nicht, aber Sie liefern denen Vorwände, die Sie nicht lieben«, sagte Armance in jenem strengen Ton, wie er unter Freunden üblich ist, wobei sie das wirkliche Mitleid, das sein Kummer ihr einflößte, zu verbergen suchte. »Warum, zum Beispiel, sind Sie, der Sie jedermann mit vollendeter Höflichkeit begegnen, vorgestern nicht zum Ball der Madame de Claix erschienen?« – »Weil es gerade ihre dummen Komplimente auf dem Ball vor sechs Monaten waren, die zu dem blamablen Geplänkel mit den säbeltragenden jungen Bauern führten.« – »Nun gut«, entgegnete Mademoiselle de Zohiloff, »aber seien Sie sich darüber im klaren, daß Sie immer Gründe finden werden, die Gesellschaft der Salons zu meiden. Sie dürfen dann aber nicht klagen, daß Sie so einsam leben.« – »Ach was! Freunde brauche ich, nicht diese Gesellschaften. Werde ich in den Salons etwa einen Freund finden?« – »Ja, denn am Polytechnikum wußten Sie ihn ja nicht zu finden.« – »Sie haben recht«, erwiderte Octave nach einem langen Schweigen, »ich sehe es im Moment genauso, und morgen, wenn es aufs Handeln ankommt, werde ich das genaue Gegenteil von dem tun, was mir heute vernünftig erscheint, und das alles aus Hochmut! Ach, hätte mich der Himmel doch als Sohn eines Tuchfabrikanten zur Welt kommen lassen, dann hätte ich schon mit sechzehn Jahren im Laden gearbeitet; all mein Treiben wäre nicht nutzlos gewesen, ich wäre weniger stolz und dafür glücklicher! ... Wie wenig ich mir selbst gefalle!«

Obwohl diese Klagen selbstbezogen und eitel wirkten, interessierten sie Armance; Octaves Augen verrieten eine so große Liebesfähigkeit, und manchmal waren sie so zärtlich!

Sie spürte, ohne es sich recht erklären zu können, daß Octave das Opfer jener unmäßigen Empfindsamkeit war, welche die Männer, die sie ergreift, unglücklich – und liebenswert macht. Seine leidenschaftliche Phantasie verführte ihn dazu, das Glück, das er nicht erreichen konnte, zu überschätzen. Hätte er vom Himmel ein trockenes, kaltes, vernünftelndes Herz erhalten, so hätte er, bei all den Vorzügen, die er sonst genoß, sehr glücklich werden können. Dazu fehlte ihm nur eine gewöhnlichere Seele.

Nur in Gegenwart seiner Cousine wagte Octave manchmal laut zu denken. Verständlich, daß er so schmerzhaft berührt gewesen war, als er zu der Meinung gelangte, daß die Gefühle dieser liebenswerten Cousine sich je nach Fortunas Launen veränderten.

Am Morgen nach dem Tag, an dem Octave sich den Tod gewünscht hatte, wurde er bereits um sieben Uhr von seinem Onkel, dem Kommandeur, aus dem Schlaf gerissen, der in sein Zimmer einbrach und sich dabei alle Mühe gab, einen schrecklichen Lärm zu veranstalten. Dieser Mensch kam nie aus der Verstellung heraus. Der Zorn, den der Krach in Octave wachrief, hielt nur drei Sekunden an; sein Pflichtbewußtsein regte sich, und er empfing Monsieur de Soubirane in jenem scherzhaften und lockeren Ton, der am geeignetsten war, ihm zu gefallen.

Diese gewöhnliche Seele, die, ob vor oder nach der Geburt, an nichts anderes als ans Geld denken konnte, erklärte dem edlen Octave auf umständliche Weise, daß man nicht vor Glück den Verstand verlieren dürfe, wenn man statt der 25000 nun 100000 Livres Rente zu erwarten habe. Der weise und fast christliche Vortrag mündete in den guten Rat, an der Börse zu spekulieren, sobald ein Zwanzigstel der zwei Millionen ausgezahlt sei. Der Marquis werde nicht zögern, einen Teil dieses Vermögenszuwachses Octave zur Verfügung zu stellen; jedoch dürfe er an der Börse nur nach Anleitung des Kommandeurs handeln; er kenne die Gräfin de ***, und man könne daher die Rente *todsicher* anlegen. Das Wort *todsicher* ließ Octave aufschrecken. »Ja, mein Freund«, sagte der Kommandeur, der darin einen Zweifel vermutete, »*todsicher*. Ich habe die Gräfin seit ihrem albernen Vorgehen beim Fürsten de S. . . ein wenig vernachlässigt, aber schließlich sind wir ein wenig verwandt, und ich verlasse dich nun, um unseren gemeinsamen Freund, den Herzog de *** zu holen, der uns wieder zusammenbringen wird.«

IV

Der instinktlose Auftritt des Kommandeurs hätte Octave beinahe in die menschenfeindliche Verfassung des Vortages zurückgeworfen. Sein Ekel vor den Menschen hatte gerade den Höhepunkt erreicht, als sein Diener ihm einen mächtigen, mit großer Sorgfalt in englisches Velinpapier eingeschlagenen Folianten brachte. Die Prägung des Siegels war außergewöhnlich deutlich, das Motiv jedoch wenig anmutig: auf einer Sandfläche waren zwei gekreuzte Knochen zu sehen. Octave, der einen vollkommenen Geschmack besaß, bewunderte die wirklichkeitstreue Zeichnung der beiden Tibiae[16] und die vortreffliche Gravur. »Pikler-Schule«[17], dachte er, »das wird irgendeine verrückte Idee meiner Cousine, der frömmlerischen Madame de C. . ., sein.« Er mußte seinen Irrtum einsehen, als er eine herrliche, von Thouvenin[18] gebundene Bibel in Händen hielt. »Frömmlerinnen verschenken keine Bibel«, sagte Octave und öffnete den Begleitbrief. Er war nicht unterschrieben, und so warf er den Brief in den Kamin. Kurz darauf trat sein Diener, der alte Saint-Jacques, mit einem leicht verschmitzten Ausdruck ein. – »Wer hat dieses Paket abgegeben?« fragte Octave. »Das ist ein Geheimnis; man will sich vor dem Herrn Vicomte verbergen, aber es war der alte Perrin, der es beim Pförtner abgegeben hat und wie ein Dieb verschwunden ist.« – »Und wer ist dieser alte Perrin?« – »Ein Bediensteter von Madame de Bonnivet, den sie zum Schein entlassen hat und der nun geheime Aufträge erledigt.« – »Steht Madame de Bonnivet denn im Verdacht galanter Abenteuer?« – »Aber nein, Monsieur; mein Gott, nein! Die geheimen Aufträge betreffen die neue Religion. Wahrscheinlich hat die Frau Marquise Monsieur heimlich eine Bibel geschickt. Monsieur werden die Schrift von Madame Rouvier, der Zofe der Frau Marquise, erkannt haben.« Octave schaute in den Kamin und ließ sich den Brief geben, der hinter das Feuer gefallen und nicht verbrannt war. Er war überrascht zu sehen, daß jemand ganz genau wußte, daß er Helvetius, Bentham, Bayle[19] und andere schlimme Bücher las, und ihm das zum Vorwurf machte. »Auch die allerreinste Tugend bewahrt einen nicht davor«, sagte er sich; »kaum gehört man einer Sekte an, findet man sich bereit, zu Intrigen Zuflucht zu nehmen und Spione zu beschäftigen. Offensichtlich bin ich es seit dem Entschädigungsgesetz wert, daß man sich um mein Seelenheil und um den Einfluß bemüht, den ich eines Tages ausüben könnte.«

Für den Rest des Tages bestand die Unterhaltung zwischen dem Marquis de Malivert, dem Kommandeur und zwei oder drei wirklichen Freunden, die zum Essen herbeigeholt worden waren, fast durchweg aus Anspielungen von zweifelhaftem Geschmack, die Octaves Heirat und seine neue gesellschaftliche Stellung zum Gegenstand hatten. Octave war noch aufgewühlt von der Krise, die er in der Nacht hatte durchmachen müssen, und daher weniger eisig als gewöhnlich. Seine Mutter fand, daß er blasser als sonst aussehe, und so machte er es sich zur Pflicht, heiter zu sein oder doch wenigstens mit Gedanken beschäftigt zu erscheinen, die angenehme Vorstellungen nach sich ziehen. Er tat dies mit so viel Esprit, daß es ihm gelang, seine Umgebung zu täuschen. Nichts konnte ihn darin aufhalten, nicht einmal die Scherze, die sich der Kommandeur bezüglich der wunderbaren Wirkung, die zwei Millionen auf den Geist eines Philosophen ausüben könnten, erlaubte. Octave nutzte seine angebliche Verrücktheit zu der Erklärung, er wolle, selbst wenn er ein Fürst wäre, nicht heiraten, bevor er sechsundzwanzig sei, denn das sei das Alter, in dem sein Vater geheiratet habe. – »Kein Zweifel«, sagte der Kommandeur, sobald Octave gegangen war, »dieser Junge nährt den heimlichen Ehrgeiz, Bischof oder Kardinal zu werden. Mit seiner Herkunft und seinen Ideen wird er es zu einem Kardinalshut bringen.« Bei dieser Äußerung mußte Madame de Malivert lächeln, dem Marquis bereitete sie tiefes Unbehagen. »Sie können noch so viel reden«, beantwortete er das Lächeln seiner Frau, »mein Sohn unterhält engere Beziehungen nur zu Geistlichen oder zu jungen Gelehrten des gleichen Schlags, und, was in meiner Familie noch nie vorgekommen ist, er trägt eine ausgesprochene Abneigung gegen die jungen Offiziere zur Schau.« – »Es ist irgend etwas Seltsames an diesem jungen Mann«, versetzte Monsieur de Soubirane. Diese Bemerkung wiederum veranlaßte Madame de Malivert zu einem Seufzen.

Octave, vor Verdruß über die aufgezwungene Unterhaltung ganz erschöpft, war bald aufgebrochen und ins »Gymnase«[20] gegangen. Zwar konnte er die Art der gefälligen Stücke des Herrn Scribe[21] nicht ausstehen. »Aber immerhin«, so sagte er sich, »es gibt nichts, was sich einer echteren Beliebtheit erfreut; und etwas zu verachten, ohne es zu kennen, ist allzu üblich in meinen Kreisen und dabei zu lächerlich, als daß es mir zur Ehre gereichen würde, wenn ich nicht hinginge.« Er setzte sich dem Experiment vergeblich aus, indem er sich zwei der schönsten Szenen des »Théâtre de Madame«[22] ansah. Noch die angenehmsten und feinsten Wendungen waren für ihn mit Derbheit durchsetzt, und die Rückgabe des Schlüssels im zweiten Akt der »Vernunftheirat«[23] verjagte ihn aus der Vorstellung. Er betrat ein Gasthaus und verlangte, den geheimnisvollen Charakter all seiner Handlungen wahrend, nach Kerzen und einer Suppe; sobald man diese gebracht hatte, schloß er sich ein, las mit Interesse zwei Zeitungen, die er gerade gekauft hatte, verbrannte sie mit größter Sorgfalt im Kamin, bezahlte und ging. Er zog sich um und empfand an diesem Abend eine Art ungeduldigen Dranges, bei Madame de Bonnivet zu erscheinen. »Wer kann mir garantieren«, dachte er, »daß diese bösartige Herzogin d'Ancre Mademoiselle de Zohiloff nicht bloß verleumdet hat? Mein Onkel ist überzeugt davon, daß mir die zwei Millionen zu Kopf gestiegen sind.« Dieser Gedanke, auf den Octave anläßlich einer belanglosen Äußerung in einer seiner Zeitungen verfallen war, machte ihn glücklich. Er dachte an Armance, aber wie an seinen einzigen Freund, oder vielmehr wie an den einzigen Menschen, der für ihn ein Freund hätte sein können.

Er war weit davon entfernt, an Liebe zu denken; er verabscheute dieses Gefühl. Seit vier Jahren hatte er sich tausendmal geschworen, sich nie zu verlieben. Diese Verpflichtung, niemals zu lieben, war die Grundlage seines ganzen Verhaltens, sie war sein Lebensinhalt. Sein Herz, das durch Tugend und Unglück gestärkt war und das nur aus Tugend und Kraft bestand, hegte an diesem Abend nur die Befürchtung, einen *Freund* voreilig verurteilt zu haben.

Bei Madame de Bonnivet sah er Armance nicht ein einziges Mal an; doch entging ihm den ganzen Abend über keine ihrer Bewegungen. Als er im Salon erschien, machte er als erstes der Herzogin d'Ancre den Hof; er sprach mit ihr so voller Aufmerksamkeit, daß diese Dame zu ihrer Freude annahm, er habe nun endlich beschlossen, ihr die ihrer Stellung zukommende Achtung zu erweisen. »Seitdem er auf Reichtum hoffen kann, ist der einstige Philosoph einer der Unseren«, flüsterte sie Madame de la Ronze zu.

Octave wollte sich des Ausmaßes der Verdorbenheit dieser Frau versichern; erwiese sie sich als sehr böse, so wäre dies eine Art Beweis für Mademoiselle de Zohiloffs Unschuld. Er machte die Beobachtung, daß der Haß allein das vertrocknete Herz der Madame d'Ancre noch etwas zu beleben vermochte; andererseits konnten nur Großzügigkeit und Edelmut sie mit Abneigung erfüllen, so, als verspürte sie das Bedürfnis, sich daran zu rächen. Niedertracht und Gemeinheit, aber in die eleganteste Form gekleidete Niedertracht, verfügten allein über das Privileg, die kleinen Augen der Herzogin zum Leuchten zu bringen.

Octave überlegte gerade, wie er sich dem Interesse, mit dem man ihm zuhörte, am besten entziehen könne, als er hörte, wie Madame de Bonnivet nach ihrem Schachspiel verlangte. Dieses kleine Meisterwerk chinesischer Schnitzkunst hatte Hochwürden Dubois[24] aus Kanton mitgebracht. Octave nahm die Gelegenheit wahr, sich von Madame d'Ancre zu lösen, und bat seine Cousine, ihm den Schlüssel des Aktenschrankes anzuvertrauen, in dem sie aus Angst vor der Ungeschicklichkeit ihres Personals das herrliche Schachspiel verbarg. Armance war nicht mehr im Salon; sie war mit ihrer Busenfreundin, Méry de Tersan, vor wenigen Minuten hinausgegangen. Hätte Octave nicht um den Schlüssel des Dokumentenschrankes gebeten, wäre die Abwesenheit Mademoiselle de Zohiloffs wohl unangenehm aufgefallen, und sie hätte bei ihrer Rückkehr vielleicht einen kleinen, genau bemessenen, aber vernichtenden Blick einstecken müssen. Armance war mittellos und erst achtzehn Jahre alt, und Madame de Bonnivet hatte schon die Dreißig überschritten; sie war noch sehr schön, aber auch Armance war schön.

Die beiden Freundinnen waren vor dem Kamin eines großen, an den Salon grenzenden Boudoirs stehengeblieben. Armance hatte Méry ein Bildnis Lord Byrons zeigen wollen, von dem Mr. Philips, der englische Maler,[25] ihrer Tante jüngst einen Abdruck geschickt hatte. Als Octave an dem Zimmer vorbeikam, hörte er vom Gang aus ganz deutlich diese Worte: »Was willst du denn? Er ist wie alle anderen! Daß ein Mensch, den ich für so edel hielt, sich von der Aussicht auf zwei Millionen so völlig verändern läßt!« Der Ton, in dem die schmeichelhaften Worte »den ich für so edel hielt«, gesagt wurden, traf Octave wie ein Blitzschlag; er blieb unbeweglich stehen. Als er weiterging, waren seine Schritte so leicht, daß auch das feinste Ohr sie nicht hätte hören können. Auf dem Rückweg kam er, mit dem Schachspiel in der Hand, wieder an dem Boudoir vorbei und hielt einen Augenblick lang inne. Doch bald errötete er über seine Indiskretion und ging in den Salon zurück. In einer Umgebung, in der der Neid jede Gestalt annehmen kann, waren die Worte, die er mitgehört hatte, nicht von entscheidendem Gewicht; doch der aufrichtige und ehrliche Ton, in dem sie gesprochen waren, bewegte sein Herz. So sprach niemand, der neidisch war.

Als er der Marquise das Schachspiel ausgehändigt hatte, verspürte Octave das Bedürfnis, nachzudenken. Er setzte sich in eine Ecke des Salons an einen Whisttisch und wiederholte im Geiste zwanzigmal die Worte, die er gehört hatte. Diese tiefe, wonnevolle Träumerei beschäftigte ihn geraume Zeit, als plötzlich Armances Stimme an sein Ohr drang. Er dachte noch nicht an die Mittel und Wege, wie er die Wertschätzung seiner Cousine wiedergewinnen konnte; er genoß noch immer mit Freuden das Glück, sie verloren zu haben. Als er sich der Gruppe um Madame de Bonnivet näherte und aus dem abgelegenen Winkel zurückkam, den die schweigsamen Whistspieler für sich hatten, bemerkte Armance den Ausdruck, der in seinen Blicken lag; sie ruhten auf ihr mit jener Art von Rührung und Ermüdung, die nach einer großen Freude die Augen zu schnellen Bewegungen unfähig macht.

Octave sollte an diesem Tag kein zweites Mal Glück haben; es gelang ihm nicht, das kleinste Wort an Armance zu richten. »Nichts ist schwieriger, als sich zu rechtfertigen«, sagte er zu sich selbst, während er den Ermahnungen der Herzogin d'Ancre zu lauschen schien, die mit ihm als letzte den Salon verließ und darauf bestand, ihn nach Hause zu fahren. Es herrschte eine trockene Kälte, der Mond schien herrlich. Zu Hause angekommen ließ Octave sich sein Pferd bringen und ritt einige Meilen auf dem neuen Boulevard. Bei seiner Rückkehr um drei Uhr morgens passierte er, ohne zu wissen warum und ohne es zu merken, das Haus der Bonnivets.

V

»Wie kann ich Mademoiselle de Zohiloff durch Tatsachen und nicht durch leere Worte beweisen, daß die Freude über das vervierfachte Vermögen meines Vaters mir nicht ganz und gar zu Kopf gestiegen ist?« Auf diese Frage eine Antwort zu finden, blieb vierundzwanzig Stunden lang Octaves einzige Beschäftigung. Zum ersten Mal in seinem Leben hatte ihn etwas, ohne daß er es bemerkte, mit sich fortgerissen.

Seit vielen Jahren beherrschte er stets seine Gefühle und lenkte deren Aufmerksamkeit nur auf Gegenstände, die ihm vernünftig erschienen. Nun aber wartete er mit der ganzen Ungeduld eines Zwanzigjährigen auf die Stunde, in der er Mademoiselle de Zohiloff wiedersehen sollte. Er zweifelte keinen Augenblick lang an der Möglichkeit, mit jemandem, den er fast täglich zweimal sah, auch zu sprechen; verlegen machte ihn nur die Wahl der geeigneten Worte, um sie zu überzeugen. »Denn schließlich«, sagte er sich, »kann ich nicht innerhalb von vierundzwanzig Stunden durch eine überzeugende Handlung beweisen, daß ich über all der Kleingeistigkeit stehe, deren sie mich im Grund ihres Herzens anklagt, und so muß es mir erlaubt sein, zunächst mit Worten zu protestieren.« In der Tat kamen ihm nacheinander viele mögliche Worte in den Sinn; einmal erschienen sie ihm übertrieben, ein anderes Mal fürchtete er, eine so schwere Beleidigung zu leicht zu nehmen. Er hatte noch nicht entschieden, was er Mademoiselle de Zohiloff sagen wollte, als es elf Uhr schlug. Er erreichte als einer der ersten den Salon des Hauses Bonnivet. Wie staunte er aber, als er gewahr wurde, daß Mademoiselle de Zohiloff an diesem Abend zwar mehrmals und, wie es schien, in der gewohnten Weise das Wort an ihn richtete, daß sie ihm jedoch keinerlei Gelegenheit gab, ihr etwas zu sagen, das nur für sie bestimmt war. Octave war sehr betroffen, und der Abend verging im Flug.

Am nächsten Tag hatte er ebensowenig Glück; auch am übernächsten und an den darauffolgenden Tagen konnte er nicht ungestört mit ihr sprechen. Jeden Tag hoffte er auf eine

Gelegenheit, das für seine Ehre so entscheidende Wort zu sagen, und jeden Tag sah er – ohne daß an Mademoiselle de Zohiloffs Verhalten die leiseste Spur von Künstlichkeit zu bemerken gewesen wäre – seine Hoffnung zunichte werden. So verlor er die Freundschaft und Achtung des einzigen Menschen, der ihm seiner würdig erschien, weil ihm Gefühle zugetraut wurden, die das Gegenteil dessen waren, was er wirklich empfand. Sicher gab es im Grunde nichts Schmeichelhafteres, aber auch nichts, was mehr beunruhigen konnte. Octave war tief besorgt über das, was ihm geschah; er brauchte mehrere Tage, um sich an seine neue Lage zu gewöhnen. Er, der das Schweigen so sehr geliebt hatte, begann – ohne sich dessen bewußt zu werden – viel zu reden, sobald Mademoiselle de Zohiloff in Hörweite war. Dabei war es ihm gleichgültig, ob er einen wunderlichen oder zerstreuten Eindruck machte. An welche geistreiche oder angesehene Frau er sich auch wandte, in Wirklichkeit sprach er immer nur zu Mademoiselle de Zohiloff und für sie.

Octaves wirkliches Unglück vertrieb seine schwarze Melancholie; er vergaß seine Gewohnheit, sich stets das Maß des Glücks vor Augen zu halten, das er im Moment genoß. Er verlor seine einzige Freundin; er sah, daß man ihm die Wertschätzung verweigerte, die er so sicher zu verdienen glaubte; aber all dieses Mißgeschick, so grausam es auch war, erregte in ihm nicht den selben Lebensüberdruß, den er früher empfunden hatte. Er sagte sich: »Wer ist denn noch nie verleumdet worden? Je strenger man zu mir ist, desto eifriger wird man sich um Wiedergutmachung bemühen, wenn die Wahrheit erst ans Tageslicht gekommen ist.«

Octave sah zwar sein Glück durch ein Hindernis verstellt, aber er sah auch schon das Glück, oder zumindest das Ende des Leidens, eines Leidens, das ihn ohne Unterlaß beschäftigte. Sein Leben hatte wieder ein Ziel: Er wünschte leidenschaftlich, Armances Achtung zurückzugewinnen. Das war kein leichtes Unterfangen; dieses Mädchen besaß einen ungewöhnlichen Charakter. Geboren am äußersten Ende des russischen Reiches an der Grenze zum Kaukasus, in Sebastopol, wo ihr Vater Kommandant gewesen war, verbarg Mademoiselle de Zohiloff unter dem Anschein vollendeter Zartheit einen festen Willen, der dem rauhen Klima entsprach, in dem sie ihre Kindheit verbracht hatte. Ihre Mutter, eine nahe Verwandte von Madame de Bonnivet und Madame de Malivert, hatte, während ihrer Zeit am Hof Ludwigs XVIII. in Mittau,[26] einen russischen Obersten geheiratet. Monsieur de Zohiloff gehörte einer der vornehmsten Familien im Gouvernement Moskau an; aber der Vater und der Großvater dieses Offiziers hatten sich unglücklicherweise einigen Günstlingen des Zaren angeschlossen, die wenig später nach Sibirien verbannt worden waren, und so mußten sie zusehen, wie ihr Vermögen rapide schrumpfte.

Armances Mutter starb 1811; bald darauf verlor sie ihren Vater, den General de Zohiloff, der in der Schlacht von Montmirail[27] fiel. Als Madame de Bonnivet erfuhr, daß sie eine alleinstehende Verwandte in einer kleinen Stadt im Herzen Rußlands hatte, deren ganzes Vermögen in einer Rente von 100 Louisdor bestand, zögerte sie nicht lange und ließ sie nach Frankreich kommen. Sie gab sie als ihre Nichte aus und hoffte, sie durch eine Gefälligkeit des Hofes verheiraten zu können; Armances Urgroßvater mütterlicherseits war Träger des Blauen Ordensbandes gewesen. Mit kaum achtzehn Jahren hatte Armance, wie man sieht, schon recht viel Unglück erlebt. Vielleicht schienen deshalb die Alltagsereignisse über sie hinwegzugleiten, ohne sie zu erschüttern. Bisweilen konnte man allerdings von ihren Augen ablesen, daß sie auch sehr heftig berührt sein konnte, doch sah man wohl, daß von den gewöhnlichen Dingen nichts an sie herankam. Diese vollkommene Ausgeglichenheit (die für einen Moment aus der Ruhe zu bringen kein geringer Triumph gewesen wäre) verband sich bei ihr mit dem schärfsten Verstand und verschaffte ihr ein Ansehen, das ihrem Alter voraus war.

Ihrem ungewöhnlichen Charakter, vor allem ihren großen tiefblauen Augen, die bezaubernde Blicke aussandten, verdankte sie die Freundschaft all der Damen von Rang im Umkreis von Madame de Bonnivet; aber Mademoiselle de

Zohiloff hatte auch viele Feindinnen. Vergeblich hatte ihre Tante die ihr eigene Unfähigkeit, Menschen, die sie nicht mochte, aufmerksam zuzuhören, bekämpft. Zu sehr war für jeden sichtbar, daß sie an etwas anderes dachte, wenn sie mit solchen Leuten sprach. Im übrigen gab es so manche belanglose Redensart oder kleine Geste, die Armance bei anderen Frauen nie zu beanstanden gewagt hätte – vielleicht dachte sie nicht einmal daran, sie sich selbst zu verbieten –; die aber, hätte sie selbst sie sich erlaubt, sie noch lange Zeit in der Erinnerung hätte schamrot werden lassen. Schon in ihrer Kindheit waren ihre Gefühle selbst bei den Bagatellen dieses Alters so heftig gewesen, daß sie sich lebhafte Vorwürfe gemacht hatte. Es war ihr zur Gewohnheit geworden, sich weniger nach dem Eindruck, den sie auf andere machte, zu beurteilen, als vielmehr nach ihren augenblicklichen Gefühlen, weil die Erinnerung daran morgen vielleicht schon ihr Leben vergiften konnte.

In den Zügen dieses jungen Mädchens wie auch in ihrer Zartheit und Unbefangenheit, die trotz ihres Alters noch kindlich wirkten, konnte man etwas Asiatisches bemerken. Aus keiner ihrer Handlungen sprach unmittelbar ein übertriebenes Gefühl für das, was eine Frau sich selbst schuldet, und dennoch verbreitete sich um sie ein gewisser Zauber von Grazie und entzückender Zurückhaltung. Obwohl sie in keiner Weise aufzufallen suchte und ständig Gelegenheiten ausließ, sich hervorzutun, weckte das junge Mädchen Interesse. Man sah, daß Armance sich vieles versagte, was längst üblich geworden war und was man täglich im Verhalten der vornehmsten Frauen entdecken konnte. Mit einem Wort, ich zweifle nicht daran, daß Mademoiselle de Zohiloff, wären nicht ihre ungewöhnliche Zartheit und ihre Jugend gewesen, von ihren Feindinnen der Prüderie bezichtigt worden wäre.

Ihre Erziehung im Ausland und ihre späte Ankunft in Frankreich dienten weiterhin als Entschuldigung für das, was das Auge des Hasses an Merkwürdigem in ihrer Art, auf äußere Ereignisse zu reagieren, und selbst in ihrem Benehmen hätte bemerken können.

Mit den Feindinnen, die dieser ungewöhnliche Charakter Mademoiselle de Zohiloff verschafft hatte, war Octave ständig zusammen; die deutliche Bevorzugung Armances durch Madame de Bonnivet war für die Freundinnen dieser in der Gesellschaft so hochgeachteten Dame eine unverzeihliche Kränkung. Sie fürchteten ihre unbeirrbare Aufrichtigkeit. Da es recht schwierig ist, die Handlungen eines jungen Mädchens gegen es zu verwenden, stellten sie ihre Schönheit in Frage. Octave hätte als erster zugestanden, daß seine kleine Cousine leicht sehr viel hübscher hätte sein können. Das, wodurch sie auffiel, würde ich vielleicht die russische Schönheit nennen: die Vereinigung von Zügen, die, trotz ihres höchst ausgeprägten Ausdrucks von Einfachheit und Hingabe, wie man ihn bei überzivilisierten Völkern nicht mehr findet, eine zugegebenermaßen sonderbare Mischung aus der reinsten tscherkessischen Schönheit und einigen etwas zu früh ausgeprägten deutschen Merkmalen darstellten. Nichts Gewöhnliches fand sich im Umriß dieser so tiefernsten Züge, die selbst im Ruhezustand ein wenig zu ausdrucksstark waren, um genau der Vorstellung zu entsprechen, die man sich in Frankreich von einem schönen jungen Mädchen macht.

Bei großmütigen Menschen haben diejenigen, die vor ihren Augen schlechtgemacht werden, darin einen großen Vorteil, daß ihre Fehler zuerst von bösen Zungen benannt werden. Als Madame de Bonnivets gute Freundinnen sich in ihrem Haß so weit herabließen, ihren Neid auf Armances bedauernswerte kleine Existenz offen zu zeigen, spotteten sie heftig über die unglückliche Wirkung ihrer allzuweit vorspringenden Stirn und einiger Züge, die, von vorne gesehen, vielleicht ein wenig zu markant waren.

Der einzige wirkliche Angriffspunkt, den Armances Gesichtsausdruck ihren Feindinnen hätte bieten können, war der merkwürdige Blick, der bei ihr bisweilen, und wenn sie am wenigsten daran dachte, zu sehen war. Dieser starre und durchdringende Blick bewies höchste Aufmerksamkeit. Gewiß hätte er nicht einmal die empfindlichste Seele wirklich schockieren können; es lag darin weder Koketterie noch

Selbstbewußtsein; jedoch kann man nicht leugnen, daß er ungewöhnlich und, in diesem Sinn, bei einem jungen Mädchen deplaziert war. Die Schöntuerinnen um Madame de Bonnivet ahmten, wenn sie sicher waren, dabei gesehen zu werden, zuweilen diesen Blick nach, wenn sie von Armance sprachen; doch nahmen ihm diese Durchschnittsseelen all das, was sie darin lieber nicht finden wollten. »Gerade so«, sagte ihnen eines Tages Madame de Malivert, die über ihrer Bosheit die Geduld verlor, »würden sich zwei Engel, die unter die Menschen verbannt wären und sich in vergänglichen Gestalten verbergen müßten, ansehen, um sich zu erkennen.«

Man wird zugeben, daß es angesichts eines in seinen Überzeugungen so gefestigten und so offenen Charakters kein leichtes Unterfangen war, sich mit geschickten Andeutungen gegen einen schwerwiegenden Vorwurf zu rechtfertigen. Um dies zu erreichen, hätte Octave einer Geistesgegenwart und vor allem eines Maßes an Selbstsicherheit bedurft, die er in seinem Alter noch nicht besitzen konnte.

Ohne es zu wollen, gab Armance ihm durch eine Äußerung zu verstehen, daß sie ihn nicht mehr als ihren vertrauten Freund betrachtete. Ihm wurde eng ums Herz, und er sagte eine Viertelstunde lang kein Wort. Es lag ihm fern, in der Form von Armances Satz einen Vorwand zu entdecken, um zu antworten und seine Rechte wiederzuerlangen. Ein paarmal versuchte er etwas zu sagen, aber dann war es schon zu spät, und seine Erwiderung stand beziehungslos im Raum; immerhin zeigte sie sich in gewisser Weise gerührt. Indem Octave vergeblich nach Mitteln suchte, sich für das, was Armance ihm im geheimen vorwarf, zu rechtfertigen, zeigte er ihr, ohne es zu wissen, wie tief betroffen er war; und dies war vielleicht der geradeste Weg, sich ihre Verzeihung zu verdienen.

Seitdem die zu erwartende Entscheidung über das Entschädigungsgesetz auch in weiteren Kreisen kein Geheimnis mehr war, stellte Octave zu seinem Erstaunen fest, daß er gewissermaßen eine Persönlichkeit geworden war. Gesetzte Leute schenkten ihm Aufmerksamkeit. Man behandelte ihn völlig anders als zuvor, insbesondere einige ganz große Damen, die in ihm vielleicht einen Ehemann für ihre Töchter sahen. Diese den Müttern dieses Jahrhunderts eigene Manie, ständig auf der Jagd nach Ehemännern zu sein, entsetzte Octave in einem Maße, das schwer zu beschreiben ist. Die Herzogin de *** beispielsweise, mit der ein wenig verwandt zu sein er die Ehre hatte und die vor diesem Gesetz kaum mit ihm gesprochen hatte, glaubte sich entschuldigen zu müssen, daß sie ihm keinen Platz in der Loge reserviert habe, die sie für den nächsten Tag im »Gymnase« gemietet hatte. »Ich kenne, mein lieber Cousin«, sagte sie zu ihm, »das ganze Ausmaß Ihrer Ungerechtigkeit gegenüber diesem hübschen Theater, dem einzigen, in dem ich mich amüsiere.« – »Ich sehe ein, daß ich Unrecht hatte«, sagte Octave, »die Autoren sind im Recht, ihre schärfsten Repliken enthalten tatsächlich nicht die Spur von Derbheit. Doch dieser Widerruf geschieht nicht zu dem Zweck, Sie um einen Platz zu bitten. Ich gestehe, daß ich weder für die Gesellschaft noch für diese Art von Komödien geschaffen bin, die offenbar deren gefälliges Abbild sind.« Der hochmütige Ton bei einem so jungen Mann kam den beiden Töchtern der Herzogin höchst lächerlich vor. Sie machten den ganzen Abend darüber ihre Scherze, waren aber dessenungeachtet am nächsten Tag Octave gegenüber von *vollendeter Schlichtheit*. Er bemerkte die Veränderung und zuckte die Achseln.

Erstaunt über seine Erfolge und noch mehr über die geringe Mühe, die sie ihn kosteten, erwartete Octave, der viel theoretisches Wissen über das Leben gesammelt hatte, daß der Neid über ihn hereinbrechen würde; »denn es gehört dazu«, sagte er sich, »daß das Entschädigungsgesetz mir auch diesen Spaß verschafft.« Er mußte nicht lange warten; wenige Tage darauf erzählte man ihm, daß junge Offiziere aus dem Umkreis von Madame de Bonnivet sich gern über seinen Reichtum lustig machten: »Welch ein Unglück für den armen Malivert, diese zwei Millionen«, sagte der eine, »daß die ihm wie ein Dachziegel auf den Kopf fallen! jetzt kann er nicht mehr Priester werden! wie bitter für ihn!« – »Es wäre ja auch unvorstellbar«, setzte ein anderer fort, »daß in diesem Jahrhundert, wo der Adel so hart angefaßt wird, jemand, der einen Titel trägt, sich dieser Bluttaufe zu entziehen wagte.« – »Es ist immerhin die einzige Tugend, die die Partei der Jakobiner noch nicht als Heuchelei anzuprangern sich erdreistet hat«, fügte ein dritter hinzu.

Auf diese Äußerungen hin ließ Octave sich noch mehr in Gesellschaft sehen, erschien auf allen Bällen, war sehr hochmütig und – soweit es ihm gegeben war – den jungen Leuten gegenüber sogar unverschämt; doch all dies blieb ohne die beabsichtigte Wirkung. Zu seinem großen Erstaunen (er war ja erst zwanzig) stellte er fest, daß man ihn im Gegenteil ein wenig mehr respektierte. In Wirklichkeit war man sich darüber einig, daß das Entschädigungsgesetz ihm vollends zu Kopf gestiegen sei; doch fügte die Mehrzahl der Frauen hinzu: »Es fehlte ihm nur noch dieser ungenierte und stolze Ausdruck.« So beliebte man das zu benennen, was er selbst als seine Unverschämtheit empfand und was er sich nie erlaubt hätte, wären ihm nicht die gegen ihn gerichteten üblen Reden zugetragen worden. Octave genoß den erstaunlichen Empfang, den man ihm in der Gesellschaft bereitete und der sich so gut mit seiner natürlichen Neigung vertrug, ein wenig Distanz zu halten. Seine Erfolge freuten ihn vor allem wegen des Glücks, das er in den Augen seiner Mutter lesen konnte; auf das wiederholte inständige Drängen von Madame de Malivert hin hatte er ja die ihm so teure Einsamkeit aufgegeben. Für gewöhnlich aber bestand die Wirkung der Aufmerksamkeit, die er nun auf sich zog, nur darin, ihm in Erinnerung zu rufen, daß er bei Mademoiselle de Zohiloff in Ungnade gefallen war. Diese Ungnade schien sich jeden Tag zu verschlimmern. Es gab Momente, in denen sie sich fast bis zur Unhöflichkeit steigerte; zumindest war es eine höchst entschiedene Distanzierung, und sie machte sich um so mehr bemerkbar, als die neue Existenz Octaves, die er dem Entschädigungsgesetz verdankte, nirgends stärker zur Geltung kam als im Hause von Madame de Bonnivet.

Seitdem er Aussichten hatte, eines Tages an der Spitze eines einflußreichen Salons zu stehen, wollte ihn die Marquise unbedingt dem Einfluß jener trockenen »Philosophie der Nützlichkeit« entreißen. So bezeichnete sie nämlich seit einigen Monaten das, was man gewöhnlich die Philosophie des achtzehnten Jahrhunderts nennt. »Wann werden Sie endlich«, sagte sie zu ihm, »die Bücher jener grämlichen Männer ins Feuer werfen, die außer Ihnen kein junger Mann Ihres Alters und Standes mehr liest?«

Madame de Bonnivet wollte ihn zu einer Art von deutschem Mystizismus bekehren. Sie erwies ihm die Freundlichkeit, ihn daraufhin zu untersuchen, ob er *religiöses Gefühl* besaß. Octave zählte diesen Bekehrungsversuch zu den merkwürdigsten Dingen, die ihm zugestoßen waren, seitdem er sein Einsiedlerdasein aufgegeben hatte. »Eine von diesen Verrücktheiten«, dachte er, »die man nie voraussehen kann.«

Die Marquise de Bonnivet konnte als eine der bemerkenswertesten Damen der Gesellschaft gelten. Ihre Gesichtszüge von vollendeter Regelmäßigkeit, ihre überaus großen Augen, deren Blick höchsten Respekt einflößte, ihre elegante Figur und ihre sehr vornehmen, vielleicht gar ein wenig zu vornehmen Manieren verschafften ihr, wohin sie kam, den ersten Platz. Die etwas weitläufigeren Salons vor allem waren es, in denen sie glänzte, und am Tag der Eröffnung der letzten Parlamentssitzung zum Beispiel wurde sie unter den vornehmsten Frauen als erste genannt. Octave freute sich auf die Wirkung, die die Forschung nach dem *religiösen Gefühl* zeitigen würde. Er, der sich in solchem Maße von jeder Heuchelei frei glaubte, konnte sich bei dem Gedanken an die Täuschung, der die Gesellschaft in bezug auf ihn unterliegen würde, einer freudigen Regung nicht erwehren.

Die hohe Tugend der Madame de Bonnivet war über jede Verleumdung erhaben. Ihre Phantasie war nur mit Gott und den Engeln beschäftigt, allenfalls noch mit einigen Wesen zwischen Gott und Mensch, die, den neuesten deutschen Philosophen zufolge, einige Fußbreit über unseren Köpfen schweben. Von diesem erhöhten, wiewohl auch uns nahen

Standpunkt aus sollen sie *unsere Seelen magnetisieren*, etc., etc. »Diesen Ruf der Klugheit – der Madame de Bonnivet seit ihrem ersten Auftreten in der Gesellschaft zu Recht vorauseilte und den ihr selbst die gelehrten Anspielungen einiger Jesuiten nicht beschneiden konnten –, ihn wird sie für mich aufs Spiel setzen«, dachte Octave, und das Vergnügen, die Aufmerksamkeit einer so bedeutenden Frau für alle sichtbar auf sich zu ziehen, ließ ihn die langen Erklärungen, die sie zum Zweck seiner Bekehrung für nötig hielt, geduldig ertragen.

Bei seinen neuen Bekannten galt Octave bald als der unzertrennliche Begleiter der Marquise de Bonnivet, die in bestimmten Kreisen berühmt war und die, wie sie selbst glaubte, bei Hof Aufsehen erregte, wenn sie dort zu erscheinen geruhte. Obwohl die Marquise eine bedeutende, allseits beliebte und im übrigen sehr schöne Dame war, machten diese Vorzüge auf Octave keinerlei Eindruck; er fand unglücklicherweise ihr Verhalten ein wenig künstlich, und sobald er diesen Fehler irgendwo bemerkte, war er nur noch zum Spotten aufgelegt. Doch dieser zwanzigjährige Weise war noch weit davon entfernt, den wahren Grund des Vergnügens zu durchschauen, das die Bekehrungsversuche ihm bereiteten. Er, der der Liebe so häufig abgeschworen hatte, daß man behaupten kann, der Haß auf diese Leidenschaft sei sein Lebensinhalt gewesen, ging so gern in das Haus der Bonnivets, weil dort immer jene Armance, die ihn verachtete, ihn vielleicht haßte, ein paar Schritte neben ihrer Tante stand. Octave besaß keinerlei Dünkel; sein Hauptfehler war im Gegenteil, daß er seine Mängel überschätzte; aber wenn er ein wenig auf sich hielt, dann in bezug auf seine Ehre und Seelenstärke. Er hatte, ohne damit zu prahlen und ohne zu schwanken, mehrere lächerliche, aber vorteilbringende Ansichten aufgegeben, die für die meisten jungen Leute seines Standes und seines Alters unantastbar sind. Diese Siege, die er sich ständig vor Augen hielt, zum Beispiel seine Liebe zum militärischen Status, ganz unabhängig von jedem Ehrgeiz in bezug auf Rang und Beförderung; diese Siege, sage ich, hatten ihm großes Vertrauen in seine Festigkeit eingeflößt. »Nur aus Feigheit«, sagte er manchmal, »nicht aus Mangel an Einsicht unterlassen wir es, in unserem Herzen zu lesen«, und dank diesem schönen Grundsatz verließ er sich ein wenig zu sehr auf seinen Scharfblick. Eine Bemerkung, aus der hervorgegangen wäre, daß er eines Tages Mademoiselle de Zohiloff lieben würde, hätte ihn veranlaßt, Paris auf der Stelle zu verlassen. In seiner jetzigen Lage war er von dieser Vorstellung weit entfernt. Er schätzte Armance sehr, und sozusagen sie allein; er sah sich von ihr verachtet und schätzte sie gerade wegen dieser Verachtung. War es nicht ganz natürlich, daß er dennoch ihre Achtung wiedererlangen wollte? Es gab nichts Verdächtiges in seinem Wunsch, ihr zu gefallen. Octave tat alles, um schon das Aufkommen des kleinsten Verdachts von Liebe zu verhindern, indem er, wenn er sich im Kreise der Feindinnen von Mademoiselle de Zohiloff befand, ihre Fehler als erster zugestand. Doch die anhaltende Ungewißheit und immer wieder enttäuschte Hoffnung, in der seine Cousine ihn mit ihrem Schweigen hielt, hinderten ihn zu bemerken, daß jeder der Fehler, die man ihr in seinem Beisein vorwarf, für ihn mit einer großen Qualität zusammenhing.

Eines Tages zum Beispiel nahm man Anstoß an Armances Vorliebe für kurzes, in großen Locken herabfallendes Haar, wie es in Moskau getragen wird. »Mademoiselle de Zohiloff schätzt die Bequemlichkeit«, sagte eine der Schönrednerinnen um die Marquise, »sie will nicht allzuviel Zeit mit ihrer Toilette zubringen.« Octave sah mit einem boshaften Vergnügen, welchen Beifall diese Bemerkung bei den Damen des Salons fand. Sie ließen durchblicken, Armance habe guten Grund, alles den Pflichten unterzuordnen, die ihr die Ergebenheit gegenüber ihrer Tante auferlegte; und ihre Blicke schienen zu sagen, daß sie alles den Pflichten einer Gesellschaftsdame unterzuordnen habe. Octave fand es unter seiner Würde, auf eine solche Unterstellung zu antworten. Während er sich boshaft daran ergötzte, gab er sich still und genießerisch einer leisen Regung leidenschaftlicher Bewunderung hin. Er fühlte eher, als daß er dachte: »Diese Frau, die von allen anderen auf solche Weise angegriffen wird, ist dennoch die einzige hier, die meine Wertschätzung verdient! So reich die anderen Frauen sind, so arm ist sie; ihr allein dürfte es erlaubt sein, die Bedeutung des Geldes zu überschätzen. Statt dessen verachtet sie es, sie, die noch nicht einmal 1 000 Écus Rente bezieht, während diese Frauen hier, die alle im größten Reichtum leben, es in ordinärer Weise vergöttern.«

VI

Eines Abends, nachdem die Spiele begonnen hatten und die großen Damen, die Madame de Bonnivet persönlich empfing, eingetroffen waren, wandte sie sich mit ungewöhnlichem Interesse an Octave: »Ich begreife Sie nicht«, sagte sie, wohl schon zum hundertsten Mal. – »Wenn Sie mir schwören wollten, mein Geheimnis niemals zu verraten, würde ich es Ihnen preisgeben, noch hat es niemand erfahren.« – »Wie? Nicht einmal Madame de Malivert?« – »Mein Respekt verbietet mir, sie in Unruhe zu versetzen.« Bei allem Idealismus ihrer Überzeugungen war Madame de Bonnivet doch nicht unempfänglich für den Reiz, das große Geheimnis eines der Männer zu erfahren, die in ihren Augen der Vollkommenheit am nächsten kamen; zudem war dieses Geheimnis noch niemandem anvertraut worden.

Nachdem Octave immerwährende Verschwiegenheit verlangt hatte, verließ Madame de Bonnivet den Salon und kam wenig später mit einem außergewöhnlichen Schmuckstück zurück, das an der goldenen Kette ihrer Uhr befestigt war: eine Art Kreuz aus Eisen, hergestellt in Königsberg. Sie nahm es in die linke Hand und sagte mit leiser und feierlicher Stimme zu Octave: »Sie verlangen von mir ewige Geheimhaltung, unter allen Umständen und gegen jedermann. Ich erkläre Ihnen, bei Jehovah: Ja, ich werde dieses Geheimnis bewahren.«

»Nun gut, Madame«, sagte Octave, den die kleine Zeremonie und die feierliche Miene seiner vornehmen Cousine amüsiert hatten: »Was so häufig meine Seele verdüstert und was ich noch niemandem anvertraut habe, ist dieses schreckliche Unglück: Ich habe kein *Gewissen*. Ich entdecke in mir nichts von dem, was Sie den *inneren Sinn* nennen, kein *instinktives* Zurückschrecken vor Verbrechen. Wenn ich das Laster verabscheue, dann ganz einfach nur aufgrund von Überlegungen und weil ich es für schädlich halte. Und was mir beweist, daß ich gar nichts Gottgegebenes oder *Instinktives* besitze, ist, daß ich mir jederzeit in allen einzelnen Schritten meine Überlegungen wiederholen kann, kraft derer ich das Laster abscheulich finde.« – »Ach, wie ich Sie bedaure, mein lieber Cousin, Sie tun mit entsetzlich leid!« sagte Madame de Bonnivet in einem Ton, der das größte Vergnügen verriet. »Sie sind genau das, was wir ein *rebellisches Wesen* nennen.«

In diesem Moment wurde jedem mißgünstigen Beobachter – und sie *wurden* beobachtet – ihr Interesse an Octave augenscheinlich. Ihre Haltung verlor alles Künstliche und nahm dafür etwas Feierliches und Wahrhaftiges an; ihre Augen versprühten ein sanftes Feuer, während sie dem jungen Mann zuhörte, und insbesondere während sie ihn bedauerte. Madame de Bonnivets gute Freundinnen, die von weitem zuschauten, stellten die gewagtesten Vermutungen an, wo sie doch lediglich von der Freude ergriffen war, endlich ein *rebellisches Wesen* gefunden zu haben. Octave versprach einen bleibenden Erfolg, falls es ihr gelingen sollte, in ihm das *Gewissen* und den *inneren Sinn* zu wecken. Ein berühmter Arzt im letzten Jahrhundert, der zu einem vornehmen Herrn, seinem Freund, gerufen wurde, brach, nachdem er die Krankheitssymptome lange wortlos untersucht hatte, plötzlich in Freudenschreie aus: »Ah, Herr Marquis, dies ist eine seit der Antike ausgestorbene Krankheit! Der *glasige Schleim*! Eine Krankheit ersten Ranges, absolut tödlich! Und ich habe sie wiederentdeckt! Ich habe sie wiederentdeckt!« Von dieser Art war die Freude, die Madame de Bonnivet empfand: Es war gewissermaßen eine Künstlerfreude.

Seitdem sie damit beschäftigt war, den neuen Protestantismus zu verbreiten, der das Christentum ablösen muß – das Christentum, dessen Zeit vorüber ist und das, wie jeder weiß, an der Schwelle seiner vierten Metamorphose steht –, seit dieser Zeit hatte sie von *rebellischen Wesen* reden gehört. Sie stellen den einzigen Einwand gegen das System des deutschen Mystizismus dar, das auf der Überzeugung von der Existenz eines persönlichen Bewußtseins für das Gute und das Böse beruht. Sie hatte das Glück, eines von ihnen entdeckt zu haben; sie kannte als einzige auf der Welt sein Geheimnis; und dieses *rebellische Wesen* war vollkommen, denn da sein moralisches Verhalten ja ohne jeden Fehl war, wurde die Reinheit seines *Diabolismus* durch keinerlei Verdacht auf persönlichen Nutzen beeinträchtigt.

Ich werde nicht alle die guten Gründe anführen, die Madame de Bonnivet an diesem Tag vor Octave ausbreitete, um ihn davon zu überzeugen, daß auch er einen *inneren Sinn* besitze. Der Leser ist vielleicht nicht in der glücklichen Lage, drei Schritte von einer bezaubernden Cousine entfernt zu sitzen, die ihn von Herzen verachtet und deren Freundschaft wiederzuerobern sein brennender Wunsch ist. »Dieser innere Sinn kann sich, wie schon sein Name sagt, durch kein äußeres Anzeichen offenbaren; doch nichts ist einfacher und nichts leichter zu verstehen als das«, sagte Madame de Bonnivet, »Sie sind ein *rebellisches Wesen*, etc. etc. Sehen Sie nicht, fühlen Sie nicht, daß es, abgesehen von Raum und Zeit, hienieden nichts Wirkliches gibt?

Während all dieser schönen Belehrungen funkelte in den Blicken des Vicomte de Malivert eine tatsächlich etwas diabolische Freude, und Madame de Bonnivet, die sehr scharfsichtig war, rief aus: »Ah, mein lieber Octave, die *Rebellion* ist in Ihren Augen sichtbar!« – Man muß zugeben, daß seine großen schwarzen Augen, die sonst so entmutigt dreinsahen und die nun flammende Blitze zwischen den allerschönsten blonden Locken hindurchsandten, in diesem Moment recht beeindruckend waren. Sie besaßen jenen Charme, den man in Frankreich vielleicht besser als irgendwo anders empfindet: den Ausdruck einer Seele, die man lange Jahre für erstarrt gehalten hat und die sich plötzlich für das Gegenüber belebt. Der elektrische Schlag, der Madame de Bonnivet durch diesen Anblick vollendeter Schönheit traf, und die empfindsame Natürlichkeit, die er ihrer Sprache mitteilte, machten sie wirklich verführerisch. In diesem Augenblick hätte sie jedes Martyrium erlitten, um ihrer neuen Religion zum Sieg zu verhelfen; ihre Augen strahlten vor Großmut und Ergebenheit. Welch ein Triumph für die boshaften Augen, die sie beobachteten!

Und diese beiden Menschen, die von allen im Salon wohl die bemerkenswertesten waren und sich, ohne es zu bemerken, zur Schau stellten, dachten überhaupt nicht daran, dem anderen gefallen zu wollen; nichts beschäftigte sie weniger. Gerade dies aber wäre der Herzogin d'Ancre und denen, die sie umgaben, den feinsten Damen Frankreichs, völlig unglaubhaft erschienen. So urteilt man in der besseren Gesellschaft über Gefühlsdinge.

Armance bewies in ihrer vorgefaßten Meinung gegenüber ihrem Cousin eine bewundernswerte Standfestigkeit. Mehrere Monate waren vergangen, seitdem sie mit ihm nicht mehr über persönliche Dinge redete. Oft sprach sie einen ganzen Abend lang kein Wort mit ihm, und Octave begann die Tage besonders festzuhalten, an denen sie geruht hatte, ihn wahrzunehmen.

Da er bemüht war, seine Bestürzung über Mademoiselle de Zohiloffs Ablehnung nicht zu zeigen, fiel Octave nicht mehr durch sein undurchdringliches Schweigen und den sonderbaren und überaus vornehmen Ausdruck seiner schönen Augen auf, die bisher einen so gelangweilten Eindruck gemacht hatten. Er redete viel und ohne sich in irgendeiner Weise Gedanken darüber zu machen, zu welchen Absurditäten er sich gelegentlich hinreißen ließ. So wurde er unversehens einer der beliebtesten Männer in jenen Salons, die in irgendeiner Weise mit dem von Madame de Bonnivet zusammenhingen. Sein vollkommenes Desinteresse an allem verschaffte ihm dabei eine tatsächliche Überlegenheit gegenüber seinen Rivalen. Er trat ohne Geltungsdrang auf, inmitten von Leuten, die davon zerfressen wurden. Sein Ruhm, der sich aus dem Salon der berühmten Marquise de Bonnivet in jene Abendgesellschaften verbreitet hatte, die neidisch zu ihr aufblickten, hatte ihn ohne jede Anstrengung in eine sehr günstige Position versetzt. Ohne überhaupt etwas unternommen zu haben, bemerkte er schon bei seinem Debüt in der vornehmen Gesellschaft, daß er als etwas Besonderes betrachtet wurde. Selbst sein verächtliches Schweigen, das ihn plötzlich in Gegenwart von Leuten befiel, die er für unfähig hielt, edlere Gefühle zu verstehen, wurde ihm nicht als verletzende Eigentümlichkeit ausgelegt. Mademoiselle de Zohiloff sah diesen Erfolg mit an und wunderte sich. Seit drei Monaten war Octave nicht mehr derselbe. Es war kein Wunder, daß seine Unterhaltungen, die alle brillant fanden, schließlich auch auf Armance einen heimlichen Zauber ausübten: Sie waren ja allein dazu bestimmt, ihr zu gefallen.

Gegen Mitte des Winters glaubte Armance, Octave werde eine großartige Partie machen, und die soziale Stellung, in die der junge Vicomte de Malivert im Laufe weniger Monate aufgestiegen sein würde, war leicht zu erkennen. Im Salon von Madame de Bonnivet sah man zuweilen einen sehr vornehmen Herrn, der in seinem Leben immer denjenigen Dingen und Personen nachgejagt war, die gerade in Mode waren. Es war eine Manie von ihm, sich an sie zu hängen, und dieser merkwürdigen Idee verdankte er ziemlich große Erfolge: Als ein Mann von sehr gewöhnlicher Herkunft hatte er sich aus der Masse herausgehoben. Dieser vornehme Herr, der Ministern gegenüber ergeben war wie ein Dienstbote, unterhielt die besten Beziehungen zu ihnen, und der zukünftige Ehemann seiner Enkelin, die seine einzige Erbin war, würde wohl in den Genuß der größten Ehren und Vorteile kommen, die die Monarchie zu vergeben hatte. Schon den ganzen Winter über schien er Octave beobachtet zu haben, aber der Höhenflug, den das Ansehen des jungen Vicomte nehmen würde, war alles andere als voraussehbar. Der Herzog von *** veranstaltete eine große Parforcejagd in seinen normannischen Wäldern. Dort dabei zu sein, war eine besondere Auszeichnung; er hatte seit dreißig Jahren keine Einladung ausgesprochen, hinter der schlaue Beobachter nicht einen Zweck hätten ausmachen können.

Plötzlich und ohne vorherige Andeutung schrieb er dem Vicomte de Malivert einen reizenden Brief und lud ihn ein, mit ihm zu jagen.

Octaves Familie, der der Charakter und das Verhalten des alten Herzogs von *** bestens bekannt waren, zweifelte nicht daran, daß Octave, sollte er bei seinem Aufenthalt auf Schloß Ranville Erfolg haben, eines Tages Herzog und Pair sein würde. Der Kommandeur und alle anderen im Haus gaben ihm gute Ratschläge mit auf den Weg. Er genoß also die Ehre, mit ansehen zu dürfen, wie ein Hirsch und vier ausgezeichnete Jagdhunde sich von einem hundert Fuß hohen Felsen in die Seine stürzten, und am dritten Tag war er wieder in Paris.

»Sie sind offenbar verrückt«, sagte Madame de Bonnivet im Beisein von Armance zu ihm. »Gefällt Ihnen das Fräulein denn nicht?« – »Ich habe sie mir nicht so genau angesehen«, erwiderte Octave kaltblütig, »sie scheint mir sogar recht angenehm; doch als die Stunde nahte, zu der ich immer hierher komme, wurde mir ganz trübsinnig zumute.«

Nach diesem großen philosophischen Gedankenflug flammten die religiösen Streitgespräche heftiger denn je wieder auf. Für Madame de Bonnivet war Octave ein wunderliches Wesen. Schließlich aber, durch ihren Instinkt für das in der Gesellschaft Schickliche (wenn ich diesen Ausdruck wagen darf) oder nach einem gelegentlichen Schmunzeln, das ihr nicht entgangen war, begriff die schöne Marquise, daß ein Salon, in dem sich Abend für Abend hundert Personen versammeln, nicht der geeignete Ort für die »Erforschung der Rebellion« sein dürfte. Sie bat Octave eines Tages, sie zu Hause aufzusuchen, am nächsten Tag, nach dem Mittagessen. Auf dieses Wort wartete Octave schon lange.

Der nächste Tag war einer der strahlendsten in jenem April. Der Frühling schickte eine köstliche Brise mit warmen Windstößen voraus. Madame de Bonnivet beschloß, ihre theologische Vorlesung in den Garten zu verlegen. Sie hoffte, aus dem *immer neuen* Schauspiel der Natur ein schlagendes Argument für einen der grundlegenden Gedanken ihrer Philosophie abzuleiten: *Was schön ist, ist notwendig auch wahr.* Tatsächlich sprach die Marquise äußerst überzeugend und bereits ziemlich lange, als sie von einer Zofe abgeholt wurde, um einer ausländischen Fürstin ihre Aufwartung zu machen. Die Verabredung war bereits acht Tage alt; aber die Interessen der neuen Religion, deren Paulus, wie sie hoffte, Octave einmal sein würde, hatten sie alles andere vergessen lassen. Da die Marquise fühlte, daß sie gut im Schwung war, bat sie Octave, auf sie zu warten. »Armance wird Ihnen Gesellschaft leisten«, fügte sie hinzu.

Sobald Madame de Bonnivet sich entfernt hatte, sagte Octave, ohne jede Schüchternheit – denn die Schüchternheit ist ein Kind der sich ihrer selbst bewußten und fordernden Liebe: »Wissen Sie, liebe Cousine, was mir mein *Gewissen* sagt? Daß Sie mich seit drei Monaten verachten als einen Kleingeist, dem die Hoffnung auf einen Zuwachs seines Vermögens völlig zu Kopf gestiegen ist. Seit langem versuche ich, mich vor Ihnen zu rechtfertigen, nicht durch leere Worte, sondern durch die Tat. Mir fällt aber keine ein, die überzeugend wäre. Auch ich kann nur an Ihren *inneren Sinn* appellieren. Hören Sie zu: Folgendes ist mir geschehen. Schauen Sie mir in die Augen, während ich spreche, und sehen Sie, ob ich lüge.« Und Octave begann seiner jungen Verwandten in vielen Einzelheiten und mit vollkommener Naivität die Folge von Gefühlen und Maßnahmen darzulegen, mit der wir den Leser vertraut gemacht haben. Er vergaß auch nicht die Bemerkung, die Armance ihrer Freundin, Méry de Tersan, gegenüber gemacht und die er mitgehört hatte, als er das chinesische Schachspiel holen ging. »Dieses Wort hat mein Leben beherrscht; seit jenem Augenblick habe ich nur daran gedacht, wie ich Ihre Achtung wiedererlangen könnte.« Diese Erinnerung rührte Armance sehr, und einige stille Tränen begannen über ihre Wangen zu rinnen.

Sie unterbrach Octave nicht; als er aufgehört hatte zu sprechen, schwieg sie noch lange. »Sie halten mich für schuldig!« sagte Octave, äußerst betroffen von ihrem Schweigen. Sie antwortete nicht. »Ich habe Ihre Wertschätzung verloren«, rief er aus, und Tränen standen in seinen Augen. »Nennen Sie mir irgendeine Handlung, durch die ich den Platz, den ich früher in Ihrem Herzen einnahm, wiedererlangen kann, und sie wird sofort vollbracht sein!« Die letzten Worte, die mit großer, aber beherrschter Energie ausgesprochen wurden, waren zuviel für Armance. Sie konnte sich nicht mehr verstellen, die Tränen übermannten sie, und sie ließ ihnen freien Lauf. Sie fürchtete, Octave könnte ein Wort hinzufügen, das ihre Verwirrung noch verschlimmern würde und sie den Rest an Selbstbeherrschung verlieren ließe; vor allem fürchtete sie sich davor, zu reden. So beeilte sie sich, ihm die Hand zu geben, und sagte, indem sie sich anstrengte, etwas zu sagen, aber nur als Freundin zu sprechen: »Sie besitzen all meine Wertschätzung.« Sie war froh, als sie von weitem eine Kammerzofe kommen sah; die Notwendigkeit, ihre Tränen vor dem Mädchen zu verbergen, lieferte ihr einen Vorwand, den Garten zu verlassen.

VII

Octave blieb unbeweglich stehen, die Augen voller Tränen; er wußte nicht, ob er sich freuen oder bekümmert sein sollte. Nach so langer Zeit des Wartens hatte er endlich die ersehnte Schlacht schlagen können; aber hatte er sie verloren oder gewonnen? »Wenn sie verloren ist«, dachte er, »so ist für mich alles zu Ende. Armance hält mich so sehr für schuldig, daß sie sich mit der erstbesten Entschuldigung, die ich vorbringe, zum Schein zufriedengibt und damit vermeidet, vor einem Mann, der ihrer Freundschaft so unwürdig ist, lange Erklärungen abgeben zu müssen. Was bedeuten diese kurzen Worte: ›Sie besitzen all meine Wertschätzung‹? Kann man sich etwas Kälteres vorstellen? Ist das etwa die vollkommene Wiederherstellung unserer alten Freundschaft? Ist es eine höfliche Form, eine unangenehme Aussprache abzubrechen?« Der abrupte Weggang Armances schien ihm am ehesten Schlimmes zu bedeuten.

Während Octave in tiefer Verwunderung versuchte, sich über das, was ihm soeben widerfahren war, klarzuwerden und Schlüsse daraus zu ziehen; während er fürchtete, er könnte mitten in seinen Bemühungen, das Richtige durch Überlegung herauszufinden, plötzlich eine entscheidende Entdeckung machen, die alle Ungewißheit beseitigte, indem sie ihm bewiese, daß seine Cousine ihn ihrer Wertschätzung für unwürdig hielt; währenddessen unterlag Armance dem heftigsten Schmerz. Sie erstickte fast an ihren Tränen, doch waren es keine Freudentränen mehr, sondern solche der Scham.

Eilig schloß sie sich in ihrem Zimmer ein. »Großer Gott«, sagte sie sich im Übermaß ihrer Verwirrung, »was wird Octave von dem Zustand halten, in dem er mich gesehen hat? Hat er verstanden, weshalb ich weinte? Ach, kann ich denn daran zweifeln? Seit wann bringt eine einfache Versicherung der Freundschaft ein Mädchen meines Alters zum Weinen? Mein Gott, wie kann ich mich nach einer solchen Schande je wieder vor ihm blicken lassen? In meiner gräßlichen Lage fehlte mir nur noch das: Ich habe mir seine Verachtung selbst verdient. Aber«, so sagte sich Armance, »eine so ganz belanglose Versicherung war es auch wieder nicht; drei Monate lang habe ich es vermieden, mit ihm zu sprechen; es war eine Art Versöhnung zwischen Freunden, die sich zerstritten hatten, und es heißt, daß man bei dieser Art von Versöhnung weint. – Ja, aber man ergreift nicht die Flucht, man gerät nicht in die äußerste Verwirrung!

Anstatt mich einzuschließen und in meinem Zimmer in Tränen auszubrechen, sollte ich im Garten sein und, zufrieden mit dem einfachen Glück der Freundschaft, weiter mit ihm sprechen. Ja«, sagte sich Armance, »ich muß in den Garten zurück; Madame de Bonnivet ist vielleicht noch nicht wieder da.« Beim Aufstehen betrachtete sie sich im Spiegel und stellte fest, daß sie sich so nicht vor Octave zeigen konnte. »O weh!« schrie sie auf und ließ sich verzweifelt auf einen Stuhl sinken, »ich Unglückliche, ich bin entehrt! Und in wessen Augen entehrt? In denen Octaves!« Ihr Schluchzen und ihre Verzweiflung hinderten sie daran, zu denken.

»Wie?«, dachte sie einige Augenblicke später, »so ruhig, so glücklich gar, war ich noch vor einer halben Stunde trotz meines fatalen Geheimnisses, und nun bin ich verloren! Für immer verloren, ohne Rettung! Ein Mann von so viel Verstand muß das ganze Ausmaß meiner Schwäche erfaßt haben, und diese Art von Schwäche gehört zu denen, die seine strengen Vorstellungen am ehesten irritieren müssen.« Die Tränen erstickten Armance. Dieser Zustand heftiger Erschütterung dauerte mehrere Stunden; er rief einen leichten Fieberanfall hervor, der Armance die Erlaubnis einbrachte, ihr Zimmer den ganzen Abend über nicht zu verlassen.

Das Fieber stieg an; bald kam ihr ein Gedanke: »Ich bin nur halb entehrt, denn schließlich habe ich meine fatale Liebe nicht direkt eingestanden. Nach dem, was geschehen ist, kann ich allerdings für nichts mehr einstehen. Ich muß eine unüberwindliche Schranke zwischen mir und Octave aufbauen. Ich muß den Schleier nehmen, ich werde den Orden wählen, der mir die größte Einsamkeit bietet, ein Kloster hoch in den Bergen, mit einem malerischen Ausblick. Dort wird mich niemand mehr an ihn erinnern. Dies ist die *Pflicht*«, dachte die unglückselige Armance und hatte im selben Augenblick das Opfer schon auf sich genommen. Sie sagte es sich nicht, sie *fühlte* (denn es im einzelnen zu formulieren, wäre wie ein Zweifel gewesen), sie fühlte, daß dies die Wahrheit war: »Wenn ich in dem Augenblick, da ich die *Pflicht* erkannt habe, diese nicht auf der Stelle, blindlings und ohne Widerspruch erfüllte, benähme ich mich gewöhnlich, und das hieße, Octaves unwürdig zu sein. Wie oft hat er mir gesagt, dies sei das Zeichen, an dem man eine edle Seele erkenne! Ach, ich werde mich Ihrem Spruch unterwerfen, mein edler Freund, mein lieber Octave!« Im Fieber wagte sie den Namen halblaut auszusprechen, und es machte sie glücklich, ihn zu wiederholen.

Bald sah Armance sich schon als Nonne. Für Augenblicke wunderte sie sich sogar über den weltlichen Schmuck ihres kleinen Zimmers. »Diesen schönen Stich, die ›Sixtinische Madonna‹, den Madame de Malivert mir geschenkt hat, muß ich weiterverschenken«, sagte sie sich. »Octave hat ihn ausgesucht und ihn dem ersten Bild Raffaels, der ›Hochzeit der Maria‹, vorgezogen. Ich erinnere mich, schon damals mit ihm darüber gestritten zu haben, ob seine Wahl richtig war, allein aus Freude daran, zu sehen, wie er sie verteidigte. Liebte ich ihn etwa schon, ohne es zu wissen? Habe ich ihn immer geliebt? Ach, ich muß mir diese schreckliche Leidenschaft aus dem Herzen reißen!« Und die arme Armance, die ihren Cousin vergessen wollte, wurde selbst bei den unwichtigsten Angelegenheiten ihres täglichen Lebens an ihn erinnert. Sie war allein, sie hatte die Zofe weggeschickt, um ungestört weinen zu können. Sie läutete und ließ die Stiche in das benachbarte Zimmer bringen. Bald war ihr Zimmer leergeräumt bis auf den einzigen Schmuck der hübschen lapislazuliblauen Tapete. »Darf eine Nonne eine Tapete in ihrer Zelle haben?« Sie dachte über diese Schwierigkeit lange nach; sie mußte sich die Umstände, unter denen sie in ihrer Zelle würde leben müssen, genau ausmalen. Hier war Ungewißheit schlimmer als alle anderen Übel, denn nun übernahm es die Phantasie, sie ihr auszumalen: »Nein«, sagte sie sich endlich, »Tapeten können nicht erlaubt sein, sie waren zur Zeit der Ordensgründerinnen noch nicht erfunden. Diese Orden kommen aus Italien; der Fürst Tuboskin sagte uns, daß eine kahle Wand, die jedes Jahr mit Kalk geweißelt wird, der einzige Schmuck so vieler schöner Klöster sei. Ah«, fuhr sie in ihrem Delirium fort, »vielleicht sollte ich den Schleier in Italien nehmen? Die Gesundheit würde den Vorwand dazu liefern. Oh, nein! Ich will wenigtens Octaves Land nicht verlassen, wenigstens immer seine Sprache hören!«

In diesem Augenblick betrat Méry de Tersan das Zimmer; die kahlen Wände erstaunten das Mädchen; sie wurde blaß, als sie sich der Freundin näherte. Armance, erhitzt vom Fieber und von einem gewissen Tugend-Enthusiasmus, in dem ihre Liebe zu Octave in anderer Form weiterlebte, wollte sich durch eine vertrauliche Mitteilung festlegen. »Ich will Nonne werden«, sagte sie zu Méry. – »Wie? Sollte die vertrocknete Seele einer gewissen Person so weit gegangen sein, dein Feingefühl zu verletzen?« – »Oh, mein Gott, nein! Ich habe Madame de Bonnivet nichts vorzuwerfen; sie empfindet so viel Freundschaft für mich, wie sie für ein armes Mädchen, das in der Welt nichts gilt, empfinden kann. Sie mag mich sogar sehr, wenn sie Kummer hat, und könnte zu niemandem besser sein, als sie zu mir ist. Ich wäre ungerecht und von einer Gesinnung, nicht besser als meine äußeren Verhältnisse, wenn ich ihr auch nur den leisesten Vorwurf machte.« Eines der letzten Worte brachte Méry zum Weinen; sie war reich und all jener noblen Gefühle fähig, die ihre berühmte Familie auszeichneten. Ohne sich anders zu verständigen als durch ihre Tränen und ihren Händedruck, verbrachten die Freundinnen einen großen Teil des Abends zusammen. Schließlich nannte Armance Méry alle ihre Gründe, ins Kloster zu gehen – bis auf den einen: Was sollte in der besseren Gesellschaft aus einem armen Mädchen werden, das man schließlich auch nicht mit irgendeinem Kleinhändler an der Ecke verheiraten konnte! Welches Schicksal erwartete sie? Im Kloster untersteht man nur der Regel. Wenn es dort auch nicht jene Zerstreuungen gibt, wie sie die schönen Künste oder der Esprit weltgewandter Leute bieten und sie sie im Salon von Madame de Bonnivet genoß, so fehlt doch auch dieser unabweisbare Zwang, einer bestimmten Person zu gefallen, sowie die Erniedrigung, wenn es nicht gelingt. Armance wäre eher vor Scham tot umgefallen, als Octaves Namen zu erwähnen. »Das ist das schlimmste Unglück«, dachte sie und warf sich weinend in Mérys Arme, »ich kann nicht einmal mehr in der aufrichtigsten und reinsten Freundschaft Rat suchen.«

Während Armance in ihrem Zimmer weinte, wußte Octave durch ein Gefühl, das ihm trotz all seiner Philosophie keineswegs klar war, daß er Mademoiselle de Zohiloff den ganzen Abend nicht mehr sehen würde, und wandte sich den Frauen zu, die er für gewöhnlich zugunsten der theologischen Beweisführungen von Madame de Bonnivet vernachlässigte. Schon seit mehreren Monaten sah sich Octave von äußerst höflich vorgetragenen und deshalb nur um so unangenehmeren Avancen verfolgt. Er war misanthropisch und griesgrämig geworden; griesgrämig wie Alceste[28], wenn es um heiratsfähige Töchter ging. Wann immer man ihm gegenüber von einer Dame der Gesellschaft sprach, die er nicht kannte, war sein erstes Wort: »Hat sie eine Tochter zu verheiraten?« Seit kurzem trieb er die Vorsicht so weit, sich nicht mehr mit einer ersten Antwort zufriedenzugeben. »Frau Soundso hat zwar keine Tochter zu verheiraten«, sagte er, »aber sollte sie nicht irgendwo eine Nichte haben?«

Während Armance sich in ihrem krisenhaften Rauschzustand befand, sprach Octave, um sich von der Ungewißheit abzulenken, in die ihn der Vorfall am Morgen gestürzt hatte, nicht nur alle jene Frauen an, die eine Nichte besaßen, sondern selbst einige der furchterregenden Mütter, die bis zu drei Töchtern hatten. Vielleicht fiel es ihm leicht, so viel Mut zu entwickeln, weil er neben dem Sessel Madame de Bonnivets das Stühlchen sah, auf dem Armance für gewöhnlich saß; es war gerade von einer der Mademoiselles de Claix eingenommen worden, deren schöne deutsche Schultern, begünstigt durch die geringe Höhe des Stühlchens, Gelegenheit hatten, sich in all ihrer Frische zu zeigen. »Welch ein Unterschied!« dachte, oder vielmehr fühlte Octave; »wie wäre meine Cousine erniedrigt durch das, womit Mademoiselle de Claix triumphiert! Für diese ist es nur erlaubte Koketterie; es ist nicht einmal ein Fehler; auch hier kann man sagen: ›Noblesse oblige‹.« Octave begann Mademoiselle de Claix den Hof zu machen. Hätte man etwas Interesse daran gehabt, ihn zu verstehen, oder wäre man mit seinem gewohnten schlichten Ausdruck vertrauter gewesen, hätte man hinter dieser vorgetäuschten Heiterkeit alle Bitterkeit und Verachtung erkennen können. Man war so gütig, seine Äußerungen geistreich zu finden; was man davon am meisten beklatschte, kam ihm selbst äußerst banal und zum Teil sogar etwas derb vor. Da er sich an diesem Abend nicht zu Madame de Bonnivet gesellt hatte, schalt sie ihn leise im Vorübergehen, und Octave rechtfertigte seine Abtrünnigkeit mit Worten, die die Marquise reizend fand. Sie freute sich sehr über den Scharfsinn ihres zukünftigen Proselyten und über die Sicherheit, mit der er in der Gesellschaft auftrat.

Sie lobte ihn mit der Treuherzigkeit der Unschuld – wenn das Wort »Treuherzigkeit« nicht schamrot werden müßte, sich auf eine Frau gemünzt zu sehen, die so elegant in ihrem Lehnsessel saß und beim Betrachten des Himmels über einen so malerisch schönen Augenaufschlag verfügte. Es darf nicht unerwähnt bleiben, daß sie manchmal, wenn sie eine Goldleiste an der Decke ihres Salons betrachtete, dachte: »Dort, in diesem leeren Raum, in der Luft dort oben, ist jetzt ein Genius, der mir zuhört, meine Seele magnetisiert und mir die einzigartigen und für mich ganz unerwarteten Gefühle eingibt, die ich manchmal so gewandt ausdrücke.« An diesem Abend sagte Madame de Bonnivet, überaus zufrieden mit Octave und mit der Rolle, die ihr Schüler eines Tages würde spielen können, zu Madame de Claix: »Dem jungen Vicomte fehlte wirklich nur diese Selbstsicherheit, die der Reichtum verleiht. Wenn mir dieses ausgezeichnete Entschädigungsgesetz nicht schon deshalb gefiele, weil es unseren armen Emigranten so viel Gerechtigkeit widerfahren läßt, gefiele es mir wegen des neuen Lebens, das es meinem Cousin eingibt.« Madame d'Ancre sah Madame de Claix und Madame de la Ronze an; und als Madame de Bonnivet die Damen verlassen mußte, um eine junge Herzogin zu begrüßen, die gerade eintrat, sagte sie zu Madame de Claix: »Mir scheint, da ist alles klar.« – »Nur zu klar«, antwortete diese, »es gibt bald einen Skandal; noch ein bißchen mehr Liebenswürdigkeit seitens des *erstaunlichen* Octave, und unsere teure Marquise wird nicht umhinkönnen, uns voll und ganz ins Vertrauen zu ziehen.« – »Genau so«, ließ sich Madame d'Ancre vernehmen, »habe ich stets alle großen, tugendhaften Personen enden sehen, die sich anmaßen, die Religion zu verkünden. Ach, schöne Marquise, wie glücklich die Frau, die einfach dem Pfarrer ihres Sprengels lauscht und die Hostie nimmt!« –

»Das ist bestimmt besser, als Bibeln von Thouvenin binden zu lassen«, erwiderte Madame de Claix.

Doch all die vorgetäuschte Liebenswürdigkeit Octaves war im Nu geschwunden. Er hatte Méry gesehen, die aus Armances Zimmer kam, da ihre Mutter den Wagen bestellt hatte, und Mérys Gesichtsausdruck war verstört. Sie ging so schnell fort, daß Octave nicht mir ihr sprechen konnte. Er selbst ging noch im gleichen Augenblick. Es wäre ihm unmöglich gewesen, an irgend jemanden auch nur ein Wort zu richten. Das betrübte Gesicht Mademoiselle de Tersans sagte ihm, daß etwas Außergewöhnliches geschehen sein mußte; vielleicht würde Mademoiselle de Zohiloff Paris verlassen, um ihm aus dem Weg zu gehen. Das Erstaunliche war, daß unser Philosoph nicht im geringsten ahnte, daß er Armance liebte. Er hatte heilige Schwüre gegen diese Leidenschaft abgelegt, und da es ihm zwar an Einsicht, nicht aber an Charakter fehlte, hätte er seinen Eid wahrscheinlich auch gehalten.

VIII

Von einer solchen Selbsttäuschung war Armance weit entfernt. Schon seit langem interessierte sie sich nur noch für das eine: Octave zu sehen. Als die gesellschaftliche Stellung ihres jungen Verwandten durch einen unvorhergesehenen Zufall verändert worden war, welche Kämpfe hatten ihr da die Seele zerrissen! Wie viele Entschuldigungen hatte sie nur erdacht, um sich die plötzliche Veränderung im Verhalten Octaves zu erklären! Ohne Unterlaß fragte sie sich, ob er etwa doch gewöhnlich sei.

Nachdem sie sich schließlich davon hatte überzeugen können, daß Octave nicht dazu geschaffen war, durch Geld oder Eitelkeiten glücklich zu werden, hatte ein anderer Kummer von ihr Besitz ergriffen. »Man würde mich jetzt doppelt verachten«, dachte sie, »wenn meine Gefühle für ihn offenbar würden; mich, das ärmste von allen jungen Mädchen, die im Salon der Madame de Bonnivet erscheinen.« Dies schwere Unglück, das ihr von allen Seiten drohte und das Armance hätte veranlassen sollen, sich von ihrer Leidenschaft zu heilen, versetzte sie statt dessen in eine schwere Melancholie und riß sie nur noch rettungsloser in das einzige Vergnügen, das ihr auf der Welt blieb: das Vergnügen, an Octave zu denken.

Jeden Tag sah sie ihn einige Stunden lang, und die kleinen Begebenheiten des täglichen Lebens veränderten allmählich ihre Meinung über ihres Vetters Denkweise – wie hätte sie da geheilt werden können? Nicht aus Verachtung, sondern aus Furcht, sich zu verraten, war sie so bemüht gewesen, niemals ein persönliches Gespräch mit ihm zu führen.

Am Tag nach ihrer Aussprache im Garten kam Octave zweimal in das Haus der Bonnivets, aber Armance erschien nicht. Ihr unerklärliches Fernbleiben machte ihn noch unsicherer, ob das Vorgehen, das er sich erlaubt hatte, ein günstiges oder ungünstiges Ergebnis zeitigen mochte. Am Abend hielt er die Abwesenheit seiner Cousine für sein Todesurteil und vermochte sich durch den Klang leerer Worte nicht abzulenken; er ertrug es nicht, mit irgend jemandem zu plaudern.

Jedesmal wenn sich die Tür des Salons öffnete, glaubte er, ihm müsse das Herz vor Spannung bersten; endlich schlug es ein Uhr, und er mußte gehen. Beim Verlassen des Hauses der Bonnivets schienen ihm der Vorraum, die Fassade, der schwarze Marmor über der Tür, die alte Gartenmauer, all diese ganz gewöhnlichen Dinge, ein besonderes Aussehen zu haben, das sie dem Zorn Armances verdankten. Ihr alltäglicher Anblick wurde Octave durch die Schwermut, die sie ihm einflößten, lieb und teuer. Fast möchte ich sagen, sie erhielten in seinen Augen auf einmal eine zarte Vornehmheit. Es ging ihm durch und durch, als er am nächsten Tag eine Ähnlichkeit zwischen der alten, von einigen blühenden gelben Levkojen gekrönten Gartenmauer seines Hauses und der Umfassung des Hauses der Bonnivets feststellte.

Drei Tage nachdem er Mut gefaßt und mit seiner Cousine gesprochen hatte, begab er sich zur Marquise, fest überzeugt, für immer zum einfachen Bekannten degradiert worden zu sein. Wie verwirrt war er aber, als er Armance am Klavier erblickte! Sie begrüßte ihn freundschaftlich. Er fand, daß sie bleich und sehr verändert aussah. Dennoch glaubte er zu seiner Verwunderung – und das gab ihm wieder ein wenig Hoffnung –, in ihren Augen einen gewissen glücklichen Ausdruck zu erkennen.

Das Wetter war herrlich, und Madame de Bonnivet wollte den schönen Frühlingsmorgen nutzen, um einen längeren Spaziergang zu unternehmen. »Kommen Sie mit uns, lieber Cousin?« fragte sie Octave. – »Ja, Madame, sofern es nicht zum Bois de Boulogne oder zum Parc Mousseaux geht.« Octave wußte, daß diese Ausflugsziele Armance mißfielen. »Würde der Jardin du Roi[29], wenn wir auf dem Boulevard dorthin führen, vor Ihren Augen Gnade finden?« – »Es ist mehr als ein Jahr her, daß ich zuletzt dort war.« – »Ich habe den kleinen Elefanten noch nicht gesehen«, sagte Armance, vor Freude aufspringend, und ging ihren Hut holen. Sie brachen fröhlich auf. Octave war wie außer sich; »Madame de Bonnivet ist mit ihrem schönen Octave in ihrer Kalesche bei Tortoni[30] vorbeigefahren«, so sprachen die Herren ihrer Gesellschaft, von denen sie gesehen wurden. Diejenigen, die gesundheitlich nicht auf der Höhe waren, überließen sich bei dieser Gelegenheit bitteren Gedanken über die Leichtlebigkeit der großen Damen, die die Sitten des Hofes zur Zeit Ludwigs XV. wieder einführten. »Angesichts der schwierigen Zeiten, denen wir entgegengehen«, setzten diese bedauernswerten Menschen hinzu, »ist es sehr unklug, sich in der Schicklichkeit der Sitten und der Korrektheit des Verhaltens vom Dritten Stand und von Kaufleuten übertreffen zu lassen. Die Jesuiten haben schon recht, wenn sie zuallererst auf Strenge Wert legen.«

Armance sagte, daß der Buchhändler soeben drei Bände mit dem Titel »Geschichte der ***« geschickt habe. »Empfehlen Sie mir dieses Werk?« fragte die Marquise Octave. »Man lobt es in den Zeitungen so überschwenglich, daß ich mißtrauisch werde.« – »Sie werden sehen, es ist gut geschrieben; der Autor kann erzählen und hat sich noch an keine Partei verkauft.« – »Aber ist es amüsant?« fragte Armance. – »Langweilig wie nur irgend was!« antwortete Octave. Sie sprachen von historischer Wahrheit, dann von alten Denkmälern. »Sagten Sie nicht einmal zu mir«, fuhr Madame de Bonnivet fort, »es gebe nichts Wahres außer Denkmälern?« – »Ja, für die Geschichte der Römer und Griechen, die reich waren und Denkmäler errichten ließen. Über das Mittelalter aber bergen die Bibliotheken Tausende von Schriften, und es ist die reine Faulheit unserer sogenannten Gelehrten, wenn wir davon nicht profitieren.« – »Aber diese Handschriften sind in so schlechtem Latein geschrieben!« entgegnete Madame de Bonnivet. – »Schwer verständlich vielleicht für unsere Gelehrten, aber durchaus nicht schlecht. Die Briefe von Abaelard und Héloise würden Ihnen gefallen.« – »Ihr Grabmal war, wie es heißt, im Musée Français«, sagte Armance, »was hat man damit gemacht?« – »Man hat es zum Père-Lachaise gebracht.«[31] – »Schauen wir es uns an«, sagte Madame de Bonnivet, und einige Minuten später erreichten sie diesen einzigen wirklich schön gelegenen englischen Garten von Paris. Sie besichtigten das Denkmal Abaelards und den Obelisk Massénas[32]; dann suchten sie nach dem Grab Labédoyères.[33] Octave besichtigte die Ruhestätte der jungen B. . .[34] und vergoß Tränen an ihrem Grab.

Ihre Unterhaltung war ernst und bedächtig, aber auch voll innerer Anteilnahme. Ihre Gefühle wagten sich ohne Maske hervor. Sie sprachen nur von Dingen, bei denen man schwerlich etwas Falsches sagen konnte, doch empfanden die Spaziergänger deshalb den himmlischen Charme der Unbefangenheit nicht minder stark, bis sie plötzlich eine Gruppe von Menschen auf sich zukommen sahen, in ihrer Mitte die vergeistigte Gräfin de G. . . Sie komme an diesen Ort, um Eingebungen zu suchen, sagte sie zu Madame de Bonnivet.

Diese Worte brachten unsere Freunde beinahe zum Schmunzeln; nie hatten sie Gewöhnlichkeit und Künstlichkeit als so entsetzlich empfunden. Madame de G. . . übertrieb wie alle ordinären Menschen in Frankreich ihre Eindrücke, um Wirkung zu erzielen; diejenigen, deren Unterhaltung sie jetzt störte, nahmen ihre Gefühle im Ausdruck dafür etwas zurück – nicht aus Falschheit, sondern aus einer Art instinktiven Schamgefühls, das taktlose Menschen nicht kennen, so geistreich sie auch sein mögen.

Nach ein paar Sätzen allgemeiner Konversation befanden sich Octave und Armance, der Enge der Allee wegen, ein wenig hinter den anderen: »Sie waren vorgestern unpäßlich«, sagte Octave, »und die Blässe Ihrer Freundin Méry, als sie von Ihnen kam, ließ mich sogar befürchten, Sie seien sehr krank.« – »Ich war keineswegs krank«, sagte Armance mit einer etwas betonten Leichtigkeit, »und das Interesse, das – um ein bißchen wie Madame de G... zu reden – Sie mir in alter Freundschaft entgegenbringen, macht es mir zur Pflicht, Ihnen den Grund meines kleinen Kummers zu nennen. Es wird seit einiger Zeit über meine Heirat gesprochen; vorgestern wäre alles beinahe in die Brüche gegangen, deshalb war ich im Garten ein wenig verstört. Aber ich erwarte von Ihnen absolute Verschwiegenheit«, sagte Armance erschrocken, denn Madame de Bonnivet näherte sich ihnen, »ich rechne auf ewige Geheimhaltung, selbst Ihrer Frau Mutter gegenüber, und vor allem gegenüber meiner Tante.« Dieses Geständnis wunderte Octave sehr; und so fuhr er, als Madame de Bonnivet sich wieder entfernt hatte, fort: »Wollen Sie mir eine Frage erlauben? Ist es eine reine Vernunftheirat?«

Armance, der die Bewegung an der frischen Luft die anmutigste Gesichtsfarbe verliehen hatte, wurde ganz plötzlich bleich. Am Abend zuvor, beim Schmieden ihres heldenhaften Plans, hatte sie diese einfache Frage nicht vorausgesehen. Octave sah, daß sie unpassend war; er suchte nach einem Scherz, um das Thema zu wechseln, als Armance, die ihren Schmerz bändigen mußte, zu ihm sagte: »Ich hoffe, daß derjenige, den man mir vorschlägt, Ihre Freundschaft verdienen wird; die meine besitzt er ganz und gar. Aber wenn es Ihnen recht ist, sprechen wir nicht mehr von diesem Abkommen, dessen Verwirklichung vielleicht noch weit entfernt ist.« Bald darauf stiegen sie in die Kalesche, und Octave, dem nichts mehr zu sagen einfiel, ließ sich am »Gymnase« absetzen.

IX

Am Abend zuvor, nach einem fürchterlichen Tag, von dem man sich selbst dann nur eine schwache Vorstellung macht, wenn man sich die Lage eines Unglücklichen vor Augen hält, den aller Mut verlassen hat und der sich auf einen häufig tödlich verlaufenden chirurgischen Eingriff vorbereitet, hatte Armance eine Idee gehabt: »Ich stehe Octave nahe genug, um ihm sagen zu dürfen, daß ein alter Freund der Familie mich zu heiraten gedenkt. Wenn meine Tränen mich verraten haben sollten, wird dieses Geständnis meine Ehre wiederherstellen. Diese bevorstehende Heirat und die Aufregung, die sie verursacht, werden bewirken, daß er meine Tränen einer allzu direkten Anspielung auf meine Situation zuschreiben wird. Wenn er für mich ein wenig Liebe empfindet, ach! so wird ihn das davon kurieren, aber ich könnte wenigstens seine Freundin bleiben. Ich wäre nicht in ein Kloster verbannt und dazu verurteilt, ihn nie, nicht ein einziges Mal in meinem Leben, wiederzusehen.«

Armance stellte an den folgenden Tagen fest, daß Octave herauszufinden versuchte, wer der Glückliche sei. »Er muß erfahren, um wen es sich handelt«, sagte sie sich seufzend; »so weit geht meine schreckliche Pflicht; nur um diesen Preis werde ich ihn weiter sehen können.«

Sie dachte an den Baron de Risset, den früheren Befehlshaber im Vendée-Feldzug[35] (eine heroische Gestalt), der ziemlich oft in den Salon von Madame de Bonnivet kam, sich dort aber nur zeigte und schwieg.

Schon am nächsten Abend unterhielt sich Armance mit dem Baron über die Memoiren der Madame de Rochejacquelein[36]; sie wußte, daß er sich darüber ereifern würde; er sprach darüber sehr abwertend und sehr langatmig. »Sollte Mademoiselle de Zohiloff einen Neffen des Barons lieben«, fragte sich Octave, »oder ist es möglich, daß die Heldentaten des Barons seine fünfundfünfzig Jahre vergessen lassen?« Vergeblich versuchte Octave, den schweigsamen Baron zum Sprechen zu bringen; der war noch stiller und mißtrauischer geworden, seitdem er sich einem so ungewöhnlichen Entgegenkommen ausgesetzt sah.

Ich weiß nicht, welche allzu betonte Höflichkeit, die eine Mutter mit heiratsfähigen Töchtern Octave erwies, ihn in seiner Menschenscheu anstachelte und ihn gegenüber seiner Cousine, die diese jungen Damen pries, zu der Bemerkung veranlaßte: Selbst wenn sie eine noch redegewandtere Fürsprecherin hätten – er habe sich gottlob jede ausschließliche Bewunderung einer Person verboten, bis er sechsundzwanzig würde. Diese unerwartete Äußerung traf Armance wie ein Blitzschlag. In ihrem ganzen Leben war sie nie so glücklich gewesen. Octave hatte ihr gegenüber, seit er reich geworden war, vielleicht schon zehnmal über den Zeitpunkt gesprochen, an dem er zu heiraten gedenke; an der Überraschung, die ihr die Äußerung ihres Cousins bereitete, stellte sie fest, daß sie alles vergessen hatte.

Dieser Augenblick des Glücks war köstlich. Beherrscht von tiefem Schmerz, wie sie es am Vorabend noch gewesen war, dem Schmerz, den ein großes, der Pflicht gebrachtes Opfer verursacht, hatte Armance jene unvergleichliche Quelle des Trostes vollkommen vergessen. Genau diese Art von Vergeßlichkeit trug ihr bei Leuten von Welt, denen die Herzensträgheit ermöglicht, alles in Ruhe zu beobachten, den Vorwurf mangelnder Intelligenz ein. Da Octave gerade erst zwanzig war, konnte Armance nun hoffen, noch sechs Jahre seine beste Freundin zu sein, und das *ohne Gewissensbisse*. »Und wer weiß«, sagte sie sich, »vielleicht habe ich das Glück zu sterben, bevor diese sechs Jahre vorüber sind.«

Für Octave begann jetzt ein neues Leben. Durch das Vertrauen, das Armance ihm bewiesen hatte, ermutigt, fragte er sie in den kleinen Dingen des Lebens um Rat. Fast jeden Abend genoß er das Glück, mit ihr sprechen zu können, ohne daß die Umstehenden jedes Wort mithörten. Entzückt stellte er fest, daß seine Geständnisse, so detailliert sie auch waren, von ihr nie als lästig empfunden wurden. Um seinem mißtrauischen Geist aufzuhelfen, erzählte sie ihm auch von ihren

Sorgen, und es entwickelte sich zwischen ihnen eine höchst ungewöhnliche Intimität.

Selbst die glücklichste Liebe wird von Gewittern überschattet; man kann sogar behaupten, daß sie von ihren Schrecken genauso lebt wie von den glücklichen Augenblikken. Aber weder Gewitter noch Ungewißheiten störten jemals die Freundschaft von Armance und Octave. Er spürte, daß er keine Ansprüche auf seine Cousine erheben durfte; er besaß kein Recht, sich über irgend etwas zu beklagen.

Weit entfernt davon, den Ernst ihrer Beziehung zu überschätzen, hatten es diese zartfühlenden Seelen vermieden, mit irgendeinem Wort daran zu rühren. Selbst das Wort Freundschaft war seit dem Heiratsgeständnis am Grabe Abaelards nicht mehr gefallen. Da sie, obwohl sie sich dauernd begegneten, selten ohne Zuhörer reden konnten, hatten sie sich während ihrer kurzen ungestörten Momente immer so viel zu sagen, so viel in aller Eile auszutauschen, daß jede eitle Geziertheit aus ihren Gesprächen verbannt war.

Man muß zugeben, daß Octave schwerlich einen Grund hätte finden können, sich zu beklagen. All die Gefühle, die die überschwenglichste, die zärtlichste, die reinste Liebe im Herzen einer Frau entstehen lassen können, Armance empfand sie für ihn. Die Hoffnung auf den Tod, die einzige Perspektive dieser Liebe, gab sogar ihren Worten etwas Jenseitiges und Abgeklärtes, das mit Octaves Charakter vollständig harmonierte.

Er empfand das ruhige, vollkommene Glücksgefühl, mit dem ihn Armances zarte Freundschaft durchdrang, so stark, daß er hoffte, es werde ihn gänzlich verändern.

Seitdem er sich mit seiner Cousine versöhnt hatte, war er nie mehr in jene Momente der Verzweiflung geraten wie damals, als er bedauert hatte, daß der im Galopp in die Rue de Bourbon einbiegende Wagen ihn nicht überfahren hatte. Er sagte zu seiner Mutter: »Ich glaube allmählich, daß ich keinen dieser Wutanfälle mehr haben werde, die dich um meinen Verstand fürchten ließen.«

Octave war glücklicher, er war geistig regsamer. Mit Erstaunen stellte er fest, daß er abends in der Gesellschaft viele Dinge wahrnahm, die ihm nie aufgefallen waren, obwohl er sie seit langem vor Augen hatte. Die vornehme Welt schien ihm jetzt weniger seinen Haß zu verdienen, vor allem schien sie weniger darauf bedacht, ihm zu schaden. Er sagte sich, daß jedermann, die frömmlerischen oder häßlichen Frauen ausgenommen, viel mehr an sich und viel weniger daran dachte, dem Nachbarn zu schaden, als er es früher angenommen hatte.

Er begriff nun, daß eine allen Lebensmomenten hingegebene Leichtfertigkeit jede zielgerichtete Einstellung unmöglich macht; schließlich sah er ein, daß diese Welt, von der er in seinem törichten Hochmut geglaubt hatte, sie sei *für ihn* feindlich eingerichtet, nur einfach schlecht eingerichtet war. »Aber«, sagte er zu Armance, »so wie sie ist, muß man sie nehmen. Entweder bringt man alles schnell und ohne Aufschub, mit ein paar Tropfen Blausäure, hinter sich, oder man nimmt das Leben von der heiteren Seite.« Indem er so sprach, wollte Octave freilich eher sich selbst überzeugen als seine Überzeugung äußern. Seine Seele wurde durch das Glück, das er Armance verdankte, verwandelt.

Für das junge Mädchen waren seine Geständnisse nicht immer ungefährlich. Wenn Octaves Überlegungen ins Düstere abzugleiten drohten, wenn ihn die Aussicht auf sein zukünftiges Alleinsein traurig machte, hatte Armance viel Mühe, ihm zu verbergen, wie sehr die Vorstellung, einen Augenblick ihres Lebens von ihm getrennt zu sein, sie unglücklich machte.

»Wenn man in meinem Alter keine Freunde hat«, sagte er eines Abends zu ihr, »kann man dann hoffen, später welche zu finden? Liebt man denn mit Vorsatz?« Armance, die spürte, daß ihre Tränen sie gleich verraten würden, mußte ihn unvermittelt stehenlassen. »Ich sehe gerade«, sagte sie zu ihm, »daß meine Tante mir etwas sagen will.«

Gegen das Fenster gelehnt, setzte Octave seine finsteren Gedanken alleine fort. »Es hat keinen Sinn, mit der Welt zu hadern. Sie ist so schlecht, daß sie es nicht einmal wahrzunehmen geruhte, wenn ein junger Mann, im zweiten Stock eines Hauses in der Rue Saint-Dominique hinter doppelt verriegelten Türen verschanzt, sie leidenschaftlich haßt. Ach, ein einziger Mensch würde mein Fehlen in dieser Gesellschaft bemerken, und aus *Freundschaft* täte es ihm entsetzlich leid.« Er betrachtete Armance von weitem; sie saß auf ihrem Stühlchen neben der Marquise und erschien ihm in diesem Moment von atemberaubender Schönheit. Das ganze Glück Octaves, das er für so gefestigt und gesichert hielt, hing in Wirklichkeit an dem einen Wörtchen *Freundschaft*, das er soeben ausgesprochen hatte. Man entgeht schwerlich der Krankheit des Jahrhunderts, in dem man lebt; so hielt auch Octave sich für philosophisch und tiefgründig.

Auf einmal kam Mademoiselle de Zohiloff auf ihn zu, sie wirkte bestürzt und fast zornig. »Man hat Sie bei meiner Tante soeben auf unglaubliche Weise verleumdet«, sagte sie. »Eine seriöse Person, ein Mann, der bisher nicht als Ihr Feind in Erscheinung getreten ist, kam und sagte ihr, daß Sie oft um Mitternacht, wenn Sie hier weggingen, den Abend in zweifelhaften Salons verbrächten, die im Grunde nichts anderes seien als Spielsalons. Und das ist nicht alles; an jenen Orten, wo die derbsten Sitten herrschen, sollen Sie sich durch ein Übermaß an Gemeinheit hervortun, das die ältesten Stammgäste in Erstaunen versetze. Sie seien nicht nur von Frauen umgeben, deren Anblick eine Schande sei, Sie sprächen auch mit ihnen und führten das große Wort in ihren Unterhaltungen. Man hat sogar von Ihnen gesagt, Sie glänzten dort mit Scherzen, deren Geschmacklosigkeit alles Glaubhafte übersteige. Leute, die sich für Sie interessieren – und solche gibt es selbst in diesen Salons –, haben Ihnen zunächst die Gunst erwiesen, solche Äußerungen für *übernommen* zu halten. ›Der Vicomte de Malivert ist noch jung‹, haben sie sich gesagt, ›er wird diese Scherze bei irgendeiner sehr gewöhnlichen Versammlung gehört haben, wo sie dazu bestimmt waren, Aufmerksamkeit zu erregen und die Augen einiger primitiver Menschen vor Vergnügen zum Leuchten zu bringen.‹ Aber Ihre Freunde hätten mit Schmerzen feststellen müssen, daß Sie sich Mühe gaben, die empörendsten Ihrer Scherze an Ort und Stelle zu erfinden. Zuletzt habe das unglaublich Skandalöse Ihres sogenannten Betragens Ihnen unter all denen, die in Paris für die schlechtesten Manieren bekannt sind, eine traurige Berühmtheit verschafft.

Der, der Sie so verleumdet«, setzte Armance hinzu, da Octaves beharrliches Schweigen sie ein wenig zu verunsichern begann, »hat zum Schluß noch Einzelheiten genannt, denen meine Tante nur aus großem Erstaunen nicht widersprochen hat.«

Octave bemerkte entzückt, daß Armances Stimme während des langen Berichtes gezittert hatte. »Alles, was man Ihnen erzählt hat, ist wahr«, sagte er schließlich, »aber es wird in Zukunft nicht mehr wahr sein. Ich werde diese Orte, an denen man Ihren Freund nie hätte sehen dürfen, nicht mehr aufsuchen.«

Armance war grenzenlos erstaunt und betrübt. Einen Augenblick lang empfand sie ein Gefühl, das der Verachtung glich. Doch am nächsten Tag, als sie Octave wiedersah, hatte sie ihre Ansichten über das anständige Verhalten eines Mannes geändert. In dem edelmütigen Geständnis ihres Cousins, vor allem in dem schlichten Versprechen, das er ihr gegeben hatte, fand sie einen Grund, ihn noch mehr zu lieben. Und Armance glaubte streng genug gegen sich selbst zu sein, wenn sie sich schwor, Paris auf der Stelle zu verlassen und Octave niemals wiederzusehen, falls er in jenen Häusern, die seiner so unwürdig waren, je wieder gesehen werden sollte.

X

Muß ich eigens erwähnen, daß Octave sein Versprechen hielt? Er gab die Vergnügungen auf, die Armance ihm untersagt hatte.

Sein Tatendrang und das Bedürfnis, Neues zu beobachten, hatten ihn in schlechte Gesellschaft geführt, die oft weniger langweilig ist als die gute. Sobald er glücklich war, zog es ihn instinktiv unter Menschen; es ging ihm darum, sie zu beherrschen.

Ihm war zum ersten Mal aufgefallen, wie langweilig allzu vollendete Manieren und das Übermaß kalter Höflichkeit sind; der schlechte Ton dagegen erlaubt einem, ohne Umstände von sich selbst zu sprechen, und man ist weniger allein. Wenn in jenen geistsprühenden Salons am Ende der Rue de Richelieu, die Ortsfremde für den Treffpunkt guter Gesellschaft halten, der Punsch serviert worden ist, beschleicht einen nicht die Empfindung: hier bin ich in einer Menschenwüste. Im Gegenteil: Man kann sich einbilden, man habe zwanzig gute Freunde, nur daß man ihre Namen nicht kennt. Sollen wir aussprechen, was zugleich uns und unseren Helden bloßstellen könnte? Octave vermißte einige seiner abendlichen Tischgenossen.

Den Teil seines Lebens, der vor seiner engen Bekanntschaft mit den Bewohnern des Hauses Bonnivet lag, begann er als eine Zeit der Verrücktheit und der Dummheiten anzusehen. »Es regnete«, so sagte er sich, in seiner originellen und lebendigen Art zu denken, »und anstatt einen Schirm zu nehmen, ärgerte ich mich absurderweise über den Zustand des Himmels. In den Momenten, in denen ich mich für das Schöne und die Gerechtigkeit begeisterte und die im Grunde nur Anfälle von Wahnsinn waren, bildete ich mir ein, der Regen falle nur, um mir übel mitzuspielen.«

Octave war entzückt, mit Mademoiselle de Zohiloff über die Beobachtungen sprechen zu können, die er, gleichsam ein zweiter Philibert, bei gewissen höchst eleganten Bällen gemacht hatte. »Ich habe dort einiges Unerwartete erlebt. Ich halte nicht mehr sehr viel von der eigentlichen guten Gesellschaft, die ich so sehr schätzte. Mir scheint, sie begräbt unter gewählten Worten jeden Elan, jede Originalität. Wenn man keine *Kopie* ist, wird man sogleich schlechter Manieren beschuldigt. Und dann ist diese gute Gesellschaft auch anmaßend. Früher besaß sie das Vorrecht, zu entscheiden, was richtig und gut ist; seitdem sie sich aber angegriffen fühlt, verdammt sie, und zwar nicht das, was durch und durch derb und scheußlich ist, sondern all das, was sie für den eigenen Interessen abträglich hält.«

Armance hörte ihrem Cousin ungerührt zu und sagte dann: »Von den Gedanken, die Sie heute vertreten, ist es nur ein Schritt bis zum Jakobinertum.« – »Ich wäre verzweifelt, wenn dem so wäre«, entgegnete Octave heftig. – »Verzweifelt weshalb?« fragte Armance. »Weil Sie die Wahrheit erkannt hätten. Denn offensichtlich würden Sie sich niemals zu einer Lehre bekehren lassen, an der auch nur ein Fünkchen Unwahres wäre.« Für den Rest des Abends sah Octave unwillkürlich träumerisch aus.

Seitdem er gelernt hatte, die Gesellschaft der Salons ein wenig so zu sehen, wie sie wirklich ist, begann Octave zu argwöhnen, daß Madame de Bonnivet, trotz ihres hohen Anspruchs, niemals auf die Leute zu hören und den Erfolg zu verachten, doch Sklavin eines grenzenlosen Ehrgeizes war.

Einige der Verleumdungen, die von Feinden der Marquise ausgestreut wurden und ihm zufällig zu Ohren gekommen waren, wären ihm vor einigen Monaten noch als die gräßlichsten Erfindungen vorgekommen. Sie stellten heute in seinen Augen bloß noch gemeine oder geschmacklose Übertreibungen dar. »Meine schöne Cousine«, so sagte er sich, »ist mit ihrem berühmten Namen und ihrem ungeheuren Vermögen noch lange nicht zufrieden. Vielleicht ist das hohe Ansehen, das ihr makelloses Benehmen, ihr vernünftiger Geist und ihre umsichtige Wohltätigkeit ihr sichern, nur ein Mittel und kein Zweck.

Madame de Bonnivet ist machthungrig. Aber sie ist in Hinsicht auf die Art dieser Macht sehr eigenwillig. Die Verehrung der Leute, die man durch hohen gesellschaftlichen Rang, durch die Gunst des Hofes und all die Vorrechte, die man in einer Monarchie genießen kann, erlangt, bedeutet ihr schon lange nichts mehr. Sie verfügt darüber schon zu lange, sie langweilt sie. Wenn man bereits König ist, was kann man da noch anstreben? Gott zu sein.

Sie ist abgestumpft gegenüber dem Vergnügen, das die berechnende Verehrung bereitet, sie braucht eine Verehrung, die von Herzen kommt. Sie braucht das Gefühl, das Mohammed hatte, wenn er mit Said sprach, und mir scheint, ich war sehr nahe daran, ihr Said sein zu dürfen.[37]

Meine schöne Cousine kann ihr Leben nicht durch Empfindsamkeit ausfüllen, denn daran mangelt es ihr. Was sie braucht, sind nicht rührende, sublime Illusionen, nicht die Ergebenheit und Leidenschaft eines einzigen Mannes: Sie muß sich als Prophetin von einem Schwarm von Jüngern umringt sehen, und vor allen Dingen muß sie, wenn einer von ihnen revoltiert, ihn augenblicklich zerschmettern können. Sie ist ihrem Wesen nach zu nüchtern, um sich mit Illusionen zu begnügen; sie braucht reale Macht, und wenn ich weiterhin so offen über viele Dinge mit ihr rede, könnte sich diese absolute Macht eines Tages zu meinen Ungunsten auswirken.

Es kann nicht ausbleiben, daß sie bald mit anonymen Briefen überschüttet wird; man wird ihr die Häufigkeit meiner Besuche vorhalten. Die Herzogin d'Ancre, die verstimmt ist, weil ich ihrem Salon keine Beachtung schenke, wird sich vielleicht zu direkten Verleumdungen versteigen. Dieser doppelten Bedrohung wird meine Gunst bei der Marquise nicht standhalten. Bald wird sie, ohne den äußeren Schein der innigsten Freundschaft zu verletzen, mich mit Vorwürfen überhäufen, warum meine Besuche so selten würden, und mich damit zwingen, sie immer seltener werden zu lassen.

Man hält mich ja zum Beispiel für halbwegs zum deutschen Mystizismus bekehrt; so wird sie von mir ein öffentliches Eintreten fordern, das mich lächerlich machen würde. Unterwerfe ich mich dem, Armance zuliebe, wird man bald etwas ganz und gar Unmögliches von mir verlangen.«

XI

Unter den angenehmen Salons jener Gesellschaftskreise, die dreimal jährlich den König aufsuchten, gab es wenige, in denen Octave nicht empfangen und mit Zuvorkommenheit behandelt worden wäre. Er bemerkte, welches Ansehen die Gräfin d'Aumale dort genoß. Unter den koketten Damen ihrer Zeit war sie die glänzendste, und vielleicht die geistreichste. Ein mißgünstiger Ausländer hat einmal gesagt, die Frauen der gehobenen Gesellschaft in Frankreich hätten ein wenig die Geistesart eines alten Botschafters. Was im Verhalten der Madame d'Aumale hervorstach, war ihre kindliche Sinnesart. Die Naivität ihrer Antworten und die närrische Fröhlichkeit ihrer Handlungen, die stets dem Augenblick entsprangen, brachte ihre Rivalinnen zur Verzweiflung. Sie hatte launische Einfälle von wunderbarer Unberechenbarkeit, und wie soll man eine Laune nachahmen?

Natürlich und spontan zu sein, gehörte nicht zu Octaves Stärken. Dazu war er zu verschlossen. Er ließ sich zu nichts Unüberlegtem hinreißen, außer vielleicht in seinen Gesprächen mit Armance. Er brauchte die Sicherheit, nicht plötzlich unterbrochen zu werden. Falschheit konnte man ihm nicht vorwerfen, er verabscheute Lügen; aber er ging nie direkt auf sein Ziel zu.

Octave stellte einen Lakai ein, der zuletzt bei Madame d'Aumale gedient hatte; dieser Mann, ein ehemaliger Soldat, war sehr schlau und aufgeweckt. Octave nahm ihn mit auf größere Ausritte von sieben oder acht Meilen, die er in den Wäldern um Paris unternahm, und in manchen Momenten der Langeweile erlaubte er ihm, zu reden. Nach wenigen Wochen besaß Octave die verbürgtesten Informationen über den Lebenswandel von Madame d'Aumale. Diese junge Frau, die aufgrund ihres grenzenlosen Leichtsinns in sehr schlechtes Licht geraten war, verdiente in Wirklichkeit all die Wertschätzung, die einige ihr verweigerten.

Octave rechnete sich aus, wieviel Zeit und Mühe ihn die Gesellschaft von Madame d'Aumale kosten würde, und hoffte, ohne falsche Scham, daß man ihn bald für den Liebhaber dieser glanzvollen Frau halten würde. Er ging die Sache so geschickt an, daß es Madame de Bonnivet selber war, die ihn, anläßlich eines Festes, das sie in ihrem Schloß in Andilly gab, Madame d'Aumale vorstellte; und die romantische Art dieser Begegnung beeindruckte die rasch entflammbare junge Gräfin.

In der Absicht, die Gesellschaft bei einem nächtlichen Spaziergang in den anmutigen Wäldern, die die Höhen von Andilly umkränzen, zu belustigen, erschien Octave plötzlich als Zauberer verkleidet und von bengalischem Feuer angeleuchtet, das hinter den Stämmen einiger alter Bäume geschickt verborgen war. Octave war sehr schön an diesem Abend, und Madame de Bonnivet sprach von ihm, ohne es selbst zu merken, mit einer Art von Begeisterung. Weniger als einen Monat nach dieser ersten Begegnung begann man zu munkeln, der Vicomte de Malivert habe die Nachfolge von Monsieur de R... und die manch eines anderen in der Rolle des vertrauten Freundes von Madame d'Aumale angetreten.

Diese leichtsinnige Frau, von der weder sie selbst noch irgendwer sonst jemals wußte, was sie eine Viertelstunde später tun würde, hatte bemerkt, daß die Uhr eines Salons mit dem Mitternachtsschlag den größten Teil der Langweiler – die immer auch sehr auf Ordnung bedachte Menschen sind –, verjagt; daher empfing sie von Mitternacht bis zwei Uhr. Octave verließ stets als letzter den Salon bei Madame de Bonnivet und trieb seine Pferde bis zum Zusammenbrechen an, um schneller zu Madame d'Aumale zu gelangen, die an der Chaussée d'Antin wohnte. In ihr fand er eine Frau, die dem Himmel für ihre vornehme Geburt und ihr Vermögen ausschließlich um des Privilegs willen dankbar war, zu jeder Minute des Tages tun zu können, was die Laune des Augenblicks ihr eingab.

Bemerkte Madame d'Aumale um Mitternacht – wenn auf dem Lande alle den Salon verlassen – beim Durchqueren des Vestibüls, daß es mild war und der Mond anheimelnd schien, nahm sie den Arm desjenigen jungen Mannes, der ihr an diesem Abend am unterhaltendsten erschien, und ging mit ihm durch den Wald. Bot sich ein Dummkopf an, sie auf ihrem Spaziergang zu begleiten, so forderte sie ihn ohne Umschweife auf, einen anderen Weg zu nehmen; sollte sie ihr Begleiter aber auch nur im geringsten gelangweilt haben, so sprach sie am kommenden Abend kein Wort mehr mit ihm. Man muß zugeben, daß es in Gegenwart eines so quicklebendigen Geistes, im Dienste einer solchen Eigenwilligkeit sehr schwer war, nicht ein bißchen glanzlos zu wirken.

Genau das war Octaves Glück; die unterhaltsame Seite seines Charakters war all jenen vollkommen verborgen, die, bevor sie handeln, immer erst an ein Vorbild und an den Anstand denken. Hingegen konnte niemand dafür empfänglicher sein als die hübscheste Frau von Paris, die stets auf der Jagd nach irgendeiner neuen Idee war, die ihr den Abend ein wenig zu würzen vermochte. Octave begleitete Madame d'Aumale überallhin, so zum Beispiel auch ins »Théâtre Italien«[38].

Während einer der zwei oder drei letzten Vorstellungen der Madame Pasta, zu denen, weil es die Mode befahl, ganz Paris gekommen war, gab er sich Mühe, möglichst laut mit der jungen Gräfin zu sprechen, so laut, daß das Schauspiel empfindlich gestört wurde. Madame d'Aumale amüsierte, was Octave sagte, und sie begeisterte sich an der Selbstverständlichkeit, mit der er sich so unverschämt aufführte.

Nichts fand Octave im Grunde geschmackloser; aber er begann, sich bei Albernheiten nicht schlecht zu bewähren. Die doppelte Aufmerksamkeit, die er in solchen lächerlichen Momenten unwillkürlich sowohl der Unverschämtheit, die er beging, wie der gesitteten Handlung, deren Stelle sie einnahm, widmen mußte, gab seinen Augen ein gewisses Feuer, das Madame d'Aumale amüsierte. Octave machte es Spaß, zuzusehen, wie sich überall das Gerücht verbreitete, er sei rettungslos in die Gräfin verliebt, und gleichzeitig der jungen, bezaubernden Frau, mit der er ständig zusammen war, nichts zu sagen, was die entfernteste Ähnlichkeit mit Liebe gehabt hätte.

Madame de Malivert, die sich über das Verhalten ihres Sohnes wunderte, begab sich bisweilen in die Salons, in denen er sich im Gefolge Madame d'Aumales aufhielt. Eines Abends, als sie sich von Madame de Bonnivet verabschiedete, bat sie diese, ihr Armance für den nächsten Tag zu überlassen. »Ich habe eine große Menge Papiere zu ordnen, und dazu brauche ich die Augen meiner Armance.«

Am nächsten Tag kam, wie verabredet, schon um elf Uhr morgens vor dem Frühstück, Madame de Maliverts Wagen, um Armance abzuholen. Die beiden Damen waren bei Tisch unter vier Augen. Als Madame de Maliverts Zofe hinausging, sagte ihre Herrin: »Denken Sie daran, daß ich für niemand zu sprechen bin, nicht für Octave und nicht für Monsieur de Malivert.« Sie trieb die Vorsicht so weit, den Riegel des Vorzimmers selbst vorzulegen.

Als sie es sich in ihrem Lehnstuhl bequem gemacht hatte und Armance vor ihr auf ihrem kleinen Stuhl saß, sagte sie: »Meine Kleine, ich werde dir etwas sagen, was für mich seit langem beschlossene Sache ist. Du hast nur eine Rente von hundert Louis, das ist alles, was meine Feinde gegen den leidenschaftlichen Wunsch, den ich hege, einwenden können: dich zur Frau meines Sohnes zu machen.« Mit diesen Worten warf Madame de Malivert sich Armance in die Arme. Es war der schönste Augenblick im Leben des armen Mädchens; süße Tränen strömten über ihr Gesicht.

XII

»Aber, liebste Mutter«, sagte Armance viel später, als sie wieder ein wenig vernünftiger miteinander sprechen konnten: »Octave hat nie zu mir gesagt, daß er mir verbunden sei, wie ein Ehemann seiner Frau, so scheint mir, verbunden sein sollte.« – »Wenn ich nicht aufstehen müßte, um dich vor einen Spiegel zu führen«, antwortete Madame de Malivert, »würde ich dir deine Augen zeigen, wie sie in diesem Augenblick vor Glück leuchten, und dann würde ich dich bitten, zu wiederholen, du seist dir des Herzens Octaves nicht sicher! Ich, die ich nur seine Mutter bin, bin mir ganz sicher. Im übrigen mache ich mir über die Fehler, die mein Sohn haben mag, keine Illusionen und erwarte deine Antwort nicht vor Ablauf von acht Tagen.«

Ich weiß nicht, ob es das sarmatische Blut in ihren Adern oder die so früh erlittenen Schicksalsschläge waren, denen Armance die Fähigkeit verdankte, mit einem Blick alle Konsequenzen abzuschätzen, die eine jähe Veränderung in ihrem Leben mit sich bringen würde. Und ob diese neue Lage nun über ihr Schicksal oder über das eines anderen Menschen entscheiden würde: Sie sah die Konsequenzen mit der gleichen Klarheit. Diese Stärke ihres Charakters oder ihres Geistes trug ihr bei Madame de Bonnivet zwar das Vorrecht, in die kleinen Dinge des Alltags eingeweiht zu werden, ein, aber auch Vorhaltungen. Die Marquise fragte sie gern in den intimsten Angelegenheiten nach ihrer Meinung, um ein andermal zu sagen: »Soviel Scharfsinn steht einem jungen Mädchen niemals an.«

Nach einem ersten Moment, in dem sie nur Glück und tiefe Dankbarkeit empfand, dachte Armance, sie dürfe Madame de Malivert von dem falschen Geständnis, das sie Octave, ihre angebliche Heirat betreffend, gemacht hatte, nichts sagen. »Madame de Malivert hat ihren Sohn nicht danach gefragt«, dachte sie, »oder er hat ihr das Hindernis, das ihrem Plan entgegensteht, verschwiegen.« Diese zweite Möglichkeit verdüsterte Armances Gemüt sehr.

Sie wollte in dem Glauben leben, daß Octave sie nicht liebte; täglich brauchte sie diese Gewißheit, um das große Entgegenkommen, das sie ihrer zärtlichen Freundschaft zugestand, vor ihren eigenen Augen zu rechtfertigen, und doch lag ihr der schreckliche Beweis seiner Gleichgültigkeit, der ihr plötzlich erbracht worden war, wie ein schwerer Stein auf dem Herzen und nahm ihr bisweilen gar die Kraft zu sprechen.

Mit wie vielen Opfern hätte Armance in diesem Moment die Möglichkeit erkauft, ungehemmt weinen zu können! »Wenn diese gute Freundin auch nur eine Träne in meinen Augen entdeckt«, sagte sie sich, »zu welchen schwerwiegenden Schlußfolgerungen wird sie sich nicht berechtigt glauben! Wer weiß, ob sie in ihrem Eifer, diese Heirat zustande zu bringen, ihrem Sohn nicht gar von meinen Tränen berichten wird, um ihm zu beweisen, daß ich seine angeblichen zärtlichen Gefühle erwidere?« Madame de Malivert war nicht im geringsten erstaunt über den Anschein tiefer Träumerei, in den Armance am Ende dieses Tages versank.

Die beiden Damen kehrten gemeinsam in das Haus der Bonnivets zurück, und obwohl Armance ihren Cousin den ganzen Tag über nicht gesehen hatte, konnte sie nicht einmal seine Anwesenheit, als sie ihn im Salon erblickte, von ihrer düsteren Traurigkeit befreien. Kaum daß sie ihm antwortete, sie hatte nicht die Kraft dazu. Ihre Besorgnis erschien Octave offensichtlich, ebenso wie ihre Gleichgültigkeit, was ihn betraf. Traurig sagte er zu ihr: »Heute haben Sie keine Zeit für den Gedanken, daß ich ihr Freund bin.«

Anstelle einer Antwort sah Armance ihn starr an, und ihre Augen nahmen, ohne daß sie es merkte, jenen strengen, tiefernsten Ausdruck an, der ihr schon so schöne Moralpredigten von ihrer Tante eingetragen hatte.

Was Octave gesagt hatte, schnitt ihr ins Herz. Er wußte also nichts von dem Schritt seiner Mutter oder nahm vielmehr keine Notiz davon und wollte nichts als ihr Freund sein. Nachdem die Gesellschaft aufgebrochen war, Madame de Bonnivet Armance in den Stand all ihrer verschiedenen Pläne eingeweiht hatte und Armance endlich in ihrem Zimmer allein sein konnte, wurde sie von einem düsteren Schmerz ergriffen. Niemals hatte sie sich so unglücklich gefühlt; niemals war es so schmerzhaft gewesen, zu leben. Mit welcher Bitterkeit warf sie sich jetzt die romantischen Träume vor, in denen sie ihre Phantasie bisweilen sich hatte verlaufen lassen! In jenen Glücksmomenten wagte sie zu sagen: »Wäre ich mit Vermögen zur Welt gekommen, und hätte Octave mich zu seiner Lebensgefährtin erwählen können, so hätte er, wie ich seinen Charakter kenne, bei mir mehr Glück finden können als bei jeder anderen Frau der Welt!«

Nun mußte sie für diese leichtsinnigen Gedankenspiele teuer bezahlen. Ihr tiefer Schmerz ließ auch während der nächsten Tage nicht nach; sie konnte sich keinen Augenblick einer Träumerei hingeben, ohne sogleich von allem angewidert zu sein, und zu ihrem Unglück erkannte sie in aller Deutlichkeit, wie es um sie stand. Die äußeren Hindernisse für die Heirat, zu der sie unter den gegebenen Umständen im übrigen niemals ja gesagt hätte, schienen geringer zu werden. Allein, Octaves Herz gehörte ihr nicht.

Madame de Malivert war, nachdem sie die leidenschaftliche Liebe ihres Sohnes zu Armance hatte entstehen sehen, wegen seiner Aufmerksamkeiten gegenüber der reizenden Gräfin d'Aumale in große Sorge geraten. Doch sie brauchte die beiden nur einmal zusammen zu sehen, um zu erraten, daß diese Beziehung nur eine Pflicht war, die ihr Sohn, sonderbar wie er war, sich selbst auferlegt hatte. Madame de Malivert wußte genau, daß er ihr, wenn sie ihn fragte, wahrheitsgemäß antworten würde. Aber sie hatte jede auch nur ganz indirekte Frage sorgfältig vermieden. Ihre Rechte schienen ihr so weit nicht zu gehen. Mit Rücksicht darauf, was sie der Würde ihres Geschlechtes schuldig zu sein glaubte, hatte sie zuerst mit Armance über diese Heirat sprechen wollen, um sich dann später ihrem Sohn zu eröffnen, dessen Leidenschaft sie sich ganz sicher war.

Nachdem sie Mademoiselle de Zohiloff in ihre Absichten eingeweiht hatte, richtete Madame de Malivert es so ein, daß sie ganze Stunden im Salon von Madame de Bonnivet verbrachte. Sie glaubte wahrzunehmen, daß sich zwischen ihrem Sohn und Armance etwas Seltsames abspielte. Armance war offensichtlich sehr unglücklich. »Sollte es möglich sein«, fragte sich Madame de Malivert, »daß Octave, der sie anbetet und der sie ständig sieht, ihr nie gesagt hat, daß er sie liebt?«

Der Tag, an dem Mademoiselle de Zohiloff ihre Antwort geben sollte, war gekommen. Am frühen Morgen schickte ihr Madame de Malivert ihren Wagen und ein Briefchen, in dem sie sie bat, auf eine Stunde zu ihr zu kommen. Als Armance erschien, sah sie aus wie nach einer langen Krankheit; sie wäre außerstande gewesen, zu Fuß zu kommen. Sobald sie mit Madame de Malivert allein war, sagte sie zu ihr, mit vollendeter Sanftheit, an deren Grund man die Entschlossenheit der Verzweiflung spüren konnte: »Mein Cousin besitzt einen etwas eigenen Charakter; sein und vielleicht auch mein

Glück«, fügte sie hinzu und errötete stark, »hängt davon ab, daß meine verehrte Mama ihm gegenüber niemals diesen Plan erwähnt, den ihre übergroße Vorliebe für mich ihr eingegeben hat.« Madame de Malivert tat so, als gäbe sie nur mit größter Mühe ihre Zustimmung zu dem, worum man sie gebeten hatte. »Ich könnte schneller sterben, als ich denke«, sagte sie zu Armance, »und dann wird mein Sohn die einzige Frau der Welt, die seine unglückliche Gemütsart besänftigen könnte, nicht erhalten. Ich bin sicher, daß es die Geldfrage ist, die bei dir den Ausschlag gibt«, sagte sie etwas später. »Octave, der dir immer etwas anzuvertrauen hat, war wohl nicht so töricht, daß er dir nicht gestanden hätte, wessen ich mir ganz sicher bin, nämlich daß er dich mit der ganzen Leidenschaft, deren er fähig ist, liebt – und das will viel heißen, mein Kind. Wenn auch gewisse Augenblicke der Überspanntheit, die von Tag zu Tag seltener werden, zu einigen Einwänden gegen den Charakter des Ehemannes, den ich dir anbiete, berechtigen mögen, so wirst du doch auch das süße Glück genießen, so geliebt zu werden wie heutzutage wenige Frauen. In den stürmischen Zeiten, die uns vielleicht erwarten, steht die Charakterfestigkeit des Mannes mit großer Wahrscheinlichkeit dafür, daß seine Familie glücklich wird.

Du weißt selbst, meine Armance, daß äußere Widrigkeiten, die gewöhnliche Menschen erdrücken, Octave nicht erschüttern. Wenn in seiner Seele Frieden ist, könnte sich die ganze Welt gegen ihn zusammentun und ihn doch keine Viertelstunde traurig stimmen. Ich bin mir aber sicher, daß sein Seelenfrieden von deiner Einwilligung abhängt. Bestimme du, wie energisch ich auf ihn einwirken soll. Von dir hängt das Glück meines Sohnes ab. Seit vier Jahren denke ich Tag und Nacht über ein Mittel nach, das ihn ruhiger machen könnte; ich konnte keines finden. Nun hat er sich in dich verliebt. Was mich betrifft, so werde ich zum Opfer deiner übertriebenen Empfindlichkeit. Du willst dich nicht dem Vorwurf aussetzen, du habest einen Mann geheiratet, der viel reicher ist als du, und so werde ich mit den größten Sorgen um die Zukunft Octaves im Herzen sterben, und ohne meinen

Sohn mit der Frau vereint zu sehen, die ich in meinem Leben am meisten geschätzt habe.«

Diese Versicherungen der Liebe Octaves zerrissen Armance das Herz. Madame de Malivert bemerkte in den Antworten ihrer jungen Verwandten einen Unterton von Gereiztheit und verletztem Stolz. Am Abend bei Madame de Bonnivet machte sie die Beobachtung, daß die Anwesenheit ihres Sohnes Armance keineswegs von jener Bedrückung befreite, die aus der Furcht entsteht, dem Geliebten nicht stolz genug begegnet und dadurch in seinen Augen vielleicht gesunken zu sein. »Muß« – fragte sich Armance – »ausgerechnet ein armes Mädchen ohne Familie sich derart vergessen?«

Madame de Malivert selbst war sehr besorgt. Nach vielen schlaflosen Nächten gelangte sie schließlich zu der sonderbaren, aber beim Charakter ihres Sohnes nicht ganz unwahrscheinlichen Hypothese, daß er ihr, wie Armance gesagt hatte, tatsächlich nicht von seiner Liebe gesprochen habe.

»Ist es denn möglich«, dachte Madame de Malivert, »daß Octave derart schüchtern ist? Er liebt seine Cousine, sie ist die einzige Person auf der Welt, die ihn vor jenen Anfällen von Melancholie bewahren könnte, die mich um ihn bangen lassen.«

Nach sorgfältigem Nachdenken faßte sie einen Entschluß. Eines Tages sagte sie zu Armance in ziemlich gleichgültigem Ton: »Ich weiß nicht, was du getan hast, um meinen Sohn zu entmutigen; aber obwohl er mir eingestand, daß er für dich tiefste Zuneigung und die vollkommenste Wertschätzung empfinde, daß das höchste Gut für ihn sei, deine Hand zu erhalten, fügt er hinzu, daß du seinen innigsten Wünschen ein unüberwindliches Hindernis in den Weg legtest und daß er dich gewiß nicht etwaigen Belästigungen zu verdanken haben will, die du seinetwegen von uns hast erleiden müssen.«

XIII

Das grenzenlose Glück, das sich in Armances Augen abzeichnete, tröstete Madame de Malivert, die durchaus einige Gewissensbisse verspürte, in eine so ernste Angelegenheit eine kleine Lüge eingestreut zu haben. »Was kann schließlich daran schlimm sein«, sagte sie sich, »die Heirat zweier reizender Kinder, die ein wenig stolz sind, zu beschleunigen, wenn sie füreinander eine Leidenschaft verspüren, wie sie in der Gesellschaft so selten anzutreffen ist? Ist es nicht meine erste Pflicht, meines Sohnes Vernunft zu erhalten?«

Das ungewöhnliche Vorgehen, zu dem Madame de Malivert sich entschlossen hatte, erlöste Armance vom tiefsten Schmerz, den sie in ihrem bisherigen Leben empfunden hatte. Wenig zuvor hatte sie sich noch den Tod gewünscht; und nun brachte dieses Wort, das Octave gesagt haben sollte, ihr die höchste Seligkeit. Zwar war sie fest entschlossen, die Hand ihres Cousins niemals anzunehmen, aber diese berückenden Worte erlaubten ihr die Hoffnung auf viele glückliche Jahre. »Ich werde ihn während der sechs Jahre, die bis zu seiner Heirat noch vergehen, heimlich lieben können«, sagte sie sich, »und ich werde ebenso glücklich oder vielleicht noch glücklicher sein, als wenn ich seine Gefährtin wäre. Heißt es nicht, daß die Ehe der Tod der Liebe ist, und daß es zwar angenehme Ehen gibt, aber keine glücklichen? Ich würde mich davor fürchten, meinen Cousin zu heiraten. Wenn ich ihn nicht als glücklichsten aller Männer sähe, wäre ich selbst am tiefsten Grund der Verzweiflung. Wenn wir dagegen unsere reine, heilige Freundschaft leben, wird keines der kleinen Dinge des Alltagslebens je an unsere Gefühle heranreichen und sie trüben können.«

In aller Ruhe, einer Ruhe, die ihr das Glück verlieh, wog Armance die Gründe ab, die sie einst zu dem Entschluß gebracht hatten, niemals die Hand ihres Cousins anzunehmen. »Die Leute werden mich für eine Gesellschaftsdame halten, die den Sohn des Hauses verführt hat. Ich kann schon hören, was Madame d'Ancre und selbst die achtbarsten Frauen sagen werden, wie zum Beispiel die Marquise de Seyssins, die in Octave bereits den Ehemann einer ihrer Töchter sieht.

Ich werde meinen Ruf um so schneller geschädigt haben, als ich die Vertraute von mehreren der glaubwürdigsten Frauen von Paris gewesen bin. Sie könnten alles über mich sagen, man wird ihnen glauben! Himmel! in welchen Abgrund der Schande können sie mich werfen! Und Octave könnte mir dann eines Tages seine Achtung entziehen, denn ich kann mich nicht zur Wehr setzen. In welchem Salon könnte ich noch den Mund auftun? Wo blieben meine Freunde? Und überhaupt, nach einer so offenbar verachtungswürdigen Tat, wie wäre da eine Rechtfertigung möglich? Und wenn ich eine Familie hätte, einen Bruder, einen Vater, würden denn sie jemals glauben, ich wäre Octave ebenso zugetan, wie ich es im Moment bin, wenn er in meiner Lage wäre und ich steinreich?«

Armance hatte Grund, für die besondere Art der Taktlosigkeit, die mit Fragen des Geldes zusammenhängt, besonders empfindlich zu sein. Kaum einige Tage zuvor hatte Octave, im Zusammenhang mit einer gewissen Mehrheit, die gerade von sich reden machte, zu ihr gesagt: »Ich hoffe, ich werde mich nicht wie diese Herren kaufen lassen, wenn ich meinen Platz im aktiven Leben eingenommen habe. Ich kann mit fünf Francs am Tag auskommen, und unter falschem Namen hätte ich in jedem Land die Möglichkeit, das Doppelte dieser Summe als Chemiker in irgendeiner Fabrik zu verdienen.«

Armance war so glücklich, daß sie sich erlaubte, alle möglichen Einwände zu bedenken, wie gefährlich es auch war, sie sich bewußt zu machen. »Wenn Octave mich mehr liebte als sein Vermögen und den Rückhalt, den er von der Familie einer Ehefrau seines Standes zu erwarten hätte, könnten wir auch in der Einsamkeit leben. Warum sollten wir nicht zehn Monate im Jahr auf jenem schönen Gut der Maliverts in der Dauphiné verbringen, von dem er mir so oft erzählt? Die Leute würden uns schnell vergessen. – Ja, aber ich würde nie vergessen, daß es auf Erden einen Ort gibt, wo ich verachtet werde, und verachtet von den vorzüglichsten Menschen.

Zusehen müssen, wie die Liebe eines Ehegatten, den man abgöttisch liebt, langsam abstirbt, ist das größte Unglück für einen jungen Menschen, der mit Vermögen auf die Welt gekommen ist; dieses gräßliche Unglück wäre nichts, verglichen mit dem meinen. Denn selbst wenn Octave nicht aufhörte, mich zu lieben, wäre jeder Tag von der Furcht vergiftet, er könnte auf den Gedanken verfallen, daß ich ihn wegen unserer Vermögensunterschiede erwählt hätte. Ich glaube gern, daß ihm das nicht von sich aus einfallen wird, aber anonyme Briefe, wie Madame de Bonnivet sie erhält, werden schon dafür sorgen. Ich würde zittern, sooft die Post ihm Briefschaften brächte. Nein, was auch geschieht, ich darf niemals Octaves Hand annehmen, und was die Ehre von mir verlangt, wird auch für unser Glück das sicherste sein.«

Am Tag nach dieser für Armance so glücklichen Stunde bezogen Madame de Malivert und Madame de Bonnivet ein hübsches kleines Schloß, das in den Wäldern auf den Höhen um Andilly versteckt lag. Die Ärzte hatten Madame de Malivert empfohlen, auszureiten und spazierenzugehen, und so wollte sie schon am Tag nach ihrer Ankunft in Andilly zwei reizende kleine Ponys ausprobieren, die sie für sich und Armance aus Schottland hatte kommen lassen. Octave begleitete die Damen bei ihrem ersten Ausritt. Sie waren kaum eine Viertelmeile geritten, als er im Verhalten seiner Cousine eine etwas größere Zurückhaltung als bisher zu erkennen glaubte, und vor allem einen etwas betonten Hang zur Fröhlichkeit.

Diese Entdeckung gab ihm viel zu denken, und was er während des weiteren Verlaufs ihres Ausritts beobachtete, bestätigte ihn in seinem Verdacht. Armance war ihm gegenüber verändert. Es war klar, daß sie bald heiraten und er damit seinen einzigen Freund verlieren würde. Als er Armance beim Absteigen half, nutzte er die Gelegenheit, ihr zu sagen, ohne daß Madame de Malivert es hören konnte: »Ich fürchte, daß meine hübsche Cousine bald ihren Namen ändern wird. Dieses Ereignis wird mir den einzigen Menschen der Welt rauben, der geneigt war, mir ein wenig Freundschaft entgegenzubringen.« – »*Niemals*«, sagte Armance, »werde ich aufhören, für Sie und nur für Sie die hingebungsvollste Freundschaft zu empfinden.« Doch während sie diese Worte hervorstieß, strahlten ihre Augen in solchem Glück, daß Octave in seiner Voreingenommenheit darin die Bestätigung all seiner Befürchtungen sah.

Die Güte und die in gewisser Weise vertrauliche Art, mit der Armance ihm an diesem Tag beim Spazierritt begegnete, raubten ihm vollends alle Ruhe. »Ich sehe, daß sich Mademoiselle de Zohiloff in ihrer Art entschieden verändert hat«, sagte er sich; »noch vor einigen Tagen war sie wie außer sich; heute ist sie überglücklich. Ich weiß nicht, woher diese Veränderung kommt; folglich wird sie zu meinem Schaden sein.

Wer war auch jemals so töricht, ein Mädchen von achtzehn Jahren zu seiner vertrauten Freundin zu machen? Sie heiratet, und alles ist vorüber. Nur mein verdammter Stolz bewirkt, daß ich tausendmal eher stürbe, als daß ich einem Mann zu sagen wagte, was ich Mademoiselle de Zohiloff anvertraue.

Die Arbeit könnte mich vielleicht retten; aber habe ich nicht jede vernünftige Beschäftigung aufgegeben? Besteht – um der Wahrheit die Ehre zu geben – meine einzige Arbeit seit sechs Monaten nicht darin, mich bei einer egoistischen und oberflächlichen Gesellschaft anzubiedern?« Um sich wenigstens diesem lästigen, aber nützlichen Zwang ganz zu ergeben, verließ Octave jeden Tag, nach dem Ausritt seiner Mutter, Andilly und fuhr nach Paris, um Besuche zu machen. Er war auf der Suche nach neuen Gewohnheiten, um die Leere auszufüllen, die seine bezaubernde Cousine hinterlassen würde, wenn sie aus der Gesellschaft ausschiede und ihrem Mann folgte; aus dieser Vorstellung erwuchs ihm der heftigste Drang nach Betätigung.

Je mehr die Traurigkeit ihm das Herz zuschnürte, desto mehr redete er und versuchte er zu gefallen; was er fürchtete, war, mit sich selbst allein zu sein, vor allem aber, der Zukunft ins Auge zu blicken. Immer wieder hielt er sich vor: »Ich war kindisch, ein junges Mädchen zur Freundin zu nehmen!« Dieser Satz, einleuchtend wie er war, wurde für ihn bald zu einer Art Sentenz und hinderte ihn daran, in seinem eigenen Herzen weiter zu forschen.

Armance bemerkte seine Traurigkeit und war davon berührt. Sie warf sich immer wieder vor, ihm jenes falsche Geständnis gemacht zu haben. Es verging kein Tag, ohne daß sie bei seinem Aufbruch nach Paris versucht gewesen wäre, ihm die Wahrheit zu sagen. »Aber«, sagte sie sich dann, »in dieser Lüge liegt doch meine ganze Macht über ihn. Wenn ich ihm nun gestehe, daß ich nicht verlobt bin, wird er mich anflehen, dem Wunsch seiner Mutter nachzugeben, und wie sollte ich da widerstehen? Ich darf aber niemals und unter keinen Umständen einwilligen; nein, diese angebliche Heirat mit einem Unbekannten, dem ich den Vorzug gebe, ist meine einzige Waffe gegen ein Glück, das uns beide ins Verderben stürzen würde.«

Um den Trübsinn ihres allzu geliebten Cousins zu verscheuchen, erlaubte sich Armance kleine Scherze, die von der zärtlichsten Freundschaft zeugten. Dabei legte das in all seinen Äußerungen so natürliche Mädchen in diese Versicherungen ewiger Freundschaft soviel Grazie und soviel naive Fröhlichkeit, daß Octaves finstere Menschenfeindlichkeit dadurch oft entwaffnet wurde. Er war glücklich wider Willen, und in solchen Augenblicken fehlte auch Armance nichts mehr zu ihrem Glück.

»Wie süß ist es doch, seine Pflicht zu tun!« sagte sie sich. »Wäre ich seine Frau, ich armes Ding ohne Familie, wäre ich dann ebenso zufrieden? Tausend grausame Zweifel würden mich ständig plagen.« Doch nach solchen Momenten der Zufriedenheit mit sich und mit anderen behandelte sie Octave am Ende oft besser, als sie es wollte. Zwar wog sie ihre Worte genau ab und ließ niemals zu, daß aus ihnen etwas anderes als die harmloseste Freundschaft sprach. Aber der Ton, in dem manche Worte ausgesprochen wurden! Die Blicke, die sie manchmal begleiteten! Jeder andere als Octave hätte darin die heftigste Leidenschaft gelesen. Er genoß beides, ohne zu verstehen.

Seitdem er ohne Unterlaß an seine Cousine denken konnte, fesselte ihn nichts anderes mehr mit der gleichen Leidenschaft. Er wurde wieder gerecht und selbst nachsichtig, und in seinem Glück ließ er seine strengen Urteile über viele Dinge fallen: So sah er die Dummköpfe nur noch als unglücklich geborene Wesen an.

»Wenn jemand schwarzes Haar hat, ist das seine Schuld?« sagte er zu Armance. »Es ist meine Sache, ihm dann sorgsam aus dem Weg zu gehen, wenn mir seine Haarfarbe weh tut.«

In manchen Salons galt Octave als boshaft, und die Dummköpfe fürchteten ihn instinktiv; nun versöhnten sie sich mit ihm. Oft teilte er all das Glück, das er seiner Cousine verdankte, den Menschen mit. Man fürchtete ihn weniger und fand ihn in seiner Liebenswürdigkeit jugendlicher. Dabei ist einzuräumen, daß in allem, was er tat, ein wenig von der Trunkenheit zu spüren war, die jene Art von Glück vermittelt, das man sich selbst nicht eingesteht. Das Leben floß ihm schnell und köstlich dahin. Sein Urteil über sich selbst trug nicht mehr den Stempel jener unerbittlichen, harten und sich in ihrer Härte gefallenden Logik, die seit der frühesten Jugend sein Handeln bestimmt hatte. Indem er oft das Wort ergriff, ohne recht zu wissen, wie er seinen Satz beenden würde, sprach er weit besser als zuvor.

XIV

Eines Tages erfuhr Octave in Paris, daß einer der Männer, die er am häufigsten und am liebsten sah, einer seiner »Freunde« also, wie man in der Gesellschaft zu sagen pflegt, das ansehnliche Vermögen, das er in elegantem Stil verpraßte, dem in seinen Augen niederträchtigsten Vorgehen verdankte, nämlich einer Erbschleicherei. Mademoiselle de Zohiloff, zu der er gleich nach seiner Ankunft in Andilly eilte, um ihr die schändliche Entdeckung mitzuteilen, fand, daß er sie recht gut ertrage. Er hatte keinen Anfall von Menschenverachtung und war durchaus nicht entschlossen, in hellem Zorn mit jenem Mann zu brechen.

An einem anderen Tag kam er frühzeitig von einem Schloß in der Pikardie zurück, wo er den ganzen Abend hätte verbringen sollen. »Wie abgeschmackt, diese Konversation!« sagte er zu Armance. »Nichts als die Jagd, die schöne Landschaft, die Musik Rossinis, die Künste! Und dabei lügen sie noch, wenn sie sich dafür interessieren! Diese Leute sind so dumm, Angst zu haben; sie glauben sich in einer belagerten Stadt und verbieten es sich, über die Neuigkeiten der Belagerung zu sprechen. Bedauernswerte Kreaturen! Wie ärgerlich, daß ich einer von ihnen bin!« – »Bitteschön«, sagte Armance, »gehen Sie doch zu den Belagerern; deren lächerliches Verhalten wird Ihnen helfen, das der Armee, in deren Mitte Sie Ihre Geburt versetzt hat, zu ertragen.« – »Das ist sehr die Frage«, erwiderte Octave. »Der Himmel weiß, wie ich leide, wenn ich in einem unserer Salons einen unserer Freunde höre, wie er eine absurde oder schreckliche Meinung vertritt, aber ich kann dabei schließlich meine Ehre bewahren, indem ich schweige. Meinen Schmerz kann niemand sehen. Wenn ich dagegen dem Bankier Martigny meine Aufwartung mache ...« – »Was denken Sie«, sagte Armance, »dieser feine, geistvolle Mann, der in solchem Maße Sklave seiner Eitelkeit ist, wird Sie mit offenen Armen empfangen.« – »Zweifellos, aber ich meinerseits, wie gemäßigt, bescheiden und schweigsam ich mich auch zu geben bemühe, werde schließlich kaum umhinkönnen, meine Meinung zu diesem oder jenem Punkt zu sagen. Und dann wird sich eine Sekunde später die Salontür mit Getöse öffnen, und ein Herr Soundso wird gemeldet, Fabrikant aus * * *, der bereits an der Tür mit Stentorstimme ruft: ›Was glauben Sie, lieber Martigny, da gibt es doch tatsächlich Ultras[39], die so dumm, so platt, so dämlich sind zu behaupten, daß ...‹ und dann wiederholt dieser brave Fabrikant Wort für Wort das bißchen eigene Meinung, das ich eben in aller Bescheidenheit geäußert habe. Was soll ich da tun?« – »Es überhören.« – »Das wäre nach meinem Geschmack. Ich bin nicht zu dem Zweck auf der Welt, grobe Manieren und verquere Meinungen zu korrigieren; noch viel weniger will ich jenem Mann, indem ich mit ihm spreche, das Recht verleihen, mir, wenn er mich auf der Straße trifft, die Hand zu geben. Doch in diesem Salon bin ich unglücklicherweise nicht wie jeder andere. Wollte Gott, daß ich hier die *Gleichheit* fände, von der jene Herren soviel Aufhebens machen! Was soll ich, zum Beispiel, mit meinem Titel anfangen, wenn ich bei Monsieur Martigny gemeldet werde?« – »Aber Sie haben doch vor, diesen Titel alsbald fallenzulassen, sofern Sie das, ohne Ihren Herrn Vater zu verletzen, tun können?« – »Gewiß, aber würde das Weglassen des Titels, wenn ich dem Lakai von Monsieur de Martigny meinen Namen nenne, nicht nach Feigheit aussehen? So wie Rousseau seinen Hund nicht *Duc*, sondern *Turc* nannte, sobald ein Herzog im Zimmer war?«* – »Aber Titel sind den liberalen Bankiers doch gar nicht so verhaßt«, sagte Armance. »Neulich war Madame de Claix, die ja überallhin geht, auf dem Ball von Monsieur Montange, und Sie wissen, wie sie uns am Abend zum Lachen brachte, indem sie versicherte, dort liebe man Titel so sehr, daß man eine *Frau Oberstin* angesagt habe.«

»Seitdem die Dampfmaschine die wahre Herrscherin der Welt ist, sind Titel absurd geworden, aber ich bin nun einmal Träger einer solchen Absurdität. Sie wird mich zermalmen, wenn ich sie nicht mit Würde trage. Dieser Titel zieht die Aufmerksamkeit auf mich. Wenn ich der Donnerstimme des Fabrikanten nichts entgegensetzte, der schon unter der Tür schreit, daß das, was ich sagte, eine Eselei sei, was für Blicke würde ich auf mich ziehen? Das ist nun einmal meine Charakterschwäche: Ich kann nicht alles von mir abschütteln und

* Wie schon Rousseau, so kämpft auch Octave gegen Gespenster. Er wäre, trotz des Wörtchens, das vor seinem Namen steht, in allen Salons von Paris unbeachtet geblieben. Im übrigen herrscht in seinem Gemälde jener Gesellschaft, die er noch nie gesehen hat, ein lächerlich feindseliger Ton, den er bald ändern wird. Dummköpfe gibt es in allen Gesellschaftsklassen. Wenn es eine gäbe, die man zu Recht oder Unrecht der Grobheit anklagte, so würde sie sich bald durch große Sittenstrenge und eine große Förmlichkeit des Umgangs auszeichnen.

von der spöttischen Seite nehmen, wie Madame d'Aumale es wünscht.

Wenn ich solche Blicke sehe, ist mir der ganze Abend verdorben. Das Zwiegespräch, das sich dann in meinem Innern an der Frage entzündet, ob man mich beleidigen wollte, kann mir für drei Tage den Seelenfrieden rauben.«

»Sind Sie sich denn jener angeblichen Ungehobeltheit, die Sie der anderen Seite so leichthin zuschreiben, wirklich sicher? Haben Sie neulich nicht gehört, daß Talmas Kinder[40] und die Söhne eines Herzogs im selben Internat erzogen werden?« – »Das große Wort in den Salons führen die Männer von fünfundvierzig Jahren, die in der Revolution zu Reichtum gelangt sind, und nicht die Spielkameraden von Talmas Kindern!« – »Ich würde wetten, daß sie klüger sind als viele der unseren. Wer tut sich denn in der Pairs-Kammer hervor? Neulich haben Sie das selbst mit Bitterkeit bemerkt!«

»Ach, wenn ich meiner hübschen Cousine Lektionen in Logik erteilte, hieße das mich über sie lustig machen! Was schert mich die Klugheit eines Mannes? Sein Benehmen ist es, das mich traurig stimmen kann. Monsieur de *** zum Beispiel, der größte Dummkopf unserer Gesellschaft, mag zwar sehr lächerlich sein, aber er ist nie beleidigend. Neulich berichtete ich bei den d'Aumales von meiner kleinen Reise nach Liancourt[41] und sprach von den neuesten Maschinen, die der gute Herzog aus Manchester hatte herbeischaffen lassen. Einer der Anwesenden sagte plötzlich: ›Das stimmt nicht, das ist nicht wahr.‹ Ich habe mich vergewissert, daß dieser Mann mich nicht der Lüge bezichtigen wollte, aber diese Ungezogenheit hat mich für eine Stunde zum Verstummen gebracht.«

»Und dieser Mann war Bankier?« – »Er gehörte jedenfalls nicht zu uns. Und der Witz ist, ich habe an den Werkleiter der Gerberei in Liancourt geschrieben, und es stellte sich heraus, daß der Mann mit seinem Einspruch nicht einmal recht hatte.« – »Ich finde nicht, daß Monsieur Montange, der junge Bankier, der zu Madame de Claix kommt, rüde Manieren hat.« – »Er hat honigsüße, das ist eine Erscheinungsform der rüden Manieren, wenn sie Angst bekommen.«

»Ihre Frauen scheinen mir sehr hübsch«, fuhr Armance fort. »Ich wüßte gern, ob ihre Gespräche auch durch jene Nuance von Haß oder überempfindlicher Würde vergiftet sind, die sich gelegentlich bei uns bemerkbar macht. Ach, ich wünschte, ein Mann von verläßlichem Urteil, wie mein Cousin, könnte mir erzählen, was in jenen Salons vor sich geht! Wenn ich die Bankiersfrauen in ihren Logen im Théâtre Italien sehe, würde ich für mein Leben gern mithören, was sie sagen, und an ihrer Unterhaltung teilnehmen. Wenn ich eine sehe, die hübsch ist – und es gibt ganz reizende unter ihnen –, möchte ich ihr fürs Leben gern um den Hals fallen. Das alles erscheint Ihnen als Kinderei; aber gerade Ihnen, Herr Philosoph, der Sie so gut in Logik sind, möchte ich sagen: Wie wollen Sie die Menschen kennenlernen, wenn Sie immer nur eine einzige Klasse sehen? Und dann auch noch die schwächlichste Klasse, weil sie den wirklichen Bedürfnissen am fernsten steht.«

»Und die Klasse, die sich am meisten verstellt, weil sie sich beobachtet glaubt. Sie werden zugeben, daß es ein schöner Zug an einem Philosophen ist, wenn er der Gegenseite Argumente liefert«, sagte Octave lachend. »Würden Sie es für möglich halten, daß gestern, bei den Saint-Imiers, der Marquis de ***, der neulich so sehr über die kleinen Zeitungen spottete und nicht einmal von deren Existenz zu wissen vorgab, ganz berauscht war, weil die ›Aurore‹ einen üblen Witz gegen seinen Feind, den Grafen de ***, der jüngst zum Staatsrat ernannt wurde, veröffentlicht hat? Er trug die Ausgabe bei sich.« – »Das ist eins der Mißgeschicke unseres Standes: daß wir mit ansehen, wie Dummköpfe die lächerlichsten Lügen verbreiten, und nicht zu sagen wagen: ›Schöne Maske, ich habe dich durchschaut.‹« – »Wir müssen uns die schönsten Späße versagen, weil sie der Gegenseite, sollten sie ihr zu Ohren kommen, Grund zum Lachen geben könnten.«

»Ich kenne die Bankiers nur durch unseren zuckersüßen Montange«, sagte Armance, »und durch die reizende Komödie namens ›Roman‹[42]; aber ich bezweifle, daß sie in der Anbetung des Geldes gewisse Personen aus unseren Kreisen übertreffen. Wissen Sie, es ist schwierig, eine ganze Klasse vervollkommnen zu wollen. Ich will nicht mehr davon sprechen, mit welchem Vergnügen ich etwas mehr über diese Damen erführe. Aber, wie der alte Herzog de *** in Petersburg sagte, als er sich das *Journal de l'Empire* trotz der hohen Kosten kommen ließ und damit fast den Zaren Alexander gegen sich aufgebracht hätte: ›Muß man denn nicht die Schriften der Gegenseite studieren?‹« – »›Ich würd' noch weiter gehn, es bleibt ja unter uns‹, spricht Talma so schön im ›Polyeucte‹:[43] Im Grunde wollen wir, Sie und ich, mit diesen Leuten nicht zusammenleben; und doch denken wir in vielen Dingen so wie sie.« – »Und nur sehr schwer«, meinte Armance, »kann man sich in unserem Alter dazu entschließen, für immer auf der Seite der Besiegten zu stehen.«

»Wir sind wie die heidnischen Götzenpriester zu jener Zeit, da das Christentum allmählich die Oberhand gewann. Heute sind wir es noch, die verfolgen, noch haben wir Polizei und Staatshaushalt auf unserer Seite, aber morgen schon könnte die öffentliche Meinung uns verfolgen.« – »Sie erweisen uns viel Ehre, wenn Sie uns mit den guten Heidenpriestern vergleichen. Ich sehe in unserer – in meiner und Ihrer – Lage eine weit größere Schwäche. Wir gehören dieser Partei nur an, um ihr Unglück mitzutragen.« – »Das ist leider nur zu wahr: Wir sehen, wie lächerlich sie ist, und wagen nicht, sie auszulachen; und die Vorteile, die sie uns bietet, belasten uns. Was nützt mir die alte Herkunft meines Namens? Ich würde mich schämen, aus diesem Vorteil Kapital zu schlagen.«

»Sie möchten über das, was die jungen Leute ihrer Art reden, gelegentlich am liebsten die Achseln zucken, und um der Versuchung nicht nachzugeben, reden Sie schnell vom schönen Album der Mademoiselle de Claix oder von dem Gesang der Pasta. Andererseits hindern Sie Ihr Titel und die vielleicht ein wenig unebenen Manieren jener Leute, die in drei Viertel aller Fragen so wie Sie denken, mit diesen zu verkehren.«

»Ach, stünde ich doch hinter einem Geschütz oder an einer Dampfmaschine! Wie glücklich wäre ich, wenn ich als Chemiker für irgendeine größere Fabrik arbeiten könnte! Die Derbheit der Sitten kümmerte mich wenig, daran gewöhnt man sich in acht Tagen.« – »Abgesehen davon, daß Sie sich dieser Derbheit gar nicht so sicher sind«, sagte Armance. – »Und wäre sie zehnmal größer als gedacht«, entgegnete Octave, »es hätte den gleichen Reiz, wie wenn ich mich zum Spaß einer fremden Sprache bediente. Allerdings müßte man Monsieur Martin oder Lenoir heißen.« – »Könnten Sie nicht einen verständigen Mann finden, der in den liberalen Salons auf Entdeckungsreise gegangen ist?« – »Mehrere meiner Freunde gehen zum Tanzen dorthin; sie sagen, das Eis sei großartig, und das ist alles. Eines schönen Tages werde ich mich selbst dorthin wagen, denn nichts ist so dumm, wie ein Jahr lang vor einer Gefahr zurückzuschrecken, die vielleicht gar nicht existiert.«

Armance erhielt von ihm schließlich das Geständnis, daß er schon über Mittel und Wege nachgedacht habe, in jenen Gesellschaften zu erscheinen, wo man sich durch Reichtum und nicht durch Geburt auszeichnet: »Nun ja, ich habe etwas gefunden«, sagte Octave, »aber das Heilmittel wäre schlimmer als die Krankheit, denn es würde mich mehrere Monate meines Lebens kosten, die ich fern von Paris verbringen müßte.«

»Was für ein Mittel?« fragte Armance, die auf einmal ganz ernst geworden war. – »Ich führe nach London und sähe dort alles, was Rang und Namen hat. Wie könnte man nach England fahren, ohne beim Marquis of Lansdowne, bei Mister Brougham oder Lord Holland[44] vorzusprechen? Diese Herren würden mir von unseren berühmten Franzosen erzählen; sie würden sich wundern, daß ich sie nicht kenne; ich würde mein großes Bedauern kundtun und mich bei meiner Rückkehr allen, die in Frankreich beliebt sind, vorstellen lassen. Mein Vorgehen – gesetzt, man erwiese mir die Ehre, darüber bei der Herzogin d'Ancre zu sprechen – würde kaum den Anschein eines Verrats jener Ideen erwecken, die man mit meinem Namen glaubt verbinden zu müssen; es wäre ganz einfach das selbstverständliche Bedürfnis, die führenden Menschen des Jahrhunderts, in dem man lebt, kennenzulernen. Ich würde es mir nie verzeihen, wenn ich den General Foy[45] nicht besuchte.« Armance schwieg.

»Ist es nicht entwürdigend«, fuhr Octave fort, »daß all unsere Unterstützung – bis hin zu den *monarchistischen* Schriftstellern, die beauftragt sind, jeden Morgen in der Zeitung die Vorzüge hoher Geburt und die der Religion zu preisen – von jener Klasse kommt, die alle Vorzüge außer den der Geburt auf sich vereinigt?« – »Oh, wenn Monsieur de Soubirane Sie jetzt hörte!« – »Wühlen Sie nicht in meiner größten Wunde; gezwungen zu sein, täglich von morgens bis abends zu lügen ...«

In der Atmosphäre vollkommener Vertrautheit sind Abschweifungen ohne Ende möglich; sie bereiten den Beteiligten Vergnügen, weil sie grenzenloses Vertrauen beweisen, würden aber einen Dritten sehr langweilen. Es genügt uns, angedeutet zu haben, daß die hervorragende Position des Vicomte de Malivert diesem keineswegs eine Quelle ungetrübter Freude war.

Nicht ohne Risiko sind wir treue Chronisten gewesen. Wenn die Politik in eine so schlichte Erzählung einbricht, kann sie wie ein Pistolenschuß inmitten eines Konzerts wirken.[46] Zudem ist Octave keineswegs ein Philosoph; er hat den feinen Unterschied, der zu seiner Zeit die Gesellschaft spaltete, äußerst ungerecht dargestellt. Ist es aber ein Skandal, wenn Octave nicht wie ein Weiser von fünfzig Jahren argumentiert?*

* Man ist dem Minister Villèle gegenüber zu undankbar. Sein Dreiprozentgesetz, das Ältestengesetz und das Pressegesetz haben die Parteien einander wieder angenähert. Die notwendigen Beziehungen zwischen den Pairs und den Abgeordneten haben diese Annäherung, die Octave nicht vorhersehen konnte, eingeleitet, und glücklicherweise sind die Vorstellungen dieses scheuen und hochmütigen jungen Mannes heute noch weniger richtig, als sie es vor einigen Monaten waren; entsprechend seinem Charakter konnte er die Dinge aber nur so sehen. Sollte die Skizze eines außergewöhnlichen Charakters deshalb unvollständig bleiben, weil er gegenüber jedermann ungerecht ist? Es ist ja gerade diese Ungerechtigkeit, die sein Unglück ausmacht.

XV

Octave fuhr so häufig von Andilly nach Paris, um Madame d'Aumale abzuholen, daß Armances Fröhlichkeit eines Tages durch leise Regungen der Eifersucht zum Erlöschen gebracht wurde. Als ihr Cousin eines Abends zurückkam, ergriff sie die Initiative. »Möchten Sie ihrer Mutter in einer Sache, von der Sie nie mit Ihnen sprechen wird, einen Gefallen tun?« – »Natürlich.« – »Dann schlagen Sie drei Monate, das will heißen neunzig Tage lang, keine Einladung zum Ball aus und verlassen Sie keinen Ball, ohne getanzt zu haben.« – »Lieber wären mir vierzehn Tage Gefängnis«, sagte Octave. – »Sie sind nicht gerade anspruchsvoll«, entgegnete Armance, »aber versprechen Sie's nun oder nicht?« – »Ich verspreche alles, nur nicht drei Monate Beständigkeit. Da man mich hier zu unterdrücken versucht«, sagte er lachend, »werde ich desertieren. Ich habe seit langem eine Idee, die mich gegen meinen Willen schon den ganzen gestrigen Abend beschäftigt hat, beim herrlichen Fest des Monsieur de ***, wo ich bereits tanzte, wie wenn ich Ihre Befehle geahnt hätte. Wenn ich Andilly für sechs Monate verließe, hätte ich zwei amüsantere Pläne als den, nach England zu gehen.

Der erste besteht darin, mich Lenoir zu nennen. Unter diesem schönen Namen ginge ich in die Provinz, um Arithmetik, angewandte Geometrie und alles, was verlangt wird, zu unterrichten. Ich besuchte nacheinander Bourges, Aurillac, Cahors; ich bekäme problemlos Empfehlungsschreiben von mehreren Pairs, Mitgliedern des *Instituts*[47], die mich, den gelehrten und königstreuen Lenoir, den Präfekten empfehlen würden, etc.

Doch der andere Plan ist besser. In meiner Eigenschaft als Lehrer hätte ich nur mit begeisterten, unberechenbaren kleinen Jungen zu tun, die mich bald langweilen würden, außerdem mit einigen Intrigen der Kongregation.

Ich zögere ein wenig, Ihnen den schönsten meiner Pläne zu verraten. Danach nähme ich den Namen Pierre Gerlat an, ginge für den Anfang nach Genf oder Lyon und würde Kammerdiener eines jungen Mannes, der dazu bestimmt ist, in der Gesellschaft etwa dieselbe Rolle zu spielen wie ich. Pierre Gerlat wird ausgezeichnete Zeugnisse des Vicomte de Malivert bei sich haben, dem er sechs Jahre lang treu gedient hat. Mit einem Wort, ich übernähme Namen und Identität des armen Pierre, den ich einmal zum Fenster hinausgeworfen habe. Zwei oder drei meiner Bekannten würden mir aus Gefälligkeit Zeugnisse ausstellen. Sie werden das Siegel ihrer Wappen mit dicken Wachspaketen darauf setzen, und ich hoffe, auf diese Weise bei einem jungen Engländer, der entweder sehr reich oder der Sohn eines Pairs ist, unterzukommen. Ich werde mich bemühen, mir die Hände mit einer verdünnten Säure aufzurauhen. Schuheputzen habe ich schon von meinem jetzigen Diener, dem braven Korporal Voreppe, gelernt. In den letzten drei Monaten habe ich ihm seine ganze Kunst abgeschaut.«

»Eines Tages wird Ihr Herr, wenn er betrunken nach Hause kommt, Pierre Gerlat ein paar Fußtritte versetzen.«

»Und wenn er mich aus dem Fenster würfe – ich habe diesen Einwand vorausgesehen. Ich würde mich verteidigen, würde am nächsten Tag kündigen, und ich nähme es ihm keinesfalls übel«.

»Sie würden sich eines sehr verwerflichen Vertrauensmißbrauchs schuldig machen. Man läßt die Mängel des eigenen Charakters wohl einen jungen Bauernburschen sehen, der unfähig ist, deren besondere Merkmale zu verstehen, doch würde man – wie ich vermute – sich sehr davor hüten, das gleiche vor einem Mann seines Standes zu tun.«

»Ich werde nie wiederholen, was ich mitgehört habe. Im übrigen riskiert ein *Herr* – um wie Pierre Gerlat zu sprechen – immer, daß er an einen Schuft gerät, und hier wird es sich doch nur um einen Neugierigen handeln. Sehen Sie, in welcher elenden Lage ich mich befinde«, fuhr Octave fort; »meine Phantasie stellt sich in manchen Momenten so dumm an, sie übertreibt so sehr, was ich meiner Stellung schuldig bin, daß ich, ohne ein Herrscher zu sein, nach einem *Inko-*

gnito verlange. Durch mein Unglück bin ich einem Herrscher ähnlich, durch die Lächerlichkeit, durch die übertriebene Wichtigkeit, die ich gewissen Dingen beimesse. Ich empfinde das unwiderstehliche Verlangen, einen anderen Vicomte de Malivert agieren zu sehen. Da ich zu meinem Unglück in dieser Rolle gefangen bin, da ich zu meinem großen und aufrichtigen Bedauern nicht der Sohn des ersten Werkmeisters der Kammgarnfabrik von Monsieur de Liancourt[48] sein kann, brauche ich ein sechsmonatiges Dienstverhältnis, um den Vicomte de Malivert von vielen seiner Schwächen zu befreien.

Und dieses Mittel ist das einzige; mein Stolz errichtet eine diamantene Mauer zwischen mir und den anderen Menschen. Ihre Anwesenheit, liebe Cousine, läßt diese Mauer aus Diamant verschwinden. In Ihrer Gegenwart würde ich niemandem etwas übelnehmen; aber leider besitze ich keinen fliegenden Teppich, um Sie überallhin mitzunehmen. Ich kann nicht gleichzeitig mit Ihnen zusammensein und mit einem meiner ›Freunde‹ im Bois de Boulogne ausreiten. So gibt es keinen, der nicht schon bald nach der ersten Bekanntschaft von meinen Reden befremdet wäre. Und wenn sie mich dann, nach einem Jahr und ganz gegen meinen Willen, durchschaut haben, üben sie die strengste Zurückhaltung und sähen es, glaube ich, lieber, daß ihre Handlungen und ihre geheimen Gedanken dem Teufel bekannt wären als mir. Ich möchte meine Hand nicht dafür ins Feuer legen, daß manche mich nicht für ›Luzifer persönlich‹ halten, der – wie Monsieur de Soubirane in einem seiner Bonmots es ausdrückt –, ›eigens dazu auf die Welt gekommen ist, ihnen Kopfschmerzen zu bereiten‹.«

Octave teilte seiner Cousine diese merkwürdigen Gedanken beim Spaziergang in den Wäldern von Montlignon mit, wenige Schritte von Madame de Malivert und Madame de Bonnivet entfernt. Seine verrückten Pläne beschäftigten Armance sehr. Tags darauf, nachdem ihr Cousin nach Paris gefahren war, wich ihre gelöste und bisweilen bis zur Ausgelassenheit heitere Miene jenen rührenden, starren Blicken, von denen Octave, wenn er zugegen war, die seinen nicht abwenden konnte.

Madame de Bonnivet lud viele Gäste ein, und Octave hatte nicht mehr Gelegenheit, so häufig nach Paris zu fahren, denn Madame d'Aumale zog nach Andilly. Zusammen mit ihr kamen sieben oder acht Frauen an, außerordentlich elegant und in der Mehrheit bemerkenswert durch ihren brillanten Geist oder durch den Einfluß, den sie sich in der Gesellschaft erworben hatten. Doch konnte deren Liebenswürdigkeit den Triumph der reizenden Gräfin nur noch steigern; ihre bloße Anwesenheit in einem Salon ließ ihre Rivalinnen alt erscheinen.

Octave war zu klug, als daß er dies nicht gespürt hätte; und Armances Träumereien wurden häufiger. »Worüber dürfte ich mich beklagen?« fragte sie sich. »Über niemanden, und am wenigsten über Octave. Habe ich ihm nicht gesagt, ich zöge ihm einen anderen Mann vor? Und er ist viel zu stolz, um sich mit dem zweiten Platz in einem Herzen zu begnügen. Er schließt sich Madame d'Aumale an; sie ist eine strahlende Schönheit und in aller Munde, und ich, ich bin noch nicht einmal hübsch. Was ich Octave zu sagen habe, ist nur mäßig interessant; ich bin sicher, daß ich ihn oft langweile oder ihn nur wie eine Schwester interessiere. Madame d'Aumales Leben ist heiter und außergewöhnlich; niemals langweilt sich irgend jemand dort, wo sie sich aufhält, und mir scheint, ich würde mich im Salon meiner Tante öfter langweilen, wenn ich darauf achtete, was man dort spricht.« Armance weinte, doch ihre reine Seele ließ sich nicht dazu herab, Madame d'Aumale zu hassen.

Sie beobachtete jeden Schritt dieser liebenswerten Frau mit größter Aufmerksamkeit und wurde oft von einem Gefühl glühender Bewunderung ergriffen. Doch jedesmal, wenn sie sie bewundern mußte, stach es ihr ins Herz. Ihr stilles Glück zerrann, Armance erlag allen Ängsten der Leidenschaft. Madame d'Aumales Anwesenheit verwirrte sie schließlich mehr als die Octaves. Die Folter der Eifersucht ist vor allem dann entsetzlich, wenn sie Herzen zerreißt, denen es ihre natürliche Neigung und ihre gesellschaftliche Stellung gleichermaßen verbieten, zu den etwas gewagteren Mitteln, Gefallen zu erregen, zu greifen.

XVI

Eines Abends, nach einem drückend heißen Tag, erging man sich langsam in den hübschen Kastanienwäldchen, die die Höhen von Andilly krönen. Bei Tage werden einem diese Wälder oft durch die Anwesenheit Neugieriger verleidet. In dieser wunderbaren Nacht jedoch, die vom ruhigen Licht eines schönen Sommermonds erleuchtet wurde, sahen die einsamen Hügel bezaubernd aus. Eine sanfte Brise spielte in den Bäumen und vollendete den Zauber dieses köstlichen Abends. Einer unbestimmten Laune folgend, wollte Madame d'Aumale an diesem Tage Octave ständig um sich haben. Offenherzig und ohne Rücksicht auf die anderen Männer um sie herum, erinnerte sie ihn daran, daß sie ihn in diesem Wald zum ersten Mal gesehen habe.

»Sie waren als Zauberer verkleidet, und nie« – setzte sie hinzu – »war eine erste Begegnung bezeichnender für das, was kam, denn Sie haben mich nie gelangweilt, und es gibt keinen anderen Mann, von dem ich das sagen könnte.«

Armance, die mit ihnen spazieren ging, konnte nicht umhin, diese Erinnerungen als sehr zärtlich zu verstehen. Nichts war verführerischer als diese glänzende, sonst so fröhliche Gräfin, die jetzt mit ernster Stimme von den großen Dingen des Lebens und von den Wegen zum Glück sprach. Octave entfernte sich von der Gruppe um Madame d'Aumale, und da er zusammen mit Armance bald ein wenig Abstand von den übrigen Spaziergängern gewonnen hatte, begann er ihr in allen Einzelheiten von der Phase seines Lebens zu erzählen, in der Madame d'Aumale eine Rolle spielte. »Ich habe diese glänzende Verbindung gesucht«, sagte er, »um Madame de Bonnivet nicht zu beunruhigen, die mich in ihrer Vorsicht ohne eine solche Maßnahme womöglich aus ihrer unmittelbaren Nähe entfernt hätte.« Er berichtete von dieser Herzensangelegenheit, ohne von Liebe zu sprechen.

Sobald Armance hoffen konnte, mit ihrer Stimme nicht mehr die große Verwirrung zu verraten, in die Octaves Bericht sie gestürzt hatte, sagte sie: »Lieber Cousin, ich glaube Ihnen; ich glaube, weil ich es soll, alles, was Sie sagen; es sind für mich Worte des Evangeliums. Dennoch fällt mir auf, daß Sie bei keinem Ihrer Vorhaben so lange gewartet haben, ehe Sie mir davon erzählten.« – »Darauf habe ich gleich eine Antwort: Mademoiselle de Tersan und Sie nehmen sich manchmal die Freiheit, sich über meine Erfolge lustig zu machen: An einem gewissen Abend vor zwei Monaten, zum Beispiel, haben Sie mich fast der Aufgeblasenheit bezichtigt. Dabei hätte ich Ihnen schon damals die entschiedenen Gefühle, die ich für Madame d'Aumale hegte, gestehen können; aber ich wollte erst vor Ihren Augen von ihr ausgezeichnet werden. Vor diesem erfolgreichen Ausgang hätte Ihr schelmischer Geist die Gelegenheit sicher nicht verstreichen lassen, sich über meine unbedeutenden Pläne lustig zu machen. Heute fehlt mir zu meiner Genugtuung nur noch die Anwesenheit von Mademoiselle de Tersan.«

In dem tiefsinnigen und fast gerührten Ton, in dem Octave diese frivolen Worte sprach, spürte man eine so große Unfähigkeit, die etwas gewagten Reize der hübschen Frau, von der die Rede war, zu lieben, und zugleich eine so restlose Ergebenheit gegenüber der Freundin, der er sich anvertraute, daß sie dem Glück, so geliebt zu werden, nicht mehr widerstehen konnte. Sie stützte sich auf Octaves Arm und hörte ihn verzückt, wie in Ekstase, an. Alles, was sie aus Gründen der Vernunft zustande brachte, war, daß sie nichts sagte; der Klang ihrer Stimme hätte ihrem Cousin verraten, welche Leidenschaft er in ihr entzündet hatte. Das leise Rauschen der Blätter im Abendwind schien dem Schweigen der beiden einen zusätzlichen Reiz zu verleihen. Octave sah in Armances große Augen, die unverwandt auf die seinen gerichtet waren. Plötzlich nahmen sie ein Geräusch wahr, das schon geraume Zeit an ihr Ohr drang, ohne ihre Aufmerksamkeit zu erregen.

Madame d'Aumale, die sich über Octaves Abwesenheit wunderte und fand, daß er ihr fehle, rief nach ihm, so laut sie konnte. »*Man ruft Sie*«, sagte Armance, und der gebrochene Ton ihrer Stimme, in dem sie diese einfachen Worte sagte, hätte jeden anderen als Octave spüren lassen, welche Liebe ihm entgegengebracht wurde. Doch Octave war so erstaunt über das, was in seinem Herzen vor sich ging, so verwirrt durch Armances schönen, von leichtem Gazeschleier kaum verhüllten Arm, den er an seiner Brust hielt, daß er auf nichts achtete. Er war außer sich, er genoß die Freude glücklicher Liebe und gestand es sich beinahe ein. Er betrachtete Armances bezaubernden Hut, er betrachtete ihre Augen. Niemals war Octave in einer Situation gewesen, die seine Schwüre gegen die Liebe so sehr bedrohte. Er hatte geglaubt, mit Armance wie üblich scherzen zu können, und aus dem Scherz war plötzlich und unerwartet Ernst geworden. Er war wie berauscht, er dachte nicht mehr nach, er stand auf dem Gipfel des Glücks. Es war einer jener flüchtigen Momente, die der Zufall als Ausgleich für so viel Leid manchmal jenen Seelen beschert, die zur wahren Empfindung die Kraft haben. Das Leben verdichtet sich in den Herzen, die Liebe läßt alles vergessen, was nicht göttlich ist wie sie, und man lebt mehr in solchen Momenten als während langer Zeiträume.

Von Zeit zu Zeit war wieder Madame d'Aumales Stimme zu hören, die »*Octave*« rief, und der Klang dieser Stimme brachte die arme Armance vollends um alle Besonnenheit. Octave spürte, daß er den schönen Arm loslassen mußte, den er ein wenig gegen seine Brust gedrückt hielt; er mußte sich von Armance trennen; wenig fehlte, und er hätte es gewagt, ihre Hand zu nehmen und gegen seine Lippen zu drücken. Armance wiederum war in diesem Moment so verwirrt, daß – wenn er sich dieses Zeichen seiner Liebe erlaubt hätte – sie ihn alles hätte spüren und vielleicht sogar hören lassen, was sie für ihn empfand.

Sie kamen den anderen Spaziergängern näher. Octave ging ein wenig voraus. Kaum sah Madame d'Aumale ihn wieder, da sagte sie zu ihm mit ein wenig schmollender Miene und ohne daß Armance sie hören konnte: »Ich bin erstaunt, Sie so bald wiederzusehen. Wie haben Sie Armance meinetwegen verlassen können? Sie sind verliebt in diese schöne Cousine, streiten Sie's nicht ab, ich kenne mich aus!«

Octave hatte sich noch nicht von der Trunkenheit erholt, die ihn erfaßt hatte; er sah immer noch Armances hübschen Arm gegen seine Brust gepreßt. Madame d'Aumales Behauptung traf ihn wie ein Blitz, denn er trug ihren Beweis in sich; er war betroffen.

Die leichtfertigen Worte waren für ihn wie ein Schicksalsspruch, der vom Himmel herab verkündet wurde. Er fand ihren Ton außerordentlich. Dieses unerwartete Wort, das Octave den wahren Zustand seines Herzens offenbarte, stürzte ihn vom Gipfel der Glückseligkeit in ein schreckliches und hoffnungsloses Unglück.

XVII

So hatte er also aus Schwäche seine wiederholten Schwüre gebrochen! Ein Augenblick hatte das Werk seines ganzen Lebens zerstört. Jedes Recht auf Selbstachtung hatte er soeben verspielt. Von nun an war die Welt ihm verwehrt, er besaß nicht genug Tugend, um in ihr zu leben. Es blieb ihm nur die Einsamkeit und ein Leben irgendwo tief in der Wüste. Sein übermäßiger Schmerz und dessen urplötzliches Auftreten hätten auch eine noch so gefestigte Seele verzagen lassen. Zum Glück war Octave im gleichen Moment klar, daß Armances Ruf leiden konnte, wenn er Madame d'Aumale nicht schnell und äußerst gelassen antwortete. Er lebte an Armances Seite, und Madame d'Aumales Worte waren von zwei oder drei Personen, die sowohl ihn als auch Armance haßten, gehört worden.

»Ich und lieben?« sagte er zu Madame d'Aumale. »Ach, diese Gunst hat mir der Himmel leider versagt; nie habe ich es mehr gefühlt, nie heftiger bedauert. Jeden Tag, und doch seltener, als ich es gerne hätte, begegne ich der verführerischsten Frau von Paris. Ihr zu gefallen, ist sicherlich das schönste Ziel, das sich ein junger Mann meines Alters vornehmen kann. Zweifellos würde sie meine Huldigungen zurückweisen; aber ich habe gar nicht jenen Grad von Begeisterung erreicht, der es mir erlaubt hätte, ihr zu huldigen. Nie verlor ich in ihrer Nähe meine innere Ruhe. Mit solcher Rohheit und Gefühllosigkeit fürchte ich, niemals bei irgendeiner Frau aus dem Gleichgewicht zu geraten.«

Noch nie hatte Octave so gesprochen. Die beinahe im Ton einer parlamentarischen Verlautbarung vorgetragene Erklärung wurde geschickt ausgedehnt und begierig angehört. Es gab da zwei oder drei Männer, die in der Gesellschaft zu gefallen wußten und die in Octave des öfteren einen erfolgreicheren Rivalen zu sehen geglaubt hatten. Zum Glück fing er ein paar ihrer spitzen Bemerkungen auf. Er redete viel, stachelte die Eitelkeit der anderen an und konnte am Ende zuversichtlich sein, daß niemand mehr an das allzu wahre Wort denken würde, das Madame d'Aumale soeben entschlüpft war.

Sie hatte es ganz aufrichtig und teilnahmsvoll gesagt, und Octave meinte, er müsse sie nun stärker mit sich selber beschäftigen. So erlaubte er sich, nachdem er gerade dargelegt hatte, daß er nicht lieben könne, Madame d'Aumale gegenüber zum ersten Mal in seinem Leben fast zärtliche Bemerkungen. Sie war darüber erstaunt.

Am Ende dieses Abends war Octave so sicher, jeden Verdacht zerstreut zu haben, daß er allmählich Zeit hatte, über sich selbst nachzudenken. Er fürchtete sich vor dem Augenblick, da man auseinanderginge und er frei sein würde, seinem Unglück ins Auge zu sehen. Er begann die Stunden zu zählen, die die Uhr des Schlosses schlug; es hatte längst Mitternacht geschlagen, aber die Abendgesellschaft war so schön, daß man sie mit Vergnügen verlängerte. Als es eins schlug, verabschiedete Madame d'Aumale ihre Freunde.

Octave hatte noch ein wenig Zeit. Er mußte den Lakai seiner Mutter suchen, um ihm zu sagen, daß er in Paris übernachte. Nachdem er dies erledigt hatte, ging er zurück in den

Wald, und nun reicht meine Ausdruckskraft nicht aus, um von dem Schmerz, der sich des Unglücklichen bemächtigte, eine Vorstellung zu geben. »Ich liebe!« sprach er mit erstickter Stimme zu sich selbst. »Ich und lieben! Großer Gott!« Und mit beklommenem Herzen, zugeschnürter Kehle und starr zum Himmel gewandten Augen blieb er unbeweglich stehen, wie vom Grauen überwältigt; bald darauf stürzte er mit hastigen Schritten davon. Unfähig, sich aufrecht zu halten, sank er auf den Stamm eines alten Baumes nieder, der den Weg versperrte, und in diesem Augenblick schien ihm das ganze Ausmaß seines Unglücks noch klarer vor Augen zu stehen.

»Meine Selbstachtung war alles, was ich besaß«, sagte er sich; »und die habe ich verloren.« Er gestand sich seine Liebe ganz offen und ohne weiteres Leugnen ein, und dies hatte heftige Zornausbrüche und unartikulierte Wutschreie zur Folge. Ein innerer Schmerz konnte nicht größer sein.

Ein Gedanke, gewöhnlich der Ausweg für Unglückliche, die Mut haben, kam ihm ziemlich schnell; aber er sagte sich: »Wenn ich mich umbrächte, wäre Armance bloßgestellt. Die ganze Gesellschaft würde acht Tage lang voll Neugier die kleinsten Einzelheiten dieses Abends in Erfahrung zu bringen versuchen; und jeder dieser Herren, die dabei waren, wird sich berechtigt fühlen, eine andere Darstellung abzugeben.«

Nichts Selbstsüchtiges, nichts von den banalen Interessen des gewöhnlichen Lebens kam in dieser edlen Seele auf, um den schrecklichen Anfällen des Schmerzes, von dem sie zerrissen wurde, entgegenzutreten. Dieses Fehlen aller niedrigen Interessen, von denen in solchen Augenblicken Erleichterung kommen kann, ist eine der Strafen, die der Himmel den reinen Seelen zu seinem Vergnügen aufzuerlegen scheint.

Die Stunden verrannen schnell, ohne daß Octaves Verzweiflung abnahm. Er blieb manchmal minutenlang unbeweglich und spürte dann jenen schrecklichen Schmerz, der die Qual der schlimmsten Verbrecher auf den Höhepunkt treibt: Er verachtete sich selbst.

Weinen konnte er nicht. Die Schande, die er verdient zu haben glaubte, verhinderte, daß er sich selbst leid tat, und trocknete seine Tränen. »Ach!« rief er in einem dieser unerträglichen Momente aus, »wenn ich all dem doch nur ein Ende machen könnte!« Und er erlaubte es sich, wenigstens in Gedanken das Glück zu genießen, das mit dem Ende aller Empfindungen verbunden wäre. Mit welchem Genuß hätte er sich das Leben genommen, als Strafe für seine Schwäche und um seine Ehre wiederherzustellen. »Ja«, sagte er sich, »mein Herz verdient Verachtung, weil es etwas getan hat, das ich mir bei Todesstrafe verboten hatte, und mein Verstand ist, wenn das überhaupt möglich ist, noch verachtenswerter als mein Herz. Etwas, das ganz offen zutage lag, habe ich nicht gesehen; ich liebe Armance, und ich liebe sie, seitdem ich mich dazu herbeiließ, Madame de Bonnivets Vorträgen über die deutsche Philosophie zuzuhören.
Ich war so töricht, mich für einen Philosophen zu halten. In meiner albernen Anmaßung glaubte ich, weit über den eitlen Erörterungen der Madame de Bonnivet zu stehen, und dabei war ich nicht in der Lage, in meinem Herzen zu entdecken, was auch die schwächste Frau in dem ihren entdeckt hätte: eine starke, eine offen sichtbare Leidenschaft, die schon lange jedes Interesse, das ich einst an den Dingen des Lebens nahm, zerstört hatte.

Alles was mich nicht an Armance erinnert, existiert für mich nicht. Ich habe ständig in mir geforscht und dies nicht gesehen! Oh, wie muß ich mich selbst verachten!«

Die Stimme der Pflicht, die sich allmählich vernehmen ließ, befahl Octave, vor Mademoiselle de Zohiloff sogleich zu fliehen. Weit entfernt von ihr aber konnte er sich keine Tätigkeit vorstellen, die die Mühe des Lebens gelohnt hätte. Nichts schien ihm seines Interesses wert zu sein. Alles war ihm gleich fade, die edelste Tat wie die auf gewöhnlichste Art nutzbringende Beschäftigung: Er wollte weder den Griechen zu Hilfe eilen und neben Fabvier[49] den Tod suchen, noch im verborgenen, in der tiefsten Provinz, landwirtschaftliche Experimente durchführen.

Seine Phantasie ging eilig die ganze Skala möglicher Taten durch, um darauf mit um so größerem Kummer in eine noch tiefere, noch heillosere, ihrem Namen noch mehr entsprechende Verzweiflung zurückzusinken: Wie angenehm wäre in diesem Augenblick der Tod gewesen!

Octave sagte mit lauter Stimme verrückte und geschmacklose Dinge, und betrachtete deren Verrücktheit und Geschmacklosigkeit mit Verwunderung. »Wozu soll ich mich länger täuschen?« rief er plötzlich aus, als er gerade die landwirtschaftlichen Experimente, die er mit brasilianischen Bauern durchführen wollte, in allen Einzelheiten durchspielte. »Wozu so feige sein und mich länger täuschen? Um das Maß meines Unglücks vollzumachen, kann ich mir sagen, daß Armance mich liebt, und meine Pflichten werden dadurch nur noch härter! Wie denn! wenn Armance wirklich gebunden wäre, würde der Mann, dem sie versprochen wäre, es denn dulden, daß sie ihre Zeit nur mit mir verbringt? Und wie soll ich ihre Freude deuten, diese scheinbar so ruhige, aber tiefe und wahre Freude, als ich ihr gestern abend mein Verhalten gegenüber Madame d'Aumale erklärte? Ist das denn kein Beweis, heller als der Tag? Und ich habe mich täuschen können! Habe ich mir denn selbst etwas vorgeheuchelt? Habe ich denn den Weg der schwärzesten Schurkerei beschritten? Wie! Gestern abend um zehn habe ich etwas übersehen können, was mir ein paar Stunden später so sonnenklar ist? Ach, wie bin ich schwach und zu verachten!

Mit all dem Hochmut eines Kindes, wie ich ihn besitze, ist mir in meinem ganzen Leben noch keine männliche Tat gelungen. Und ich habe nicht allein mein eigenes Unglück herbeigeführt, sondern den Menschen, der mir auf der Welt am teuersten ist, mit mir in den Abgrund gerissen. O Himmel! Was muß man anstellen, um ein noch größerer Schurke zu sein als ich!« – In diesem Augenblick verfiel er fast dem Wahnsinn. Octaves Kopf war von einer brennenden Hitze wie zerstört. Mit jeder Bewegung seiner Gedanken eröffnete sich ihm eine neue Seite des Leidens, ein neuer Grund zur Selbstverachtung.

Der Instinkt, der den Menschen immer, selbst in den schlimmsten Momenten, selbst am Fuß des Schafotts, nach Wohlbefinden streben läßt, bewirkte, daß Octave sein Denken gleichsam anhalten wollte. Er preßte den Kopf zwischen die Hände und unternahm gleichsam physische Anstrengungen, um nicht zu denken.

Nach und nach wurde ihm alles gleichgültig, bis auf die Erinnerung an Armance, vor der er für immer fliehen mußte und die er niemals, unter welchem Vorwand auch immer, wiedersehen durfte. Selbst die Sohnesliebe, die so tief in seinem Herzen verankert gewesen war, gab es darin nicht mehr.

Er hatte nur noch zwei Gedanken: Armance zu verlassen und sich niemals zu gestatten, sie wiederzusehen; so wollte er das Leben ein oder zwei Jahre ertragen, bis sie verheiratet wäre oder in der Gesellschaft niemand mehr an ihn dächte. Danach, da man ihn vergessen hätte, wäre er frei, sein Leben zu beenden. Dies war der letzte Gedanke dieser von ihren Leiden erschöpften Seele. Octave lehnte sich an einen Baum und fiel in Ohnmacht.

Als er ins Leben zurückkehrte, spürte er eine ungewöhnliche Kälte. Er schlug die Augen auf. Der Tag begann zu dämmern. Er fand sich in der Obhut eines Bauern, der versucht hatte, ihn zu Bewußtsein zu bringen, indem er ihn mit kaltem Wasser übergoß, das er in seinem Hut von einer nahen Quelle herbeiholte. Octave war einen Moment lang verwirrt, er konnte nicht klar denken; er lag am schrägen Rand eines Grabens mitten auf einer Lichtung, in einem Wald; er sah große runde Nebelmassen schnell vorüberziehen. Er erkannte den Ort nicht, an dem er sich befand.

Auf einmal wurde ihm sein ganzes Mißgeschick wieder bewußt. Stürbe man am Kummer, so wäre er jetzt gestorben. Er stieß einige Schreie aus, die den Bauern erschreckten. Die Furcht dieses Mannes rief Octaves Pflichtgefühl wach. Es durfte nicht geschehen, daß der Bauer redete. Octave nahm seine Geldbörse und bot ihm etwas Geld an. Dem Mann, den sein Zustand zu erbarmen schien, sagte er, daß er sich wegen einer leichtsinnig eingegangenen Wette zu dieser Stunde im

Wald befinde und daß es für ihn sehr wichtig sei, daß niemand erführe, wie sehr die Feuchtigkeit der Nacht ihn durcheinandergebracht habe.

Der Bauer schien nicht zu verstehen. »Wenn jemand erfährt, daß ich ohnmächtig geworden bin, wird man sich über mich lustig machen.« – »Ah, ich verstehe!« sagte der Bauer. »Verlassen Sie sich darauf, ich werde kein Wörtchen sagen; es soll nicht heißen, ich sei schuld daran, daß Sie Ihre Wette verloren haben. Trotzdem, ein Glück für Sie, daß ich vorbeigekommen bin, denn, meiner Treu, Sie sahen wie ein Toter aus.« Anstatt ihm zuzuhören, betrachtete Octave seine Börse. Dies bereitete ihm erneuten Kummer: Sie war ein Geschenk von Armance. Es machte ihm Freude, unter seinen Fingern jede einzelne der kleinen stählernen Perlen zu spüren, die auf den dunklen Stoff geheftet waren.

Sobald der Bauer ihn allein gelassen hatte, brach Octave einen jungen Kastanienzweig ab, und grub mit ihm ein Loch in die Erde. Er küßte die Börse, das Geschenk von Armance, dann vergrub er sie an eben dem Platz, an dem er die Besinnung verloren hatte. »Das hier ist meine erste tugendhafte Tat!« sagte er sich. »Adieu, adieu fürs Leben, liebe Armance! Gott weiß, daß ich dich geliebt habe!«

XVIII

Einer unwillkürlichen Regung folgend, eilte er in Richtung auf das Schloß. Undeutlich spürte er, daß das Schlimmste wäre, mit sich zu hadern; aber er hatte erkannt, was seine Pflicht war, und er glaubte den nötigen Mut zu besitzen, um auszuführen, was unerläßlich wäre. Seine Rückkehr zum Schloß, zu der ihn der Schrecken der Einsamkeit trieb, rechtfertigte er vor sich selbst durch den Gedanken, daß irgendein Bediensteter aus Paris ankommen und sagen könnte, man habe ihn in der Rue Saint-Dominique nicht gesehen, so daß seine Verwirrung bekannt würde und seine Mutter sich beunruhigen könnte.

Octave war ziemlich weit vom Schloß entfernt; »Ach, gestern« sagte er sich, indem er den Wald durchquerte, um dorthin zu gelangen, »gestern jagten hier noch Kinder; wenn irgendein ungeschicktes Kind, das hinter einer Hecke auf einen Vogel schösse, mich töten würde, ich hätte mir keinerlei Vorwürfe zu machen! Gott, welche Wonne wäre es, einen Flintenschuß in diesen glühenden Schädel zu bekommen! Wie würde ich ihm vor dem Sterben dafür danken, wenn mir die Zeit dazu bliebe.«

Man sieht, daß Octaves Gemüt an diesem Morgen ein Anflug von Wahnsinn befiel. Die schwärmerische Hoffnung, von einem Kind getötet zu werden, ließ ihn langsamer gehen; infolge einer kleinen, kaum wahrgenommenen Schwäche weigerte er sich, über die Berechtigung dieses Tuns nachzudenken. Schließlich kam er durch die kleine Gartenpforte zum Schloß zurück, und der erste Mensch, den er bemerkte, war Armance. Er blieb unbeweglich stehen, sein Blut erstarrte; er hatte nicht erwartet, sie so rasch wiederzutreffen. Sobald sie ihn von ferne erblickte, lief sie lächelnd auf ihn zu. Sie besaß die Grazie und Leichtigkeit eines Vogels. Niemals war sie ihm so hübsch vorgekommen. Sie dachte an das, was er ihr am Abend zuvor über seine Beziehung zu Madame d'Aumale gesagt hatte.

»Jetzt sehe ich sie also zum letzten Mal!« sagte sich Octave und betrachtete sie begierig. Den großen Strohhut Armances, ihre edle Figur, die langen Locken, die auf ihre Wangen fielen und mit ihren durchdringenden und doch so sanften Blicken bezaubernd kontrastierten, er versuchte sich alles einzuprägen. Doch indem Armance näherkam, verloren ihre Augen sehr bald ihr glückliches Strahlen. Sie fand etwas Düsteres in Octaves Zustand. Sie bemerkte, daß seine Kleidung durchnäßt war.

Mit einer Stimme, die vor innerer Bewegung zitterte, fragte sie ihn: »Cousin, was haben Sie?« Sie konnte, als sie diese einfachen Worte aussprach, kaum ihre Tränen zurückhalten, so stark war der merkwürdige Ausdruck, den sie in seinen Blicken wahrnahm. »Mademoiselle«, antwortete er mit eisiger Miene, »Sie werden es mir nachsehen, wenn ich einem Interesse, das mir entgegengebracht wird, wie um mir alle Freiheit zu rauben, wenig Beachtung schenke. Es ist wahr, ich komme aus Paris, und meine Kleider sind durchnäßt; wenn diese Erklärungen Ihrer Neugier nicht genügen, werde ich weitere Einzelheiten hinzufügen ...« Hier wurde Octaves Grausamkeit gegen seinen Willen Einhalt geboten.

Armance, deren Züge totenbleich waren, schien einige vergebliche Versuche zu unternehmen, sich zu entfernen. Sie wankte sichtlich und drohte hinzustürzen. Da näherte er sich ihr, um ihr den Arm zu reichen; Armance sah ihn an, und aus ihren ersterbenden Augen schien jeder Ausdruck des Verständnisses gewichen zu sein. Octave ergriff heftig ihre Hand, legte sie unter seinen Arm und ging aufs Schloß zu. Doch er spürte, daß auch ihm die Kräfte fehlten; er war nahe daran, umzusinken, brachte aber doch noch den Mut auf zu sagen: »Ich werde weggehen; ich muß mich auf eine lange Reise nach Amerika begeben. Ich werde Ihnen schreiben; ich zähle auf Sie, daß Sie meine Mutter trösten; sagen Sie ihr, ich käme gewiß wieder. Was Sie selbst betrifft, Mademoiselle, so hat man behauptet, ich liebte Sie. Ich bin weit davon entfernt, mir so etwas anzumaßen. Im übrigen dürfte die lange Freundschaft, die uns verbindet, dafür sorgen, daß Gefühle der Liebe gar nicht entstehen. Wir kennen einander zu gut, als daß einer für den anderen jene Art von Gefühlen hegen könnte, die immer einen Teil Illusion in sich tragen.«

In diesem Augenblick war Armance außerstande, weiterzugehen. Sie hob ihre niedergeschlagenen Augen und sah Octave an; ihre zitternden und bleichen Lippen schienen einige Worte hervorbringen zu wollen. Sie versuchte, sich auf den Kasten eines Orangenbaumes zu stützen, aber sie hatte nicht die Kraft, sich festzuhalten; sie rutschte ab und fiel bewußtlos neben dem Orangenbaum zu Boden.

Unbeweglich und ohne ihr in irgendeiner Weise zu helfen, stand Octave da und sah sie an; sie war tief bewußtlos, ihre schönen Augen waren noch halb geöffnet; in den Winkeln ihres entzückenden Mundes lag noch der Ausdruck großen

Schmerzes. Ihr vollkommener, zarter Körper zeichnete sich unter einem schlichten Morgengewand ab. Octave bemerkte ein kleines diamantenes Kreuz, das Armance an diesem Tag zum ersten Mal trug.

Er war so schwach, ihre Hand zu ergreifen. All seine Grundsätze waren dahin. Er sah, daß der Holzkübel des Orangenbaumes ihn vor den neugierigen Blicken der Schloßbewohner schützte; so kniete er neben Armance nieder: »Verzeih mir, mein teurer Engel«, sagte er leise, während er die eiskalte Hand mit Küssen bedeckte: »Nie habe ich dich so sehr geliebt wie jetzt!«

Armance bewegte sich; Octave erhob sich wie unter krampfhaften Anstrengungen; bald konnte Armance gehen, und er führte sie zum Schloß; dabei wagte er nicht, sie anzusehen. Er warf sich voller Bitterkeit die unwürdige Schwäche vor, zu der er sich gerade hatte hinreißen lassen; wenn Armance sie bemerkt hatte, war die Grausamkeit seiner vorherigen Worte umsonst gewesen. Sie beeilte sich, ihn zu verlassen, als sie das Schloß erreichten.

Sobald Madame de Malivert zu sprechen war, ließ Octave sich bei ihr anmelden und warf sich in ihre Arme. »Liebe Mutter, gib mir die Erlaubnis zu einer Reise; sie ist das einzige Mittel, mich vor einer verhaßten Heirat zu retten, ohne es an der Achtung, die ich meinem Vater schulde, fehlen zu lassen.« Madame de Malivert, die sehr erstaunt war, versuchte vergeblich, von ihrem Sohn konkretere Auskünfte über diese angebliche Heirat zu erhalten.

»Wie!« sagte sie, »weder den Namen des Fräuleins noch einen Hinweis auf die Familie, nichts darf ich von dir erfahren? Aber das ist doch verrückt!« Madame de Malivert wagte es nicht, dieses Wort noch einmal in den Mund zu nehmen, da es ihr allzu wahr erschien. Alles, was sie bei ihrem Sohn erreichte, der entschlossen schien, noch am selben Tag abzureisen, war, daß er nicht nach Amerika ging. Das Ziel der Reise war Octave gleichgültig, er hatte nur an den Abschiedsschmerz gedacht.

Während des Gesprächs mit seiner Mutter, da er – um sie nicht zu erschrecken – bemüht war, gemäßigt zu erscheinen, kam ihm plötzlich ein plausibler Grund in den Sinn: »Liebe Mama, ein Träger des Namens Malivert, der mit zwanzig Jahren zu seinem Unglück noch keine Tat aufzuweisen hat, muß, wie seine Ahnen, zunächst an einem Kreuzzug teilnehmen. Ich bitte dich inständig, erlaube mir, daß ich nach Griechenland gehe. Wenn du es verlangst, werde ich meinem Vater sagen, ich ginge nach Neapel; von dort wird mich meine Neugierde wie zufällig nach Griechenland treiben; ist es denn nicht selbstverständlich, daß ein Mann von Adel es mit dem Schwert in der Hand betritt? Diese Art, meine Reise anzukündigen, wird ihr alles Anmaßende nehmen ...«

Dieser Plan machte Madame de Malivert sehr besorgt; aber er hatte etwas Großmütiges und stimmte mit ihren Ansichten über die Pflicht überein. Am Ende eines Gesprächs von zwei Stunden, die für Octave ein Moment der Erholung waren, erhielt er die Einwilligung seiner Mutter. In den Armen dieser zartfühlenden Freundin genoß er einen kurzen Augenblick lang das Glück, weinen zu können. So ging er auf Bedingungen ein, die er, als er ihr Zimmer betrat, noch zurückgewiesen hätte. Er versprach ihr, daß er, falls sie es verlangen sollte, auf den Tag zwölf Monate nach seiner Einschiffung nach Griechenland zurückkäme und vierzehn Tage mit ihr verbrächte.

»Aber, liebe Mutter, damit ich meine Reise nicht zu meinem Leidwesen in der Zeitung wiederfinde: Gestatte mir, dich auf dem Gut der Maliverts in der Dauphiné aufzusuchen.« Alles wurde seinen Wünschen entsprechend vereinbart, und zärtliche Tränen besiegelten die Bedingungen dieser unverhofften Abreise.

Als er das Zimmer seiner Mutter verlassen hatte und seiner Pflicht gegenüber Armance nachgekommen war, fühlte er sich ruhig und stark genug, den Marquis aufzusuchen. »Vater«, sagte er, nachdem er ihn umarmt hatte, »gestatte Deinem Sohn eine Frage: Welches war die erste Tat des Enguerrand de Malivert, der 1147, zur Zeit Ludwigs VII. lebte?«

Der Marquis öffnete eilig seinen Schreibtisch und entnahm ihm ein schönes, aufgerolltes Pergament, von dem er sich nie trennte: Es war der Stammbaum der Familie. Mit äußerster Genugtuung stellte er fest, daß das Gedächtnis seines Sohnes ihn nicht getäuscht hatte. »Mein Freund«, sagte der alte Mann und setzte seine Brille ab, »Enguerrand de Malivert ging 1147 mit seinem König auf Kreuzfahrt.« – »Und war er damals nicht neunzehn Jahre alt?« setzte Octave fort. – »Genau neunzehn Jahre«, sagte der Marquis, in wachsendem Maße erfreut über den Respekt, den der junge Vicomte dem Stammbaum seiner Familie gegenüber an den Tag legte.

Nachdem Octave einige Zeit hatte verstreichen lassen, damit die Zufriedenheit seines Vaters sich entwickeln und sich in dessen Gemüt festsetzen konnte, sagte er mit fester Stimme: »Vater, *noblesse oblige*. Ich bin über zwanzig, ich habe mich lange genug mit Büchern beschäftigt. Ich bin gekommen, Sie um Ihren Segen und um Ihre Erlaubnis zu bitten, nach Italien und nach Sizilien zu fahren. Ich verberge Ihnen nicht – aber nur Ihnen mache ich dieses Geständnis –, daß es mich von Sizilien nach Griechenland ziehen wird; ich werde versuchen, an einem Kampf teilzunehmen, und dann zu Ihnen zurückkehren, vielleicht ein wenig würdiger des großen Namens, den Sie mir vermacht haben.«

Der Marquis, obgleich ein sehr tapferer Mann, besaß nicht den Geist seiner Ahnen aus der Zeit Ludwigs des Jungen. Er war ein Vater, und zwar ein zärtlicher Vater des neunzehnten Jahrhunderts. Der plötzliche Entschluß seines Sohnes machte ihn sprachlos; er hätte sich gern mit einem weniger heldenhaften Sohn zufriedengegeben. Dennoch beeindruckten ihn das bestimmte Auftreten seines Sohnes und die Entschlußkraft, die sein Verhalten verriet. Charakterfestigkeit war nie seine Stärke gewesen, und so wagte er es nicht, eine Erlaubnis zu verweigern, die mit einer Miene erbeten wurde, aus der deutlich hervorging, daß – sollte er sie verweigern – man auch auf sie verzichten würde.

»Du zerreißt mir das Herz«, sagte der gute Alte, ging zu seinem Schreibtisch, und ohne daß sein Sohn ihn darum gebeten hätte, schrieb er mit zitternder Hand eine Anweisung auf eine recht hohe Summe an einen Notar, der Gelder für ihn verwaltete. »Nimm«, sagte er zu Octave, »und gebe Gott, daß dies nicht das letzte Geld ist, das ich dir gebe!«

Es läutete zum Frühstück. Glücklicherweise befanden sich Madame d'Aumale und Madame de Bonnivet in Paris, so daß die traurige Familie ihren Schmerz nicht hinter leeren Worten zu verbergen brauchte.

Octave, dem das Bewußtsein, seine Pflicht getan zu haben, wieder etwas Kraft gegeben hatte, fühlte den Mut in sich, weiterzumachen; er hatte vorgehabt, vor dem Frühstück abzureisen; nun dachte er, es sei besser, sich genau wie gewohnt zu verhalten. Die Bediensteten könnten plaudern. Er setzte sich Armance gegenüber an den kleinen Frühstückstisch.

»Jetzt sehe ich sie also zum letzten Mal in meinem Leben«, sagte er sich. Armance war froh gewesen, als sie sich beim Zubereiten des Tees ziemlich schmerzhaft verbrannte. Dieses Mißgeschick hätte ihr als Ausrede für ihre Verwirrung gedient, wenn nur irgend jemand in dem kleinen Saal ruhig genug gewesen wäre, diese zu bemerken. Monsieur de Maliverts Stimme zitterte; zum ersten Mal in seinem Leben wußte er nichts Gefälliges zu sagen. Er suchte nach etwas, das mit dem großen Wort *noblesse oblige*, das sein Sohn in einem günstigen Moment zitiert hatte, vereinbar war und ihm einen Vorwand liefern konnte, die Abreise hinauszuzögern.

XIX

Octave glaubte zu bemerken, daß Mademoiselle de Zohiloff ihn zuweilen mit ziemlich großer Gelassenheit ansah. Trotz seiner unerbittlichen Tugend, die ihm streng verbot, über Beziehungen nachzusinnen, die nicht mehr bestanden, mußte er unwillkürlich daran denken, daß er sie zum ersten Mal sah, seitdem er sich seine Liebe zu ihr eingestanden hatte; am Morgen, im Garten, hatte ihn die Notwendigkeit zu handeln gehindert, darüber nachzudenken. »Dies also«, sagte er sich,

»ist der Eindruck, den der Anblick einer geliebten Frau macht. Aber möglicherweise empfindet sie nur Freundschaft für mich. Heute nacht brachte mich wohl nur die Anmaßung dazu, das Gegenteil anzunehmen.«

Während dieses schmerzlichen Frühstücks verlor niemand ein Wort über die Angelegenheit, die alle Gemüter beschäftigte. Während Octave bei seinem Vater war, hatte Madame de Malivert Armance rufen lassen, um ihr das seltsame Reisevorhaben mitzuteilen. Das arme Mädchen brauchte Aufrichtigkeit; sie konnte sich nicht enthalten zu sagen: »Da sehen Sie, Mama, ob Ihre Ansichten wohlbegründet waren!«

Die beiden liebenswerten Frauen waren vom bittersten Schmerz überwältigt. »Warum dieser Aufbruch?«, sagte Madame de Malivert immer wieder, »ein Wahnsinnsanfall kann es nicht sein, davon hast du ihn doch geheilt.« Sie einigten sich darauf, niemandem etwas von Octaves Reise zu sagen, nicht einmal Madame de Bonnivet. Man durfte ihn nicht an seinen Plan binden: »Vielleicht«, sagte Madame de Malivert, »ist es uns noch erlaubt zu hoffen. Einen so kurz gefaßten Entschluß wird er auch wieder aufgeben.«

Dieses Gespräch verschärfte Armances Schmerz noch, wenn das überhaupt möglich war. Da sie das immerwährende Schweigen, das sie dem Gefühl zwischen ihr und ihrem Cousin schuldig zu sein glaubte, weiter einhielt, mußte sie die Bürde ihrer Verschwiegenheit tragen. Madame de Malivert, diese doch so einsichtige Freundin, von der sie so zärtlich geliebt wurde, sprach über Dinge, die sie nur ungenügend kannte, und so waren ihre Worte kein Trost für Armance.

Wie groß wäre indessen ihr Bedürfnis gewesen, eine Freundin über die verschiedenen Gründe, die für das Verhalten ihres Cousins verantwortlich sein mochten, um Rat zu fragen. Aber nichts auf der Welt, nicht einmal der schreckliche Schmerz, der ihr das Herz zerriß, konnte sie vergessen lassen, was eine Frau sich selbst schuldig war. Sie wäre eher vor Scham gestorben, als daß sie die Worte wiederholt hätte, die der Mann, den sie allen anderen vorzog, an diesem Morgen zu ihr gesagt hatte. »Wenn ich so ein Geheimnis preisgäbe«, sagte sie sich, »und Octave es erführe, würde er mich nie mehr achten.«

Nach dem Frühstück beeilte sich Octave, nach Paris abzureisen. Er handelte kurzentschlossen; er hatte darauf verzichtet, sich über sein Tun Rechenschaft abzulegen. Er begann die ganze Bitterkeit zu spüren, die seine Absicht wegzugehen mit sich brachte, und fürchtete sich davor, mit Armance allein zu sein. Wenn ihre engelgleiche Güte sich durch die fürchterliche Härte seines Benehmens nicht hatte beirren lassen, wenn sie bereit war, mit ihm zu sprechen, konnte er dann sicher sein, daß er nicht schwach würde, wenn er dieser so schönen und so vollkommenen Cousine für immer Lebewohl sagte?

Sie würde ihm ansehen, daß er sie liebte, und er würde dennoch fortmüssen, und zwar mit dem immerwährenden Vorwurf, in diesem außergewöhnlichen Moment seine Pflicht nicht getan zu haben. Bestanden denn seine heiligsten Pflichten nicht gegenüber dem Menschen, der ihm auf der Welt am teuersten war und dem er vielleicht die Ruhe geraubt hatte?

Octave verließ den Schloßhof mit dem Gefühl eines, der zum Schafott geht; tatsächlich wäre er froh gewesen, hätte er nichts als den Schmerz eines Todeskandidaten verspürt. Er hatte die Einsamkeit auf der Reise gefürchtet, doch er litt fast gar nicht darunter. Er wunderte sich über die Atempause, die ihm das Unglück gewährte.

Die Lektion in Bescheidenheit, die er erhalten hatte, war zu ernst gewesen, als daß er diesen Gleichmut der eitlen Philosophie, die einst seinen Stolz ausgemacht hatte, hätte zuschreiben können. In dieser Hinsicht hatte sein Unglück einen neuen Menschen aus ihm gemacht. Seine Kräfte waren von so vielen Anstrengungen, so vielen heftigen Gefühlen erschöpft; er war zu keiner Empfindung mehr fähig. Kaum war er von Andilly in die Ebene herabgekommen, da fiel er in einen tiefen Schlaf, und er war überrascht, als er bei seiner Ankunft in Paris bemerkte, daß er von dem Diener kutschiert wurde, der bei der Abfahrt hinter dem Wagen geritten war.

Armance hatte, versteckt hinter einem Vorhang im Dachgeschoß des Schlosses, alle Einzelheiten der Abfahrt beobachtet. Als Octaves Wagen hinter den Bäumen verschwunden war, dachte sie, regungslos dastehend: »Es ist alles vorbei, er wird nie zurückkommen.«

Gegen Abend, nachdem sie lange geweint hatte, verschaffte ihr eine Frage, die sich ihr plötzlich aufdrängte, ein wenig Ablenkung von ihrem Schmerz. »Wie hat dieser Octave, dessen Umgangsformen von so ausgesuchter Höflichkeit sind und dessen Freundschaft gestern, als wir spazierengingen, so aufmerksam, so ergeben und –« sie errötete, als sie hinzufügte: »vielleicht sogar so zärtlich war, innerhalb weniger Stunden einen so harten, so beleidigenden Ton annehmen können? Von mir hat er doch sicherlich nichts gehört, das ihn hätte verletzen können.«

In dem heimlichen Wunsch, irgendeinen Fehler zu entdekken, der geeignet war, den merkwürdigen Ton zu erklären, den Octave ihr gegenüber angeschlagen hatte, versuchte Armance, sich an jede Einzelheit ihres Verhaltens zu erinnern. Sie fand nichts, was sie sich hätte vorwerfen müssen; und es machte sie unglücklich, daß sie an ihrem Tun nichts Unrechtes finden konnte, als auf einmal ein alter Gedanke wieder in ihr wach wurde.

Hatte Octave nicht einfach eine Rückkehr jener Wutanfälle erlebt, die ihn früher gelegentlich zu außerordentlich gewaltsamen Taten getrieben hatten? Diese wenn auch zunächst sehr schmerzliche Erinnerung war wie eine Erleuchtung. Armances Unglück war so groß, daß alle Überlegungen, die sie anstellte, ihr bald bewiesen, daß dies die wahrscheinlichste Erklärung war. Daß sie Octave kein Unrecht anlasten mußte, war für sie, wie auch die Entschuldigung lauten mochte, ein großer Trost.

Und was seinen Wahnsinn betraf – wenn er wirklich verrückt war, so liebte sie ihn darum nur noch leidenschaftlicher. »Dann wird er meine ganze Aufopferung nötig haben, und an dieser Aufopferung wird es ihm niemals mangeln«, fügte sie mit Tränen in den Augen hinzu, und ihr Herz schlug heftig vor Großmut und Entschlossenheit. »Vielleicht überschätzt

Octave in diesem Augenblick die Verpflichtung, die einen jungen Mann, der noch nichts geleistet hat, zur Hilfe nach Griechenland ruft? Wollte sein Vater nicht vor einigen Jahren, daß er dem Malteserorden beiträte? Mehrere Mitglieder seiner Familie waren Malteserritter. Vielleicht glaubt er, da er ihren berühmten Namen erbt, daß er verpflichtet sei, auch ihre Schwüre, die sie gegen die Türken geleistet haben, einzulösen?«

Armance erinnerte sich daran, daß Octave ihr am Tag der Bekanntgabe der Eroberung von Missolunghi[50] gesagt hatte: »Ich verstehe nicht, wie mein Onkel, der Kommandeur, so ruhig sein kann, da er doch Eide geleistet und vor der Revolution die Früchte einer ansehnlichen Pfründe genossen hat. Und da wollen wir, daß die Industriellen uns respektieren!«

Nach langem Nachdenken über diese so beruhigende Erklärung für das Verhalten ihres Cousins sagte sich Armance: »Vielleicht hat sich irgendein persönliches Motiv zu dieser allgemeinen Verpflichtung gesellt, wodurch eine edle Seele, wie die Octaves, sich sehr wohl gebunden fühlen kann.

Die Absicht, Priester zu werden, die er bis zum Sieg einer gewissen Fraktion des Klerus gehegt hatte, hat vielleicht dazu geführt, daß kürzlich über ihn gesprochen wurde. Vielleicht hält er es seines Namens für würdiger, in Griechenland zu beweisen, daß er nicht aus der Art geschlagen ist, als in Paris eine *dunkle Affäre* zu suchen, deren Motiv immer schwer zu erklären sein wird und die seinem Ansehen schaden könnte?

Mir hat er davon nichts gesagt, weil man einer Frau diese Dinge nicht erzählt. Er hat befürchtet, daß unser vertraulicher Umgang ihn dazu verleiten könnte, alles zu gestehen; daher die Härte seiner Worte. Er wollte sich nicht zu einem unpassenden Geständnis hinreißen lassen ...«

Auf diese Weise verlor sich Armances Phantasie in Vermutungen, die ihr trostreich waren, weil sie Octave unschuldig und großherzig zeichneten. »Nur durch ein Übermaß an Tugend«, dachte sie mit Tränen in den Augen, »kann ein solcher Mensch den Anschein erwecken, er begehe ein Unrecht.«

XX

Während sich Armance in einem Waldstück bei Andilly, das vor aller Augen verborgen war, allein erging, war Octave in Paris mit den Vorbereitungen zu seiner Abfahrt beschäftigt. Eine Art von Gleichmut, über den er selbst erstaunt war, wechselte mit Augenblicken qualvollster Verzweiflung. Sollen wir versuchen, die verschiedenen Spielarten des Schmerzes, die ihn in jenem Augenblick seines Lebens heimsuchten, wieder herbeizurufen? Wird der Leser dieser tristen Einzelheiten nicht müde werden?

Es schien ihm, als würde nahe seinem Ohr beständig gesprochen, und diese seltsame und unerwartete Empfindung machte es ihm unmöglich, sein Unglück auch nur für einen Augenblick zu vergessen.

Die banalsten Gegenstände erinnerten ihn an Armance. Sein Wahn ging so weit, daß er kein Plakat und kein Ladenschild, deren Schriftzug mit einem A oder Z begann, bemerken konnte, ohne mit Gewalt an Armance de Zohiloff erinnert zu werden, die zu vergessen er sich doch geschworen hatte. Der Gedanke an sie befiel ihn wie ein verzehrendes Feuer: mit der ganzen Anziehungkraft des Neuen, mit einem starken Interesse, als wäre der Gedanke an seine Cousine ihm seit Jahrhunderten nicht in den Sinn gekommen.

Alles hatte sich gegen ihn verschworen; er half seinem Diener, dem guten Voreppe, die Pistolen zu verpacken; das Geschwätz dieses Mannes, der glücklich war, einmal mit seinem Herrn allein verreisen und in allem nach Belieben schalten und walten zu können, lenkte ihn ein wenig ab. Da entdeckt er plötzlich auf dem Beschlag einer der Pistolen folgende Worte in abgekürzten Buchstaben eingraviert: »Armance versucht diese Waffe abzufeuern, am 3. Sept. 182..«

Er nimmt eine Griechenland-Karte zur Hand; beim Entfalten springt ihm eine der mit einem roten Fähnchen versehenen Nadeln entgegen, mit denen Armance die Stellungen der Türken bei der Belagerung von Missolunghi markiert hat.

Die Griechenland-Karte fiel ihm aus der Hand; er blieb vor

Verzweiflung unbeweglich stehen. »Es soll mir also nicht vergönnt sein, zu vergessen!« rief er aus, den Blick zum Himmel gewandt. Vergeblich versuchte er fest zu bleiben. Alle Gegenstände um ihn herum trugen den Stempel der Erinnerung an Armance. Die Initialen des geliebten Namens, gefolgt von irgendeinem interessanten Datum, standen überall geschrieben.

Octave irrte ziellos in seinem Zimmer umher; er erteilte Anweisungen und zog sie sogleich zurück. »Ach, ich weiß nicht, was ich will«, sagte er, auf dem Höhepunkt des Schmerzes, zu sich. »O Himmel, kann man mehr leiden als ich?«

Es gab keine Haltung, die ihm Erleichterung verschaffte. Er vollführte die eigenartigsten Bewegungen. Wenn er darüber selbst in Verwunderung geriet oder einen körperlichen Schmerz verspürte, wurde er, für eine Sekunde wenigstens, von dem Bild Armances abgelenkt. So versuchte er, sich immer dann einen heftigen körperlichen Schmerz zuzufügen, wenn ihm Armance wieder in den Sinn kam. Von allen Abhilfen, die er ersann, war diese die am wenigsten wirkungslose.

»Ach«, dachte er in anderen Momenten wieder, »ich darf sie nie wiedersehen! Dieser Schmerz überwiegt alles andere. Er ist wie eine scharfe Waffe, mit deren Spitze man mein Herz durchbohrt.«

Er schickte seinen Diener fort, damit er einige der für die Reise nötigen Dinge besorge. Er mußte ihn loswerden; er wollte sich wenigstens einen Moment lang ganz seiner schrecklichen Qual hingeben. Der Zwang, sich zu beherrschen, machte alles nur noch schlimmer.

Der Diener war noch keine fünf Minuten aus dem Zimmer, als es ihm schien, daß er sich durch ein Gespräch mit ihm Erleichterung hätte verschaffen können; die schlimmste aller Qualen war ihm nun, im Leiden allein zu sein. »Und ich kann mich nicht einmal umbringen!« rief er aus. Er stellte sich ans Fenster, um etwas zu sehen, das ihn einen Moment lang beschäftigen könnte.

Der Abend brach herein, und auch die Trunkenheit half

ihm nicht. Er hatte sich davon ein wenig Schlaf versprochen, doch sie machte ihn nur noch wahnsinniger.

Von seinen eigenen Ideen erschreckt, die ihn zum Gespräch des Hauses machen und Armance indirekt schaden konnten, dachte er: »Besser wäre es, wenn ich mir die Erlaubnis gäbe, Schluß zu machen«; und er schloß sich ein.

Die Nacht war fortgeschritten; er stand regungslos am Geländer seines Fensters und schaute zum Himmel hinauf. Schon der kleinste Laut ließ ihn aufhorchen; aber nach und nach verstummten alle Geräusche. Die vollkommene Stille, in der er ganz sich selbst überlassen war, machte ihm seine Lage noch schrecklicher. Wenn seine äußerste Erschöpfung ihm einen Moment annähernde Ruhe verschaffte, so schreckte ihn das undeutliche Gemurmel menschlicher Stimmen, das er an seinem Ohr zu hören glaubte, gewaltsam wieder auf.

Als am nächsten Tag wieder Leute zu ihm kamen, war die innere Qual, die ihn zum Handeln trieb, so grausam, daß er Lust verspürte, dem Friseur, der ihm das Haar schnitt, um den Hals zu fallen und ihm zu sagen, wie sehr er zu bedauern sei. So glaubt ein vom Operationsmesser eines Chirurgen gequälter, unglücklicher Mensch seine Schmerzen durch einen wilden Schrei zu lindern.

In den erträglichsten Momenten hatte Octave das Bedürfnis, mit seinem Diener zu sprechen. Die lächerlichsten Bagatellen schienen seine ganze Aufmerksamkeit zu beanspruchen, er widmete sich ihnen mit besonderer Sorgfalt.

Sein Unglück hatte ihn übertrieben bescheiden gemacht. Erinnerte er sich überhaupt noch jener kleinen Zwistigkeiten, die man in einer Gesellschaft auszutragen hat? Er wunderte sich jedesmal über das wenig höfliche Eifern, das er an den Tag gelegt hatte. Ihm schien, als hätten seine Gegner ganz und gar recht und er ganz und gar unrecht gehabt.

Jedes einzelne Mißgeschick, das er in seinem Leben einmal erlitten hatte, trat mit schmerzhafter Eindringlichkeit vor seine Augen; und da er Armance nicht mehr sehen durfte, war die Erinnerung an die Menge dieser kleinen Übel, die ein einziger Blick von ihr verscheucht hätte, peinigender, als sie je gewesen waren. Er, der langweilige Besuche immer verabscheut hatte, sehnte sie nun herbei. Ein Dummkopf, der ihn besuchte, war für eine Stunde sein Wohltäter. Einer entfernten Verwandten hatte er einen Höflichkeitsbrief zu schreiben; diese war versucht, darin eine Liebeserklärung zu sehen, so aufrichtig und tiefgründig sprach er von sich selbst, so deutlich gab er zu erkennen, daß der Schreiber des Briefes Mitleid brauchte.

In diesem Wechselbad von Schmerzen war für Octave der Abend des zweiten Tages seit seiner Trennung von Armance herangekommen; er war gerade beim Sattler gewesen. Alle Vorbereitungen würden in dieser Nacht endlich abgeschlossen sein, und so würde er schon am nächsten Morgen abreisen können.

Sollte er noch einmal nach Andilly fahren? Diese Frage erwog er hin und her. Mit Entsetzen stellte er fest, daß er seine Mutter nicht mehr liebte, denn sie spielte bei seinen Überlegungen, ob er noch einmal nach Andilly fahren solle, keine Rolle. Er fürchtete sich vor der Begegnung mit Mademoiselle de Zohiloff, und dies um so mehr, als er sich manchmal fragte: »Beruht denn nicht mein ganzes Verhalten auf einer Selbsttäuschung?«

Diese Frage zu bejahen, wagte er nicht; doch dann stellte ihm die Stimme der Versuchung wieder die Frage, ob es nicht seine geheiligte Pflicht sei, die Mutter noch einmal zu sehen, da er es ihr versprochen hatte. »Nein, du Unglücklicher«, schrie das Gewissen, »diese Entgegnung ist nur ein Vorwand, du liebst deine Mutter gar nicht mehr.«

In diesem qualvollen Moment blieben seine Augen unwillkürlich auf einem Theaterplakat haften, auf dem, in großen Lettern geschrieben, das Wort »Othello«[51] zu lesen war. Dieses Wort erinnerte ihn an Madame d'Aumale und daran, daß es sie auch noch gab. »Vielleicht ist sie nach Paris gekommen, um ›Othello‹ zu sehen; in diesem Fall wäre es meine Pflicht, noch einmal mit ihr zu sprechen. Ich muß ihr klarmachen, daß meine überstürzte Abreise der Einfall eines Mannes ist, der sich langweilt. Ich habe den Plan vor meinen Freunden lange Zeit verheimlicht; seit einigen Monaten wurde meine

Abreise nur noch durch jene Art von Geldschwierigkeiten verzögert, über die man mit wohlhabenden Freunden nicht sprechen kann.«

XXI

Octave betrat das Théâtre Italien; tatsächlich traf er Madame d'Aumale dort an und in ihrer Loge einen Marquis de Crêveroche, einen jener Laffen, die diese liebenswerte Frau am meisten belästigten. Er war weniger geistreich, dafür selbstgefälliger als die anderen und hielt sich so für etwas Besonderes. Kaum war Octave erschienen, da gab es für Madame d'Aumale nur noch ihn; und der Marquis de Crêveroche ging hinaus, außer sich vor Wut, ohne daß sein Fortgehen überhaupt bemerkt worden wäre.

Octave setzte sich vorne an die Logenbrüstung und begann, wie gewohnt – denn an diesem Tag lag ihm jede Verstellung fern –, mit Madame d'Aumale in einer Lautstärke zu sprechen, durch die er zuweilen die Schauspieler übertönte. Wir wollen zugeben, daß er das Maß der tolerierbaren Frechheit ein wenig überschritt und daß es, wäre das Théâtre Italien im Parterre wie alle anderen Theater zusammengesetzt gewesen, zum allgemeinen Vergnügen eine große Szene gegeben hätte.

In der Mitte des zweiten Aktes kam der kleine Verkäufer, der seine Opernlibretti mit näselnder Stimme anpreist, und brachte ihm folgendes Billett:

> Ich verachte, mein Herr, von Natur aus jede Art von gekünsteltem Wesen; man trifft es in unseren Kreisen so häufig, daß ich nur dann davon Notiz nehme, wenn es mich stört. Sie stören mich durch den Lärm, den Sie mit der kleinen d'Aumale veranstalten. Halten Sie den Mund.
>
> Hochachtungsvoll,
>
> der Marquis de Crêveroche
>
> Rue de Verneuil 54

Octave wunderte sich sehr über dieses Billett, das ihn wieder an die banalen Dinge des Lebens erinnerte. Zunächst war es ihm, als hätte man ihn für einen Augenblick der Hölle entrissen. Sein erster Gedanke war, Vergnügtheit vorzutäuschen, welche aber bald wirklich in ihm aufstieg. Er nahm an, daß Monsieur de Crêveroches Opernglas auf die Loge von Madame d'Aumale gerichtet war und daß es seinem Rivalen einen Vorteil verschaffen hieße, wenn sie sich nach dem Empfang dieses Billetts weniger zu amüsieren schien als vorher.

Der Ausdruck »Rivale«, den er, mit sich selbst sprechend, verwendete, ließ ihn laut auflachen; sein Blick war merkwürdig. – »Was haben Sie denn?« fragte Madame d'Aumale. »Ich denke an meine Rivalen. Kann es auf der Welt einen Mann geben, der behaupten darf, Ihnen ebenso zu gefallen wie ich?« Ein so schöner Gedanke war der jungen Gräfin mehr wert als der leidenschaftlichste Gesang der unvergleichlichen Pasta.

Am sehr späten Abend, nachdem Octave Madame d'Aumale, die noch zur Nacht essen wollte, nach Hause gebracht hatte, war er wieder zu sich gekommen; er war ruhig und heiter. Welch ein Unterschied zu dem Zustand, in dem er sich seit jener im Wald verbrachten Nacht befunden hatte!

Es fiel ihm nicht leicht, einen Sekundanten zu finden. Er hielt in seinen Umgangsformen so sehr auf Distanz und hatte deswegen so wenige Freunde, daß er starke Befürchtungen hegte, aufdringlich zu sein, wenn er einen seiner Gefährten bäte, ihn zu Monsieur de Crêveroche zu begleiten. Schließlich fiel ihm ein Monsieur Dolier ein, ein suspendierter Offizier, den er zwar selten sah, mit dem er aber verwandt war.

Um drei Uhr morgens schickte er ein Billett zum Hausmeister von Monsieur Dolier; um halb sechs war er selbst dort, und wenig später wurden die beiden bei Monsieur de Crêveroche vorstellig, der sie mit etwas gezierter, aber doch formvollendeter Höflichkeit empfing. »Ich habe Sie erwartet, meine Herren«, sagte er unbefangen. »Ich hatte gehofft, Sie würden mir die Ehre erweisen, mit meinem Freund, Monsieur de Meylan – den vorzustellen ich die Ehre habe –, und mit mir Tee zu trinken.«

Sie tranken Tee. Beim Aufstehen nannte Monsieur de Crêveroche den Wald von Meudon.

»Die gekünstelte Höflichkeit dieses Menschen beginnt mich meinerseits zu beleidigen«, sagte der Offizier der Alten Garde, als er wieder zu Octave in den Wagen stieg. »Lassen Sie mich nur machen, verbrennen Sie sich nicht die Finger. Wie lange haben Sie keinen Fechtboden mehr betreten?« – »Drei oder vier Jahre«, sagte Octave, »es liegt schon zu weit zurück, als daß ich mich erinnern könnte.« – »Wann haben Sie zuletzt eine Pistole abgefeuert?« – »Vor vielleicht sechs Monaten, aber ich habe nie daran gedacht, mich auf Pistolen zu duellieren.« –»Teufel«, sagte Dolier, »sechs Monate. Das ist ärgerlich. Richten Sie einmal den Arm auf mich. Sie zittern ja wie Espenlaub!« – »Das ist ein Leiden, das ich schon immer hatte«, sagte Octave.

Dolier war sehr verdrossen und sprach kein Wort mehr. Die schweigsame Stunde, die während der Fahrt von Paris nach Meudon verstrich, war für Octave der süßeste Moment, seit ihm sein Unglück zugestoßen war. Er hatte diesen Kampf keineswegs gesucht. Zwar wollte er sich energisch zur Wehr setzen, aber letztlich hätte er sich keinerlei Vorwürfe zu machen, wenn er getötet würde. In seiner Lage wäre der Tod das größte Glück für ihn.

Sie kamen in einen abgelegenen Teil des Waldes von Meudon; aber Monsieur de Crêveroche, der noch gekünstelter und dandyhafter als gewöhnlich war, fand an zwei oder drei Plätzen mit lächerlichen Begründungen etwas auszusetzen. Dolier konnte sich kaum noch beherrschen; Octave kostete es größte Mühe, ihn zurückzuhalten. – »Überlassen Sie mir wenigstens den Sekundanten«, sagte Dolier, »er soll von mir zu hören bekommen, was ich von allen beiden halte.« – »Heben Sie sich das bis morgen auf«, erwiderte Octave streng, »denken Sie daran, daß Sie heute gütigerweise versprochen haben, mir einen Dienst zu erweisen.«

Monsieur de Crêveroches Sekundant nannte an erster Stelle Pistolen, bevor er von Degen sprach. Octave, der dies als Zeichen von schlechtem Geschmack wertete, gab Dolier einen Wink, worauf dieser sogleich einwilligte. Schließlich eröffnete man das Feuer; Monsieur de Crêveroche, ein sehr guter Schütze, hatte den ersten Schuß; Octave wurde in den Oberschenkel getroffen; sein Blut floß in Strömen. »Ich habe nun das Recht zu schießen«, sagte er kalt, und Monsieur de Crêveroche erhielt einen Streifschuß am Bein. »Nehmen Sie mein und Ihr Taschentuch und schnüren Sie mir den Schenkel ab«, sagte Octave zu seinem Diener. »Es soll für einige Minuten kein Blut fließen.« – »Was haben Sie denn vor?« fragte Dolier. »Weiterzumachen«, sagte Octave, »ich fühle mich gar nicht geschwächt; ich habe genausoviel Kraft wie eben, als ich kam. Ich bringe jede angefangene Sache zu Ende, warum nicht auch diese?« – »Aber sie scheint mir mehr als beendet«, sagte Dolier. – »Und Ihr Zorn von vor zehn Minuten, wo ist er hin?« – »Dieser Mann hat uns ja gar nicht beleidigen wollen, er ist bloß ein Dummkopf.«

Nachdem sie sich beraten hatten, widersetzten sich die Sekundanten jeder Fortsetzung des Duells. Octave war aufgefallen, daß Monsieur de Crêveroches Sekundant ein subalterner Mensch war, der vielleicht durch seine Tapferkeit in die bessere Gesellschaft aufgestiegen war, im Grunde aber allezeit ergeben zum Marquis aufschaute; an ihn richtete er einige verletzende Worte. Monsieur de Meylan wurde durch ein Machtwort seines Freundes zum Schweigen gebracht, und so konnte auch Octaves Sekundant anstandshalber nicht mehr den Mund auftun. Während Octave so sprach, war er vielleicht glücklicher als je zuvor in seinem Leben. Er setzte irgendeine vage und sündhafte Hoffnung in seine Verwundung, die ihn einige Tage bei seiner Mutter, und infolgedessen nicht allzu fern von Armance, festhalten würde. Schließlich setzten Monsieur de Crêveroche, rot vor Zorn, und Octave als der glücklichste aller Menschen nach Ablauf einer Viertelstunde durch, daß die Pistolen wieder geladen wurden.

Monsieur de Crêveroche, der wütend war, weil er fürchtete, wegen seiner Schürfwunde am Bein für einige Wochen nicht tanzen zu können, schlug vergeblich vor, aus nächster Nähe zu schießen; die Sekundanten drohten, sie mit ihren Dienern stehen zu lassen und die Pistolen mitzunehmen, wenn sie sich auch nur einen Schritt näher kämen. Das Los begünstigte wiederum Monsieur de Crêveroche; er zielte lange und brachte Octave eine schwere Wunde am rechten Arm bei. »Mein Herr«, rief Octave ihm zu, »Sie müssen etwas auf meinen Schuß warten; erlauben Sie, daß ich mir den Arm abbinden lasse.« Als dies in aller Eile geschehen war, wobei Octaves Diener, ein ehemaliger Soldat, sein Taschentuch in Schnaps getaucht hatte, damit es sich stärker zusammenzog –, sagte Octave zu Dolier: »Ich fühle mich stark genug.« Er schoß, Monsieur de Crêveroche fiel zu Boden und starb zwei Minuten später.

Octave ging, auf seinen Diener gestützt, zu seinem Wagen und stieg ein, ohne ein Wort zu sagen. Monsieur Dolier konnte sich nicht enthalten, den verblichenen, schönen jungen Mann zu bedauern, dessen Glieder sie wenige Schritte entfernt langsam kalt und steif werden sahen. »Ein Laffe weniger«, sagte Octave kalt.

Nach zwanzig Minuten sagte Octave, obwohl der Wagen nur im Schritt-Tempo fuhr, zu Dolier: »Der Arm tut mir sehr weh, das Tuch ist zu fest angezogen«, und verlor auf einmal die Besinnung. Erst eine Stunde später kam er wieder zu sich, in der Hütte eines Gärtners, eines freundlichen, braven Mannes, den Dolier, als er bei ihm eintrat, gleich großzügig bedacht hatte.

»Sie wissen doch, lieber Cousin«, sagte Octave zu Dolier, »wie schlecht es meiner Mutter geht; lassen Sie mich hier, fahren Sie in die Rue Saint-Dominique; wenn Sie meine Mutter in Paris nicht antreffen, so haben Sie die außerordentliche Güte, nach Andilly zu fahren; bringen Sie ihr so schonend wie möglich bei, ich sei vom Pferd gefallen und habe mir einen Knochen des rechten Arms gebrochen. Sprechen Sie weder vom Duell noch von Kugeln. Ich habe Grund zu hoffen, daß gewisse Umstände, die ich Ihnen später erläutern werde, verhindern, daß meine Mutter wegen dieser leichten Verletzung in Verzweiflung stürzt. Erwähnen Sie das Duell, falls es nötig ist, allenfalls gegenüber der Polizei, und schikken Sie mir einen Wundarzt. Wenn Sie bis zum Schloß von Andilly fahren, das fünf Minuten vom Dorf entfernt liegt, fragen Sie nach Mademoiselle Armance de Zohiloff; sie wird meine Mutter auf den Bericht, den Sie ihr zu erstatten haben, vorbereiten.«

Die Nennung von Armances Namen versetzte Octave in eine völlig neue Lage. Er wagte es also, diesen Namen auszusprechen, was er sich doch so streng verboten hatte! Einen ganzen Monat würde er vielleicht noch mit ihr zusammen verbringen! Dieser Augenblick war voll des höchsten Glücks.

Während des Kampfes war in Octave immer wieder der Gedanke an Armance aufgestiegen, aber er hatte ihn sich streng verboten. Nachdem er ihren Namen ausgesprochen hatte, wagte er einen Augenblick lang an sie zu denken; wenig später fühlte er sich sehr matt. »Ach, wenn ich sterben sollte!« dachte er voller Freude, und er erlaubte es sich, an Armance zu denken, so wie er es vor der Entdeckung seiner fatalen Liebe getan hatte. Octave merkte, daß die Bauern um ihn herum sehr besorgt waren; diese Anzeichen ihrer Besorgnis verminderten seine Gewissensbisse, die die selbsterteilte Erlaubnis, an seine Cousine zu denken, ihm bereitete. »Wenn meine Wunden schlimmer werden sollten«, dachte er, »werde ich ihr schreiben dürfen, denn ich bin sehr grausam zu ihr gewesen.«

Nachdem der Gedanke, an Armance zu schreiben, einmal aufgetaucht war, nahm er Octaves Geist bald völlig gefangen. »Wenn ich mich wieder erholen sollte«, sagte er sich schließlich, um die Vorwürfe, die er sich machte, zum Schweigen zu bringen, »kann ich meinen Brief ja immer noch verbrennen.« Octave litt sehr, es waren heftige Kopfschmerzen hinzugekommen: »Ich kann von einem Augenblick auf den anderen sterben«, sagte er sich heiter, indem er einige anatomische

Kennntisse aufzufrischen suchte. »Ja, es muß mir erlaubt sein zu schreiben!«

Schließlich gab er seiner Schwäche nach und verlangte Feder, Papier und Tinte. Man konnte ihm zwar ein Blatt dicken Konzeptpapiers und eine schlechte Feder bringen, aber es gab keine Tinte im Haus. Sollen wir wagen, es einzugestehen? Octave war kindisch genug, sein Blut, das noch ein wenig aus dem Verband am rechten Arm sickerte, zum Schreiben zu nehmen. Er schrieb mit der Linken, was ihm viel leichter fiel, als er gehofft hatte:

Meine liebe Cousine!

Ich habe soeben zwei Verwundungen erhalten, von denen mich jede vierzehn Tage ans Haus fesseln dürfte. Da ich Sie, nach meiner Mutter, auf der Welt am meisten verehre, schreibe ich Ihnen, um Ihnen dieses mitzuteilen. Wenn ich in irgendeiner Gefahr schwebte, würde ich es Ihnen sagen. Sie haben mich an Beweise Ihrer zarten Freundschaft gewöhnt; wären Sie so gut, sich wie zufällig bei meiner Mutter einzufinden, der Monsieur Dolier nur von einem Sturz vom Pferd und einem Bruch des rechten Armes erzählen wird? Wissen Sie, liebe Armance, daß wir zwei Knochen haben, die den Unterarm bilden? Einer von denen ist gebrochen. Von allen Verletzungen, die mich einen Monat lang ans Bett fesseln könnten, ist diese die denkbar harmloseste. Ich weiß nicht, ob die Schicklichkeit es erlaubt, daß Sie mich besuchen, solange ich krank bin; ich fürchte, nein. Ich habe Lust, eine Indiskretion zu begehen: Wegen der engen Treppe zu meinem Zimmer wird man vielleicht den Vorschlag machen, mein Bett in dem Salon aufzustellen, durch den man zum Zimmer meiner Mutter gelangt; ich werde dem zustimmen. Bitte verbrennen Sie meinen Brief sofort... Ich bin soeben ohnmächtig geworden, eine natürliche und ganz harmlose Folge der Hämorrhagie[52]; da bin ich schon bei den gelehrten Ausdrücken! Mein letzter Gedanke, als ich das Bewußtsein verlor, und der erste, als ich ins Leben zurückkehrte, waren Sie. Wenn es Ihnen angemessen erscheint, so kommen Sie doch vor meiner Mutter nach Paris. Der Transport eines Verletzten, selbst wenn ihn nur eine Verstauchung niedergeworfen hätte, ist immer ein finsterer Anblick, den wir ihr ersparen sollten. Zu Ihrem Unglück, liebe Armance, haben Sie keine Eltern mehr; sollte ich zufällig und gegen jede Wahrscheinlichkeit sterben, hätten Sie den verloren, der Sie mehr liebt, als ein Vater seine Tochter lieben kann. Ich bitte Gott, Ihnen all das Glück zu gewähren, dessen Sie würdig sind. Und das will viel sagen, sehr viel.

Octave

P. S. Verzeihen Sie mir die harten Worte, die damals notwendig waren.

Da Octave der Gedanke an den Tod gekommen war, ließ er sich ein zweites Blatt Papier bringen, auf das er in der Mitte schrieb:

Ich vermache alles, was ich im Moment besitze, Mademoiselle Armance de Zohiloff, meiner Cousine, als ein ungenügendes Zeichen der Dankbarkeit für die Pflege, die sie meiner Mutter, wenn ich nicht mehr bin, sicherlich wird zuteil werden lassen.

Ausgestellt in Clamart, den ... 182 ..

Octave de Malivert

Und er ließ zwei Zeugen unterschreiben, da die Art der Tinte ihm einigen Zweifel an der Gültigkeit des Schriftstücks verursachte.

XXII

Nachdem die Zeugen ihre Unterschrift geleistet hatten, fiel er wieder in Ohnmacht. Die Bauern waren sehr besorgt und schickten nach ihrem Pfarrer. Endlich trafen zwei Wundärzte aus Paris ein und kamen zu dem Urteil, um Octave stehe es sehr schlecht. Da es den Herren zu beschwerlich erschien, jeden Tag nach Clamart zu kommen, entschieden sie, der Kranke müsse nach Paris gebracht werden.

Octave hatte seinen Brief an Armance einem gutwilligen jungen Bauernburschen gegeben, der ein Postpferd genommen und versichert hatte, in weniger als zwei Stunden in Andilly zu sein. Dieser Brief kam früher an als Monsieur Dolier, der in Paris viel Zeit damit verbracht hatte, nach Ärzten zu suchen. Der Bauernbursche verstand es vortrefflich, bei Mademoiselle de Zohiloff vorgelassen zu werden, ohne Aufsehen im Haus zu erregen. Sie las den Brief. Sie war kaum imstande, Fragen zu stellen. Ihr ganzer Mut hatte sie verlassen.

Armance befand sich, als sie die schlimme Nachricht erhielt, am Rande jener Mutlosigkeit, die für gewöhnlich auf große, von der Pflicht geforderte Opfer folgt, welche nichts als einen Zustand der Stille und der Reglosigkeit mit sich gebracht haben. Sie hatte versucht, sich an den Gedanken zu gewöhnen, daß sie Octave nie wiedersehen werde, aber an die Möglichkeit seines Todes hatte sie nicht gedacht. Dieser letzte Schicksalsschlag traf sie unvorbereitet.

Während sie die höchst beunruhigenden Einzelheiten hörte, die der Bauernbursche zu berichten hatte, erstickte sie fast vor Schluchzen, und dabei waren Madame de Bonnivet und Madame de Malivert im Nebenzimmer! Armance zitterte bei dem Gedanken, sie könnten sie hören und sie in ihrem jetzigen Zustand erblicken. Dieser Anblick hätte Madame de Malivert den Todesstoß versetzt, und später würde Madame de Bonnivet daraus eine tragische und rührende, für die Heldin sehr unangenehme Anekdote machen.

Mademoiselle de Zohiloff konnte der unglücklichen Mutter unter keinen Umständen den mit dem Blut ihres Sohnes geschriebenen Brief zeigen. So verfiel sie auf den Gedanken, nach Paris zu fahren und sich von einer Kammerzofe begleiten zu lassen. Diese ermutigte sie dazu, den Bauernburschen im Wagen mitzunehmen. Ich will die traurigen Einzelheiten, die ihr während der Fahrt erneut berichtet wurden, übergehen. Sie erreichten schließlich die Rue Saint-Dominique.

Sie zitterte, als sie von weitem das Haus erblickte, wo in einem der Zimmer Octave vielleicht gerade sein Leben aushauchte. Es stellte sich heraus, daß er noch gar nicht angekommen war; für Armance gab es keinen Zweifel mehr; sie glaubte, er sei in der Bauernhütte in Clamart gestorben. Ihre Verzweiflung hinderte sie daran, die einfachsten Anweisungen zu erteilen; schließlich gelang es ihr zu sagen, daß ein Bett im Salon aufgestellt werden solle. Die erstaunten Dienstboten gehorchten ihr, ohne zu verstehen.

Armance hatte nach einem Wagen geschickt und suchte nur nach einem geeigneten Vorwand, um nach Clamart zu fahren. Nichts erschien ihr wichtiger als die Verpflichtung, Octave – sofern er noch lebte – in seinen letzten Augenblicken beizustehen. »Was bedeutet mir die vornehme Welt mit ihren eitlen Urteilen?« sagte sie sich. »Ich nahm nur seinetwegen Rücksicht darauf; im übrigen werden die Leute mir zustimmen, wenn sie vernünftig sind«.

Als sie gerade losfahren wollte, hörte sie einen großen Lärm an der Toreinfahrt; sie begriff, daß Octave gebracht wurde. Die Erschöpfung durch die Erschütterungen des Transports hatte ihn wieder in einen Zustand vollkommener Bewußtlosigkeit fallen lassen. Durch ein halbgeöffnetes Fenster, das auf den Hof ging, erblickte Armance zwischen den Schultern der Bauern, die die Bahre trugen, Octaves bleiches, von der Ohnmacht gezeichnetes Gesicht. Das leblose Haupt zu sehen, das mit jeder Bewegung der Bahre auf dem Kopfkissen hin und her rollte, war für Armance ein allzu grausamer Anblick, sie fiel regungslos vor dem Fenster zu Boden.

Als die Wundärzte den Kranken verbunden und versorgt hatten und ihr als einzigem Mitglied der Familie, das sie im

Hause antrafen, über den Zustand des Verletzten berichten wollten, fanden sie sie schweigsam, mit starrem Blick, unfähig zu antworten und, wie sie annahmen, dem Wahnsinn nahe.

Sie setzte nicht das geringste Vertrauen in das, was die Ärzte ihr sagten; sie glaubte nur, was sie gesehen hatte. Obwohl sonst so vernünftig, hatte sie jetzt jede Gewalt über sich verloren. Von Schluchzen geschüttelt, las sie immer wieder Octaves Brief. In ihrem wahnsinnigen Schmerz wagte sie es, ihn in Anwesenheit einer Kammerfrau mit den Lippen zu berühren. Da sie den Brief einige Male gelesen hatte, nahm sie endlich auch die Aufforderung wahr, ihn zu verbrennen.

Kein Opfer war je schwerer; sie sollte sich also von dem einzigen trennen, was ihr von Octave bleiben würde. Aber er hatte es so gewollt. Trotz ihrer Tränen machte sich Armance daran, den Brief abzuschreiben, unterbrach sich bei jeder Zeile und preßte ihn gegen ihre Lippen. Schließlich brachte sie es über sich, ihn auf der Marmorplatte ihres Tischchens zu verbrennen; die Asche hob sie auf wie einen Schatz.

Octaves Diener, der getreue Voreppe, schluchzte neben dessen Bett; da fiel ihm ein, daß es einen zweiten Brief seines Herrn gab, sein Testament. Dieses Schriftstück erinnerte Armance daran, daß sie nicht die einzige war, die litt. Sie mußte nach Andilly zurück und Octaves Mutter über ihn berichten. Sie ging am Bett des Verwundeten vorbei, dessen extreme Blässe und Reglosigkeit den baldigen Tod anzukündigen schienen; doch er atmete noch. Ihn in diesem Zustand der Pflege der Dienerschaft und eines kleinen Arztes, den sie in der Nachbarschaft hatte rufen lassen, anzuvertrauen, war für sie das größte Opfer.

In Andilly angekommen, traf sie Monsieur Dolier, der noch nicht bei Octaves Mutter gewesen war; Armance hatte vergessen, daß die ganze Gesellschaft an diesem Morgen eine Landpartie zum Schloß d'Écouen unternahm. Sie warteten lange auf die Rückkehr der Damen, und Dolier hatte Gelegenheit, ihr alles zu berichten, was am Morgen geschehen war: Den Grund des Streits mit Monsieur de Crêveroche kannte er nicht.

Endlich hörten sie die Pferde in den Hof zurückkehren. Dolier wollte sich zurückziehen und sich nur zeigen, wenn Madame de Malivert seine Anwesenheit wünschen sollte. Armance teilte Madame de Malivert, so unbefangen, wie es ihr möglich war, mit, daß ihr Sohn beim morgendlichen Ausritt vom Pferd gestürzt sei und sich einen Knochen des rechten Armes gebrochen habe. Doch ihr Schluchzen, das sie schon beim zweiten Satz nicht mehr unterdrücken konnte, widerlegte jedes Wort ihres Berichts.

Es ist überflüssig, von Madame de Maliverts Verzweiflung zu berichten; der arme Marquis war wie zerstört. Madame de Bonnivet, die selbst sehr betroffen war und sie unbedingt nach Paris begleiten wollte, konnte ihr nicht den geringsten Trost spenden. Madame d'Aumale war schon beim ersten Wort über Octaves Unfall hinausgelaufen und ritt im Galopp die Straße zum Stadttor von Clichy entlang; sie kam lange vor der Familie in der Rue Saint-Dominique an, erfuhr von Octaves Diener die ganze Wahrheit und verschwand, sobald sie den Wagen von Madame de Malivert vor dem Tor halten hörte.

Die Ärzte hatten bestimmt, daß dem Verletzten in seinem Zustand äußerster Entkräftung jede Aufregung unbedingt erspart werden sollte. So trat Madame de Malivert hinter das Bett ihres Sohnes, damit sie ihn sehen konnte, ohne von ihm gesehen zu werden.

Sie beeilte sich, ihren Freund, den berühmten Doktor Duquerrel, zu rufen. Am ersten Tag beurteilte der fähige Mann Octaves Verletzungen als nicht allzu schlimm; alle im Haus atmeten auf. Nur Armance, die noch vom ersten Anblick schockiert war, machte sich nicht die geringsten Illusionen. Octave, der in Anwesenheit so vieler Zeugen nicht mit ihr sprechen konnte, versuche einmal, ihr die Hand zu drücken.

Am fünften Tag trat der Wundstarrkrampf auf. In einem Augenblick, als ein Fieberanfall ihm Kraft verlieh, bat Octave Monsieur Duquerrel eindringlich, ihm die ganze Wahrheit zu sagen.

Der Chirurg, ein beherzter Mann, der selbst des öfteren auf dem Schlachtfeld von einer Kosakenlanze getroffen worden war, antwortete ihm: »Mein Herr, ich will Ihnen nicht verheimlichen, daß Gefahr besteht, aber ich habe mehr als einen Verwundeten in Ihrer Lage dem Tetanus widerstehen sehen.« – »Wie ist das Verhältnis?« wollte Octave wissen. – »Da Sie es wie ein Mann tragen wollen, wenn es zu Ende geht«, sagte Duquerrel, »es steht zwei zu eins, daß Sie in drei Tagen nicht mehr leiden werden; wenn Sie sich mit dem Himmel auszusöhnen haben, ist jetzt die Zeit dazu.« Octave war nachdenklich nach dieser Erklärung; aber bald wurden seine Überlegungen von einem starken Glücksgefühl und einem auffallenden Lächeln abgelöst. Den vortrefflichen Duquerrel beunruhigte diese Freude, die er für den Beginn des Deliriums hielt.

XXIII

Bis dahin hatte Armance ihren Cousin immer nur in Gegenwart seiner Mutter sehen können. An jenem Tag aber bemerkte Madame de Malivert, als der Arzt gerade hinausgegangen war, in Octaves Augen eine ungewohnte Kraft und den Wunsch, mit Mademoiselle de Zohiloff zu sprechen. Sie bat ihre junge Verwandte, sie einen Moment lang bei ihrem Sohn zu vertreten, während sie ins Nebenzimmer ginge, um einen unaufschiebbaren kurzen Brief zu schreiben.

Octave folgte seiner Mutter mit den Augen; sobald er sie nicht mehr sah, sagte er: »Ich werde sterben, liebe Armance; dies ist ein besonderer Augenblick, und Sie werden mir nicht übelnehmen, was ich Ihnen zum ersten Mal in meinem Leben zu sagen habe; ich sterbe, wie ich gelebt habe, als einer, der Sie leidenschaftlich liebt; und ich begrüße den Tod, weil er mir Gelegenheit gibt, Ihnen dies zu gestehen.«

Armance war zu heftig bewegt, um zu antworten; Tränen stürzten in ihre Augen, und, seltsam genug, es waren Tränen der Freude. »Die ergebenste und zärtlichste Freundschaft«, sagte sie schließlich, »bindet mein Schicksal an das Ihre.« – »Ich verstehe«, erwiderte Octave, »und bin doppelt froh, daß ich sterbe. Sie gewähren mir Ihre Freundschaft, aber Ihr Herz gehört einem anderen, jenem Glücklichen, dem Sie Ihre Hand versprochen haben.«

Der Ton, in dem Octave sprach, war zu leiderfüllt, als daß Armance in diesem einzigartigen Moment die Kraft aufgebracht hätte, ihn zu betrüben. »Nein, lieber Cousin«, sagte sie zu ihm, »ich kann für Sie zwar nur Freundschaft empfinden; aber niemand auf der Welt ist mir teurer als Sie.« – »Und die Heirat, von der Sie mir erzählt haben?« fragte Octave. – »Ich habe mir in meinem ganzen Leben nur diese eine Lüge erlaubt, und ich flehe Sie an, sie mir zu verzeihen. Ich sah kein anderes Mittel, mich einem Plan zu widersetzen, den Madame de Malivert im Überschwang ihrer Zuneigung zu mir gefaßt hatte. Ich werde nie ihre Tochter sein, aber ich werde auch nie jemanden mehr lieben, als ich Sie liebe; Sie müssen selbst wissen, mein Cousin, ob Sie meine Freundschaft um diesen Preis wollen.« – »Sollte ich weiterleben, wäre ich glücklich damit.« – »Ich muß noch eine Bedingung stellen«, fügte Armance hinzu. »Damit ich das Glück, mit Ihnen vollkommen aufrichtig zu sein, zwanglos auskosten kann, versprechen Sie mir, daß von einer Heirat zwischen uns, wenn der Himmel uns mit Ihrer Genesung beschenkt, nie die Rede sein wird.« – »Welch seltsame Bedingung«, sagte Octave. »Würden Sie mir noch einmal schwören, daß Sie niemanden lieben?« – »Ich schwöre«, antwortete Armance mit Tränen in den Augen, »daß ich in meinem ganzen Leben nur Octave geliebt habe und daß er mir bei weitem das Liebste auf der Welt ist; aber ich kann für ihn nur Freundschaft empfinden«, setzte sie hinzu und errötete sehr über die Worte, die ihr soeben entschlüpft waren, »und niemals könnte ich ihm vertrauen, wenn er mir nicht sein Ehrenwort gäbe, daß er nie in seinem Leben, was auch geschieht, direkt oder indirekt irgend etwas unternehmen wird, um meine Hand zu gewinnen.« – »Ich schwöre es Ihnen«, sagte Octave tief verwundert, ». . . aber wird Armance mir gestatten, von meiner Liebe zu sprechen?« – »Das wird dann eben der Name sein, den Sie unserer Freundschaft geben«, sagte Armance mit einem bezaubernden Blick. – »Es ist erst wenige Tage her«, entgegnete Octave, »daß ich von meiner Liebe zu Ihnen weiß. Zwar sind schon seit langer Zeit kaum fünf Minuten vergangen, ohne daß der Gedanke an Armance darüber entschieden hätte, ob ich mich glücklich oder unglücklich fühlte; aber ich war blind. Erst einen Augenblick nach unserer Unterhaltung im Wald von Andilly machte eine scherzhafte Äußerung Madame d'Aumales mir klar, daß ich Sie liebte. In jener Nacht durchlitt ich die schlimmsten Tiefen der Verzweiflung, ich glaubte, Sie fliehen zu müssen, ich beschloß, Sie zu vergessen und fortzugehen. Am nächsten Morgen, als ich aus dem Wald zurückkam, traf ich Sie im Garten des Schlosses und sprach mit Ihnen voller Härte, damit Ihre berechtigte Empörung gegen ein so unmögliches Vorgehen mir die Kraft gäbe, dem Gefühl zu widerstehen, das mich in Frankreich zurückhalten wollte. Hätten Sie mir nur eines der süßen Worte gesagt, die Sie mir sonst manchmal sagten, hätten Sie mich angesehen, ich hätte niemals den Mut gefunden, abzureisen. Verzeihen Sie mir?« – »Sie haben mich sehr unglücklich gemacht, aber ich hatte Ihnen schon verziehen, bevor Sie mir dieses Geständnis machten.«

Seit einer Stunde schon genoß Octave, zum ersten Mal in seinem Leben, das Glück, mit dem Menschen, den er liebte, über seine Liebe sprechen zu können.

Ein einziges Wort hatte Octaves und Armances Lage vollkommen verändert; und da sie seit langem in jedem Moment ihres Lebens aneinander dachten, ließ eine köstliche Verwunderung sie die Nähe des Todes vergessen. Sie konnten sich kein Wort sagen, ohne daß sie immer neue Gründe entdeckten, sich zu lieben.

Madame de Malivert war mehrmals auf Zehenspitzen bis zur Tür ihres Zimmers gekommen. Die beiden, die alles vergessen hatten – sogar den grausamen Tod, der darauf wartete, sie zu trennen –, bemerkten sie nicht. Zuletzt fürchtete sie, Octaves Erregung könne ihn in größere Gefahr bringen; sie trat zu den beiden und sagte fast lachend: »Kinder, wißt ihr, daß ihr schon über eineinhalb Stunden miteinander redet? Das kann dein Fieber erhöhen.« – »Liebe Mutter«, antwortete Octave, »ich kann dir versichern, daß ich mich seit vier Tagen nicht mehr so wohl gefühlt habe.« Zu Armance gewandt, sagte er: »Eine Sache beschäftigt mich, wenn ich starkes Fieber habe. Dieser arme Marquis de Crêveroche hatte einen besonders schönen Hund, der sehr an ihm zu hängen schien. Ich fürchte, daß dieses arme Tier jetzt, da sein Herr nicht mehr ist, verwahrlost. Könnte Voreppe sich nicht als Jäger verkleiden und diesen schönen Jagdhund kaufen? Ich will doch sicher sein, daß er gut behandelt wird. Hoffentlich sehe ich ihn noch; in jedem Fall überlasse ich ihn Ihnen, liebe Cousine.«

Nach diesem ereignisreichen Tag fiel Octave wieder in tiefen Schlaf, doch am nächsten Tag trat der Wundstarrkrampf wieder auf. Duquerrel sah sich gezwungen, mit dem Marquis zu sprechen, und das ganze Haus war in tiefster Verzweiflung. Trotz seines rauhen Charakters war Octave bei der Dienerschaft beliebt; man schätzte seine Konsequenz und Gerechtigkeit.

Für ihn, der trotz zuweilen entsetzlicher Schmerzen glücklicher war als während seines ganzen Lebens, war das herannahende Ende Anlaß, das Leben endlich vernünftig zu betrachten, wodurch seine Liebe zu Armance noch stärker wurde. Schließlich hatte er ihr die wenigen glücklichen Momente zu verdanken, die er inmitten dieses Ozeans bitterer Empfindungen und leidvoller Ereignisse noch wahrnahm. Ihren Ratschlägen folgend, hatte er, statt mit der Welt zu hadern, gehandelt und sich von vielen Fehlurteilen befreit, die sein Elend noch verschlimmert hatten. Octave litt starke Schmerzen, doch zum großen Erstaunen des guten Duquerrel lebte er und gewann sogar einige Kräfte zurück.

Er benötigte volle acht Tage, um dem Schwur, nie zu lieben, der sein ganzes bisheriges Leben bestimmt hatte, zu entsagen. Es war zunächst die Nähe des Todes, die ihn veranlaßte, sich den Bruch dieses Schwurs aufrichtig zu verzeihen.

»Man stirbt, wie man kann«, sagte er sich, »und ich sterbe auf dem Gipfel des Glücks: Das Schicksal schuldet mir vielleicht diese Entschädigung, nachdem es mich zu einem so dauerhaft unglücklichen Wesen gemacht hatte.

Aber ich könnte auch überleben«, dachte er, und schon war er in größten Nöten. Schließlich kam er zu der Überzeugung, daß in dem unwahrscheinlichen Fall, daß er seine Verletzungen überleben würde, der Mangel an Charakter nicht darin läge, den in jugendlichem Alter geleisteten, vermessenen Schwur zu brechen, sondern darin, ihn zu halten. »Schließlich wurde dieser Eid nur im Interesse meines Glücks und meiner Ehre abgelegt. Warum soll ich, falls ich überlebe, nicht weiterhin mit Armance die Wonnen der zärtlichen Freundschaft genießen, die sie mir versprochen hat? Liegt es denn in meiner Macht, die leidenschaftliche Liebe, die ich für sie verspüre, nicht zu empfinden?«

Octave wunderte sich, daß er noch lebte; als er nach acht Tagen des Kampfes mit sich selbst schließlich all die Probleme, die sein Gemüt beschwerten, gelöst und sich ganz darein geschickt hatte, das unvorhergesehene Glück anzunehmen, das ihm vom Himmel gesandt worden war, änderte sich sein Zustand schlagartig innerhalb von vierundzwanzig Stunden, und selbst die skeptischsten Ärzte wagten Madame de Malivert zu versprechen, daß ihr Sohn überleben werde. Kurz darauf schwand das Fieber, und er verfiel in eine extreme Schwäche; er konnte kaum noch sprechen.

Bei seiner Rückkehr zum Leben wurde er von einem tiefen Erstaunen ergriffen; alles erschien ihm verändert. »Mir ist«, sagte er zu Armance, »als sei ich vor diesem Ereignis blind gewesen. Ich dachte jeden Augenblick an Sie und brachte es fertig, aus einer so reizenden Vorstellung Unglück abzuleiten. Anstatt mein Verhalten nach den im Leben angetroffenen Gegebenheiten auszurichten, hatte ich mir eine Regel vor aller Erfahrung gegeben.« – »Das ist eine schlechte Philosophie«, sagte Armance lachend, »deshalb also wollte meine Tante Sie unbedingt bekehren. Ihr seid wirklich verrückt in eurem übertriebenen Stolz, ihr klugen Männer. Ich weiß nicht, weshalb wir euch den Vorzug geben, denn ihr seid nicht gerade unterhaltsam. Was mich betrifft, so werfe ich mir vor, daß meine Freundschaft nicht irgendeinem jungen Mann gilt, der ganz und gar inkonsequent ist und der nur von seinem Tilbury[53] spricht.«

Als er wieder einen ganz klaren Kopf hatte, machte Octave sich doch wieder einige Vorwürfe, seinen Schwur gebrochen zu haben; er hatte ein wenig von seiner Selbstachtung verloren. Doch die Freude, Mademoiselle de Zohiloff alles zu gestehen, selbst die Gewissensbisse wegen seiner leidenschaftlichen Liebe zu ihr, versetzten ihn, der in seinem ganzen Leben sich nie irgend jemandem anvertraut hatte, in einen so ungeahnten Zustand der Glückseligkeit, daß er nie mehr ernsthaft erwog, seine bisherigen Vorurteile und seine frühere Traurigkeit wieder anzunehmen.

»Als ich mir vornahm, niemals zu lieben, habe ich mir eine übermenschliche Anstrengung abgefordert, daher war ich ständig unglücklich. Und dieser gewaltsam gewahrte Zustand hat fünf Jahre gedauert! Ich fand ein Herz, von dem ich nie ahnte, daß es ein solches auf der Welt überhaupt geben könnte. Das Schicksal macht meinen Wahn zunichte, läßt mich das Glück erleben, und ich nehme daran Anstoß, ich bin beinahe erzürnt! Womit verstoße ich gegen meine Ehre? Wer weiß denn von meinem Schwur, um mir vorzuwerfen, daß ich ihn gebrochen habe? Dennoch, es ist verächtlich, seine Schwüre zu vergessen! Bedeutet es etwa nichts, wenn man sich vor sich selbst schämen muß? Aber das ist doch ein Teufelskreis! Habe ich mir nicht selbst ausgezeichnete Gründe präsentiert, diesen vermessenen, von einem Kind von sechzehn Jahren abgelegten Schwur zu brechen? Daß ein Herz wie das von Armance existiert, ist die Antwort für alles.«

Dennoch, so weit reicht die Macht einer langen Gewohnheit: Octave war nur dann vollkommen glücklich, wenn er bei seiner Cousine war. Er brauchte ihre Gegenwart.

Manchmal fiel der Schatten eines Zweifels auf Armances Glück. Es schien ihr, als ob Octave nicht alle Gründe genannt habe, die ihn dazu bewogen hatten, sie nach jener im Wald von Andilly verbrachten Nacht zu fliehen und Frankreich verlassen zu wollen. Es war unter ihrer Würde, ihm Fragen zu stellen, aber eines Tages sagte sie zu ihm mit ziemlich strenger Miene: »Wenn Sie wollen, daß ich mich der Neigung, Ihnen sehr viel Freundschaft entgegenzubringen, ganz hingebe, müssen Sie mir die Angst nehmen, plötzlich, als Folge irgendeiner bizarren Idee, die Ihnen durch den Kopf gegangen ist, verlassen zu werden. Versprechen Sie mir, den Ort, an dem ich mich mit Ihnen aufhalte, sei es Paris, sei es Andilly, niemals zu verlassen, ohne mir *alle* Ihre Gründe zu nennen.« Octave versprach es.

Am sechzigsten Tag nach seiner Verwundung konnte er aufstehen, und die Marquise, der Mademoiselle de Zohiloff sehr fehlte, erbat sie von Madame de Malivert, der dieser Abschied fast Freude bereitete, zurück.

Im vertrauten Kreis des häuslichen Lebens und während der Unruhe, in die man durch einen großen Schmerz versetzt wird, beobachtet man sich selbst weniger als sonst. Der glänzende Firnis übertriebener Höflichkeit ist dann weniger sichtbar, und die wahre Beschaffenheit der Seele tritt ganz zutage. Das fehlende Vermögen dieser jungen Verwandten und ihr fremdklingender Name – den falsch auszusprechen Monsieur de Soubirane sich stets bemühte – hatten den Kommandeur und zuweilen selbst Monsieur de Malivert dazu verleitet, mit ihr ein bißchen wie mit einer Gesellschaftsdame zu sprechen.

Madame de Malivert zitterte vor Furcht, Octave könnte dies bemerken. Der Respekt, der ihm seinem Vater gegenüber den Mund verschloß, würde ihn vor Monsieur de Soubirane nur um so hochmütiger auftreten lassen, und die leicht verletzliche Eitelkeit des Kommandeurs würde sich unfehlbar mittels irgendeiner peinlichen Geschichte rächen, die er auf Kosten Mademoiselle de Zohiloffs in Umlauf brächte.

Diese Äußerungen konnten wiederum Octave zu Ohren kommen, und Madame de Malivert sah, angesichts der Heftigkeit seines Wesens, höchst unangenehme und sehr schwer zu verbergende Auseinandersetzungen voraus. Glücklicherweise traf nichts von dem, was ihre etwas lebhafte Phantasie sich vorgestellt hatte, ein; Octave bemerkte nichts. Armance hatte sich in Monsieur de Soubiranes Augen als ebenbürtig erwiesen – durch einige spöttische Bemerkungen über die Heftigkeit der Kämpfe, die die Malteserritter sich in letzter Zeit mit den Türken lieferten, während die russischen Offiziere, mit ihren in der Geschichte kaum bekannten Namen, Ismailoff einnahmen.[54]

Madame de Malivert, die schon jetzt die Interessen ihrer Schwiegertochter wahrnahm und an den ungeheuren Nachteil dachte, den ein Eintritt in die vornehme Gesellschaft ohne Vermögen und ohne Namen mit sich brachte, teilte ihren engen Freunden einige vertrauliche Dinge mit, die dazu bestimmt waren, alles im voraus unglaubwürdig zu machen, was die verletzte Eitelkeit Monsieur de Soubirane eingeben könnte. Diese übereifrigen Vorsichtsmaßnahmen wären vielleicht wirklich notwendig gewesen; aber der Kommandeur, der an der Börse spekulierte, seitdem seine Schwester die gesetzliche Entschädigung erhalten hatte, und der einen »todsicheren« Tip zu haben glaubte, erlitt einen beträchtlichen Verlust, der ihn seine Gehässigkeiten vergessen ließ.

Nach Armances Abschied beschlichen Octave, der sie nun nur noch in Gegenwart von Madame de Bonnivet sah, düstere Gedanken. Er dachte wieder an seinen alten Schwur. Da ihn seine Wunde am Arm ständig schmerzte und er immer wieder vom Fieber heimgesucht wurde, schlugen die Ärzte vor, ihn in die Bäder von Barèges zu schicken; aber Dr. Duquerrel, der seine Patienten individuell zu behandeln wußte, behauptete, daß schon ein wenig frische Luft den Kranken wiederherstellen werde, und verordnete ihm, den Herbst auf den Hügeln von Andilly zu verbringen.

Dieser Ort war Octave lieb; schon am nächsten Tag wurde er dorthin gebracht. Er hoffte keineswegs, Armance wiederzutreffen: Madame de Bonnivet sprach seit längerem von einer Reise ins hintere Poitou. Sie ließ dort mit großem Aufwand das alte Schloß restaurieren, in dem der Admiral de

Bonnivet einst die Ehre gehabt hatte, Franz I. zu empfangen, und Mademoiselle de Zohiloff sollte sie begleiten.

Doch da bekam die Marquise einen diskreten Hinweis auf eine bevorstehende Aufnahme in den Orden vom Heiligen Geist. Der verstorbene König[55] hatte Monsieur de Bonnivet das Blaue Ordensband versprochen. Bald darauf schrieb der Architekt aus dem Poitou, daß die Anwesenheit der Marquise zur Zeit nicht notwendig sei, da es an Arbeitern fehle, und so kam die Marquise wenige Tage nach Octaves Ankunft nach Andilly und richtete sich dort ein.

XXIV

Da die Geräusche der Bediensteten, die in den Mansarden wohnten, Octave lästig werden konnten, brachte Madame de Bonnivet sie im Haus eines benachbarten Bauern unter. In solchen sozusagen materiellen Angelegenheiten kam die Begabung der Marquise ganz zur Entfaltung; sie widmete sich ihnen mit vollendeter Anmut und wußte ihr Vermögen äußerst geschickt zu verwenden, um den Ruhm ihrer Talente zu verbreiten.

Ihre Gesellschaft bestand im wesentlichen aus Leuten, die vierzig Jahre lang nichts anderes getan hatten, als was die genaueste Beachtung des Anstands forderte, aus solchen, die eine Mode kreieren und dann darüber erstaunt sind. Diese Leute erklärten nun, Madame de Bonnivet habe es sich als Opfer auferlegt, nicht auf ihre Besitzungen zu fahren, sondern den Herbst in Gesellschaft ihrer engen Freundin, Madame de Malivert, in Andilly zu verbringen, weshalb es für jedes mitfühlende Herz unbedingte Pflicht sei, sie aufzusuchen und ihre Einsamkeit mit ihr zu teilen.

Diese Einsamkeit sah so aus, daß die Marquise gezwungen war, in dem kleinen Dorf auf halbem Weg Zimmer zu mieten, damit sie ihre in Massen herbeiströmenden Freunde unterbringen konnte. Sie ließ Zimmer tapezieren und Betten aufstellen. Bald war das halbe Dorf auf ihre Veranlassung hin verschönert und ausgebucht. Man stritt sich um die Wohnungen, man schrieb ihr von allen Schlössern rund um Paris, um ein Zimmer zu bestellen. Es galt bald als schick, der bewunderswerten Marquise, die die arme Madame de Malivert pflegte, Gesellschaft zu leisten, und so erstrahlte Andilly im Monat September wie ein Kurort. Selbst bei Hofe sprach man von dieser Mode: »Wenn wir zwanzig so geistvolle Frauen wie Madame de Bonnivet hätten«, sagte jemand, »könnten wir es riskieren, in Versailles zu residieren.« Und Monsieur de Bonnivet schien sein Blaues Ordensband sicher zu sein.

Niemals war Octave so glücklich gewesen. Die Herzogin d'Ancre fand dieses Glücksgefühl ganz natürlich. »Octave«, sagte sie, »darf sich ja gewissermaßen für das Zentrum all dieses Rummels um Andilly halten: Morgens erkundigt sich ein jeder nach seinem Gesundheitszustand; was kann es in seinem Alter Schmeichelhafteres geben? – Der junge Mann hat großes Glück«, fuhr die Herzogin fort, »bald wird ganz Paris ihn kennen, und seine Unverschämtheit wird dadurch noch einmal um die Hälfte wachsen.« Doch dies war gerade nicht der Grund für Octaves Glück.

Er sah seine geliebte Mutter, der er so viele Sorgen bereitet hatte, nun vollkommen glücklich. Sie hatte Freude an dem glänzenden Start ihres Sohnes in der Gesellschaft. Seitdem er so erfolgreich war, täuschte sie sich nicht mehr darüber hinweg, daß seine Qualitäten zu außergewöhnlich waren und zu wenig den üblichen Qualitäten entsprachen, als daß sie nicht die Unterstützung der allmächtigen Mode nötig gehabt hätten. Ohne deren Hilfe wäre er unbeachtet geblieben.

Einer der großen Glücksmomente war für Madame de Malivert in jener Zeit ein Gespräch, das sie mit dem berühmten Fürsten de R... führte, als dieser vierundzwanzig Stunden im Schloß zu Andilly verbrachte.

Diesem gewandten Höfling, dessen Bemerkungen in der vornehmen Welt die Autorität von Gesetzen besaßen, war Octave anscheinend aufgefallen. »Haben Sie auch schon bemerkt«, fragte er Madame de Malivert, »daß Ihr Sohn sich nie jenes angelernten *Geistes aus zweiter Hand* bedient, der ein so lächerliches Merkmal unserer Epoche ist? Er verschmäht es, sich in einem Salon mit seinem Gedächtnis hervorzutun; sein Witz entspricht den Gefühlen, die andere in ihm erregen. Das ist der Grund, warum die Dummköpfe hier oft so unzufrieden mit ihm sind und ihm nicht applaudieren. Wenn man dagegen den Vicomte de Malivert interessiert, scheint sein Witz sogleich seinem Herzen und seinem Charakter zu entspringen, und dieser Charakter scheint mir von außerordentlicher Größe zu sein. Glauben Sie nicht auch, Madame, daß der Charakter bei den Menschen unseres Jahrhunderts ein Organ ist, das ausgedient hat? Ihr Herr Sohn scheint mir dazu ausersehen, eine außergewöhnliche Rolle zu spielen. Er besitzt einen Vorzug, der unter seinen Zeitgenossen gerade der seltenste ist: Er ist der seriöseste, und der am sichtbarsten seriöse junge Mann, den ich kenne. Ich wünschte, daß er möglichst früh zur Pairswürde gelangte oder daß Sie ihn Maître des Requêtes[56] werden lassen.« – »Aber Octaves Erfolg«, erwiderte Madame de Malivert, der die Freude über das Lob eines so urteilssicheren Mannes den Atem nahm, »ist nichts weniger als ungeteilt.« – »Ein weiterer Vorteil«, erwiderte lächelnd Monsieur de R...: »Die Einfaltspinsel dieses Landes brauchen vielleicht noch drei oder vier Jahre, um Octave zu verstehen, und so können Sie ihn, bis Neid aufkommt, schon ganz in die Nähe seiner Position bringen; ich bitte Sie nur um eines: Verhindern Sie, daß Ihr Sohn etwas publiziert, dazu ist er von zu hohem Stand.«

Der Vicomte de Malivert hatte noch viel hinzuzulernen, um das glänzende Horoskop, das man ihm erstellt hatte, zu rechtfertigen. Er mußte manches Vorurteil überwinden. Seine Menschenverachtung war tief in ihm verwurzelt; war er glücklich, wollte er keinen Menschen sehen; war er unglücklich, war der Anblick der Menschen für ihn noch schwerer zu ertragen. Er hatte sich bisher nur selten zu dem Versuch durchringen können, diesen Abscheu durch Wohltätigkeit zu heilen. Wäre es ihm gelungen, so hätte sein grenzenloser Ehrgeiz ihn mitten unter die Menschen und an Orte geworfen, wo der Ruhm durch die größten Opfer erkauft wird.

Zu dem Zeitpunkt, den wir mit unserer Erzählung erreicht haben, lag es Octave noch fern, sich eine glänzende Bestimmung zu versprechen. Madame de Malivert war klug genug, ihm von der einzigartigen Zukunft, die der Fürst de R... vorausgesagt hatte, nichts zu sagen; nur mit Armance wagte sie sich dem Glück hinzugeben, über diese Voraussage zu sprechen.

Armance verstand die einzigartige Kunst, aus Octaves Gemüt alle Sorgen zu verbannen, die ihm die vornehme Gesellschaft bereitete. Da er ihr diese Sorgen jetzt einzugestehen wagte, erstaunte sie immer mehr über sein ungewöhnliches Wesen. Noch immer kam es vor, daß er aus den belanglosesten Bemerkungen die finstersten Konsequenzen ableitete. Man sprach in Andilly viel über ihn. »Sie erleben jetzt die direkten Folgen der Berühmtheit«, sagte Armance zu ihm. »Man redet auf Ihre Kosten viel Unsinn. Erwarten Sie, daß einem Schafskopf etwas Kluges einfällt, nur weil er die Ehre hat, von Ihnen zu sprechen?« Diese Prüfung war für einen mißtrauischen Menschen außerordentlich schwierig.

Armance verlangte, er solle ihr alle beleidigenden Worte, die er in der Gesellschaft über sich hören würde, sogleich anvertrauen. Sie bewies ihm dann mühelos, daß man, als sie geäußert wurden, entweder nicht an ihn gedacht hatte oder daß sie nur gerade jenen Anteil an Übelwollen enthielten, den hier jeder gegen jeden empfand.

Octaves Eigenliebe besaß für Armance keine Geheimnisse mehr, und ihre beiden Herzen waren bei jenem grenzenlosen Vertrauen angelagt, das vielleicht den süßesten Zauber der Liebe ausmacht. Sie konnten von nichts sprechen, ohne im geheimen ihre jetzige wunderbare Vertrautheit mit dem Zustand der Beklommenheit zu vergleichen, in dem sie noch vor einigen Monaten über die gleichen Dinge gesprochen hatten. Und selbst diese Beklommenheit, deren sie sich so lebhaft erinnerten und der zum Trotz sie schon damals so glücklich waren, war ein Beweis für das Alter und die Lebendigkeit ihrer Freundschaft.

Als Octave am nächsten Tag in Andilly ankam, war er nicht ganz ohne Hoffnung, daß Armance kommen könnte; er ließ verlauten, er sei krank, und verließ das Schloß nicht. Wenige Tage darauf traf Armance tatsächlich mit Madame de Bonnivet ein. Octave legte seinen ersten Ausgang so, daß er genau um sieben Uhr morgens stattfand. Armance begegnete ihm im Garten, und er führte sie zu einem Orangenbaum, der unter den Fenstern seiner Mutter stand. Ebendort war Armance einige Monate zuvor, verzweifelt ob der seltsamen Worte, die er ihr gesagt hatte, einen Moment lang in Ohnmacht gefallen. Sie erkannte den Baum wieder, sie lächelte und lehnte sich mit geschlossenen Augen an den Kasten des Orangenbaums. Bis auf ihre Blässe war sie fast ebenso schön wie an jenem Tag, da es ihr aus Liebe zu ihm so schlecht ergangen war. Octave empfand lebhaft den Unterschied der Lage. Er erkannte das kleine diamantene Kreuz wieder, das Armance aus Rußland hatte und das ein Geschenk ihrer Mutter war. Es war für gewöhnlich unsichtbar und kam nun durch eine Bewegung, die Armance machte, zum Vorschein. Octave war in diesem Augenblick wie außer Sinnen; er nahm ihre Hand, wie am Tag ihrer Ohnmacht, und seine Lippen wagten ihre Wangen zu streifen. Armance fuhr auf und errötete heftig. Sie machte sich wegen dieser Leichtfertigkeit schmerzliche Vorwürfe. »Wollen Sie mein Mißfallen erregen?« fragte sie ihn. »Wollen Sie mich zwingen, nur noch mit einer Zofe auszugehen?«

Auf Octaves Zudringlichkeit folgten einige Tage des Grolls. Aber zwischen zwei Menschen, die sich gegenseitig ganz und gar zugetan sind, gibt es nur wenig Anlaß zu streiten. Was Octave auch vorhatte: Noch bevor er daran dachte, ob es ihm selbst angenehm sei, versuchte er zu ergründen, ob Armance darin einen neuen Beweis seiner Ergebenheit sehen würde.

Abends, wenn sie sich an entgegengesetzten Enden des riesigen Salons befanden, in dem Madame de Bonnivet alles versammelte, was es damals in Paris an einflußreichen und bemerkenswerten Personen gab, bediente sich Octave, wenn er auf eine Frage zu anworten hatte, gelegentlich irgendeines Wortes, das Armance soeben gebraucht hatte, und dann sah sie, daß seine Freude, dieses Wort zu wiederholen, so groß war, daß er darüber sein Interesse an dem Gegenstand, über den er gerade sprach, vergaß. Ganz unabsichtlich entstand so zwischen ihnen, inmitten einer höchst angenehmen und lebendigen Gesellschaft, zwar keine gesonderte Unterhaltung, aber doch eine Art Echo, das, ohne irgend etwas genau auszudrücken, von ihrer vollkommenen Freundschaft und grenzenlosen Sympathie sprach.

Sollen wir es wagen und die übertriebene Höflichkeit, die unsere Gegenwart von jenem glücklichen achtzehnten Jahrhundert, in dem es nichts zu hassen gab, geerbt zu haben glaubt, einer gelinden Trockenheit bezichtigen?

In jedem Fall kommt angesichts so fein entwickelter Sitten, die für jede auch noch so banale Handlung ein Muster bereithalten, dem man nachzueifern oder mit dem man sich wenigstens auseinanderzusetzen hat, solches Gefühl aufrichtiger, restloser Ergebenheit dem vollkommenen Glück sehr nahe.

Armance war nie mit Octave allein – außer beim Morgenspaziergang im Garten, unter den Fenstern des Schlosses, dessen Erdgeschoß sie bewohnten, oder in Madame de Maliverts Zimmer, in ihrer Gegenwart. Aber dieses Zimmer war sehr groß, und Madame de Maliverts schwache Gesundheit zwang sie, sich des öfteren für kurze Zeit auszuruhen. Dann veranlaßte sie ihre Kinder – wie sie sie nannte –, an das Fenster, das zum Garten ging, zu treten, damit sie sie mit ihrem Gespräch nicht in ihrer Ruhe störten. Diese stille, ungestörte morgendliche Zweisamkeit wich am Abend dem Pomp gesellschaftlichen Lebens.

Außer denjenigen, die im Dorf wohnten, kamen viele Leute mit dem Wagen aus Paris und fuhren nach dem Souper zurück. Diese wolkenlosen Tage vergingen wie im Flug. Die noch sehr jungen Herzen dachten nicht im entferntesten daran, daß sie ein auf Erden sehr seltenes Glück erlebten; sie glaubten im Gegenteil noch viele Wünsche offenzuhaben.

Unerfahren wie sie waren, sahen sie nicht, daß diese vom Glück begünstigten Augenblicke nur von kurzer Dauer sein konnten. Ein solches Glück, aus reinem Gefühl und ohne Beimischung von Eitelkeit oder Ehrgeiz, hätte im besten Falle im Schoß einer armen Familie, die keinerlei gesellschaftlichen Umgang pflegte, bestehen können. Sie jedoch lebten in der großen Welt, sie waren erst zwanzig Jahre alt, ständig zusammen, und um das Maß der Unvernunft vollzumachen: Man erriet leicht, daß sie glücklich waren, doch sie schienen sich sehr wenig um die Gesellschaft zu kümmern. Diese sollte sich dafür rächen.

Armance dachte gar nicht an solche Gefahren. Sie verwirrte nur, daß sie sich von Zeit zu Zeit veranlaßt sah, ihren Schwur zu erneuern, daß sie, was auch geschehen mochte, niemals die Hand ihres Cousins annehmen würde. Madame de Malivert ihrerseits war ganz ruhig: Sie zweifelte nicht daran, daß die derzeitige Lebensweise ihres Sohnes zu einem Ereignis führen mußte, das sie leidenschaftlich herbeisehnte.

Trotz der glücklichen Tage, die Armance in sein Leben brachte, gab es für Octave in ihrer Abwesenheit dunkle Augenblicke, in denen er an seine Zukunft dachte und zu dem Schluß kam: »In Armances Herz herrscht die für mich schmeichelhafteste Selbsttäuschung. Ich könnte ihr die seltsamsten Dinge gestehen, die gegen mich sprechen, sie würde mich niemals verachten oder entsetzt sein; sie würde mich bedauern.«

Octave erzählte seiner Freundin, er habe in seiner Jugend leidenschaftlich gern gestohlen. Armance war bestürzt, als er ihr in schrecklichen Einzelheiten, in denen seine Phantasie sich erging, die bösen Folgen dieser absonderlichen Schwäche ausmalte. Durch sein Geständnis brach für sie eine Welt zusammen; sie sank in tiefe Versonnenheit, die man ihr zu nehmen suchte; doch waren kaum acht Tage seit jener seltsamen Eröffnung vergangen, als sie Octave schon bedauerte und, wenn es denn möglich war, noch sanfter mit ihm umging. »Er braucht meinen Trost«, dachte sie, »um sich selbst verzeihen zu können.«

Octave, der sicherer geworden war, weil er die grenzenlose Aufopferung der Frau, die er liebte, erfahren hatte und keine düsteren Gedanken mehr verbergen mußte, war nun in Gesellschaft wesentlich liebenswerter. Vor dem Geständnis seiner Liebe, das ihm die Nähe des Todes entlockt hatte, war er ein eher geistreicher und bemerkenswerter denn liebenswerter junger Mann gewesen; er fand eher bei traurigen Naturen Anklang. Sie glaubten in ihm das Alltagsgesicht eines zu Großem berufenen jungen Mannes zu erblicken. Das Pflichtbewußtsein drückte sich allzu deutlich in seinem Verhalten aus und verlieh ihm manchmal ein englisches Aussehen. Seine Menschenscheu wurde von den älteren Leuten in der Gesellschaft als Hochmut und Übellaunigkeit angesehen und machte ihn unnahbar. Wäre er damals schon Pair gewesen, so hätte ihm dies einen Namen verschafft.

Den jungen Leuten, die alle Voraussetzungen erfüllen, eines Tages zu den liebenswertesten Menschen zu gehören, fehlt zur Vervollkommnung ihrer Fähigkeiten oft nur die Erfahrung eines Unglücks. Octave war gerade durch diesen schrecklichen Lehrmeister geformt worden. Man kann behaupten, daß zu der Zeit, von der wir berichten, dem jungen Vicomte nichts fehlte, was Schönheit und eine glänzende Stellung in der Gesellschaft ausmachte. Er wurde von den Damen d'Aumale und de Bonnivet, wie von den Älteren, gleichsam um die Wette gepriesen.

Madame d'Aumale hatte recht, wenn sie sagte, dies sei der verführerischste junge Mann, den sie je getroffen habe; ». . . denn er ist nie langweilig«, meinte sie leichthin. »Bevor ich ihn gesehen hatte, ahnte ich nicht einmal, daß es solche Qualitäten überhaupt gibt, und dabei ist es die Hauptsache, daß man sich amüsiert.« – »Und ich«, dachte Armance, als sie diese naiv dahingesprochenen Worte hörte, »verweigere diesem sonst so angesehenen Mann die Erlaubnis, meine Hand zu drücken; doch es handelt sich um meine Pflicht, und die werde ich nie verletzen«, fügte sie seufzend hinzu. Es gab Abende, an denen sich Octave dem höchsten Glück hingab: nichts zu sagen und zuzusehen, wie Armance sich vor seinen

Augen hin und her bewegte. Diese Momente entgingen weder Madame d'Aumale, die gekränkt war, weil man versäumte, sie zu unterhalten, noch Armance, die hocherfreut war, daß der Mann, den sie abgöttisch liebte, sich nur um sie kümmerte.

Die Aufnahme in den Orden vom Heiligen Geist schien sich zu verzögern; man sprach davon, Madame de Bonnivet werde nun doch ins Poitou abreisen, auf das alte Schloß, das ihrer Familie den Namen gab. Eine bisher nicht erwähnte Person sollte an der Reise teilnehmen: der Chevalier de Bonnivet, der jüngste Sohn des Marquis aus seiner ersten Ehe.

XXV

Ungefähr zur Zeit von Octaves Verwundung war im Salon der Marquise eine neue Gestalt aus Saint-Acheul[57] angekommen. Es war der Chevalier de Bonnivet, der dritte Sohn ihres Gatten.

Hätte das Ancien régime noch bestanden, wäre er für den höheren geistlichen Stand bestimmt worden, und obwohl sich vieles verändert hat, war jedermann, und auch er selbst, aufgrund einer Familientradition davon überzeugt, daß er der Kirche gehören solle.

Der kaum zwanzigjährige junge Mann galt als sehr gelehrt; er verriet vor allem eine für sein Alter außergewöhnliche Schläue. Er war klein und sehr blaß; er hatte ein dickes Gesicht und im ganzen etwas von einem Priester.

Eines Abends brachte jemand den »Étoile«[58] mit. Das einzige Streifband, von dem die Zeitung zusammengehalten wird, war verschoben, es war klar, daß der Portier darin gelesen hatte. »Auch das noch! Diese Zeitung also auch!« rief der Chevalier de Bonnivet unwillkürlich aus, »nur um ein zweites Streifband zu sparen, das das andere kreuzförmig überspannen müßte, nehmen sie in Kauf, daß der Pöbel darin liest, als ob der Pöbel dazu geschaffen wäre, darin zu lesen! Als ob der Pöbel Gut und Böse unterscheiden könnte! Was darf man von den Jakobinerzeitungen erwarten, wenn schon die monarchistischen ein solches Verhalten an den Tag legen!«

Dieser Ausbruch unwillkürlicher Beredsamkeit steigerte das Ansehen des Chevalier beträchtlich. Er machte sich damit schlagartig alle Älteren zu Freunden sowie alle diejenigen, die in der Gesellschaft von Andilly mehr Dünkel als Verstand besaßen. Der stille Baron de Risset, an den sich der Leser kaum erinnern wird, erhob sich umständlich und umarmte den Ritter wortlos. Dieser Vorgang verbreitete im Salon für einige Minuten eine feierliche Stimmung und belustigte Madame d'Aumale. Sie rief den Chevalier herbei, versuchte ihn zum Sprechen zu veranlassen und nahm ihn gewissermaßen unter ihren Schutz.

Alle jungen Frauen verfolgten diesen Vorgang. Der Chevalier wurde zu einer Art Rivale für Octave erhoben, der noch verwundet war und sein Haus in Paris nicht verlassen konnte.

Bald aber fühlte man sich vom Chevalier de Bonnivet, trotz seiner Jugend, gleichsam abgestoßen. Man spürte an ihm einen ungewöhnlichen Mangel an Verständnis für alles, was unsereinen interessiert; dieser junge Mann ging einen Weg für sich. Man erriet in ihm einen tiefen, zerstörerischen Haß auf alles, was lebt.

Am Tag nachdem er sich auf Kosten des »Étoile« hervorgetan hatte, begann der Chevalier de Bonnivet, der mit Madame d'Aumale bereits am Morgen zusammentraf, sich ihr gegenüber wie Tartuffe aufzuführen, der Dorine ein Taschentuch anbietet, damit sie verberge, »was nicht zu sehen sich geziemt«.[59] Er ermahnte sie ernstlich wegen irgendeiner leichtfertigen Äußerung, die sie sich bezüglich einer Prozession erlaubt hatte.

Die junge Gräfin widersprach ihm heftig, bat ihn dringend, wiederzukommen, und war von diesem lächerlichen Menschen begeistert. »Er ist genau wie mein Mann«, dachte sie. »Wie schade, daß der arme Octave nicht hier ist, wie hätten wir gelacht!«

Der Chevalier de Bonnivet entrüstete sich vor allem darüber, welchen Glanz der Vicomte de Malivert um sich verbreitete und wie er in aller Munde war. Da kam Octave nach Andilly und erschien wieder in der Gesellschaft. Der Chevalier hielt ihn für verliebt in Madame d'Aumale und beschloß daraufhin, selbst in Leidenschaft zu der hübschen Gräfin zu entflammen, in deren Gegenwart er sich hinfort sehr liebenswürdig zeigte.

Die Konversation des Chevalier bestand aus ununterbrochenen geistreichen Anspielungen auf die Meisterwerke der großen Dichter und Schriftsteller der französischen und lateinischen Literatur. Madame d'Aumale, die sich darin nicht gut auskannte, ließ sich jede Anspielung erklären, und nichts bereitete ihr mehr Vergnügen. Das wirklich phänomenale Gedächtnis des Chevalier kam ihm sehr zustatten; er zitierte ohne Zögern die Verse Racines oder die Sätze Bossuets, auf die er angespielt hatte, und erläuterte klar und elegant die Art des Bezugs, den er zum Gegenstand des Gesprächs hatte herstellen wollen. Dies alles besaß für Madame d'Aumale den Reiz des Neuen.

Eines Tages sagte der Chevalier: »Ein einziger kleiner Artikel in der ›Pandora‹[60] kann einem jedes Vergnügen an der Macht nehmen.« Dies wurde als sehr tiefgründig aufgenommen.

Madame d'Aumale bewunderte den Chevalier sehr; aber kaum waren einige Wochen vergangen, so machte er ihr Angst. »Sie wirken auf mich wie ein giftiges Tier, dem ich an einem einsamen Ort mitten im Wald begegne. Je geistreicher Sie sind, desto mehr haben Sie die Macht, mir wehzutun.«

Ein andermal sagte sie ihm, sie wette, er sei ganz von selbst auf den Satz gekommen, daß die Gabe zu sprechen dem Menschen verliehen worden sei, damit er seine Gedanken verberge.[61]

Der Chevalier hatte auch bei den anderen Mitgliedern der Gesellschaft großen Erfolg. So gelang es ihm – obwohl er acht Jahre lang von seinem Vater getrennt in Saint-Acheul, Brigg[62] und anderen Orten, die nicht einmal der Marquis selber kannte, gelebt hatte –, kaum daß er zu ihm zurückgekehrt war, in weniger als zwei Monaten den alten Mann, einen der feinsten Höflinge jener Zeit, für sich zu gewinnen.

Monsieur de Bonnivet hatte immer befürchtet, die Restauration werde in Frankreich ein ähnliches Ende nehmen wie die englische; doch seit ein oder zwei Jahren war er aus Furcht zu einem wahren Geizhals geworden. Die Gesellschaft war daher sehr erstaunt zu sehen, wie er seinem Sohn, dem Chevalier, dreißigtausend Francs gab, um zum Bau einiger Häuser für die Jesuiten beizutragen.

Jeden Abend hielt der Chevalier in Andilly eine gemeinsame Gebetsstunde ab für die vierzig oder fünfzig Bediensteten aus dem Gefolge der Gäste, die im Schloß logierten oder in jenen Bauernhäusern, welche für die Freunde der Marquise hergerichtet worden waren. Auf das Gebet folgte immer eine kurze, improvisierte, sehr gut angelegte Ansprache.

Zuerst zog es die älteren Frauen in die Orangerie, wo diese abendlichen Exerzitien stattfanden. Der Chevalier ließ dort entzückende Blumen aufstellen, die aus Paris herbeigeschafft und häufig erneuert wurden. Bald erregten die frommen und strengen Ermahnungen allgemeines Interesse; sie kontrastierten sehr mit der frivolen Art, in der man den Rest des Abends verbrachte.

Der Kommandeur de Soubirane erklärte, er sei einer der leidenschaftlichsten Befürworter einer solchen Wiederhinführung der Untergebenen zu den guten Grundsätzen, hätten sie, die notwendigerweise um die bedeutenden Leute sind, sich doch als allzu grausam erwiesen, als es zur »ersten Schreckensherrschaft« gekommen war. Dies war eine typische Redensart des Kommandeurs, der überall verkündete, man werde unweigerlich innerhalb von zehn Jahren einen zweiten Robespierre haben, wenn man nicht den Malteserorden und die Jesuiten wieder zuließe.

Madame de Bonnivet hatte nicht versäumt, diejenigen ihrer Bediensteten, deren sie sich sicher war, zu den frommen Übungen ihres Stiefsohns zu schicken. Sie war recht erstaunt zu erfahren, daß er an diejenigen, die ihm unter vier Augen ihre Bedürftigkeit gestanden, Geld verteilte.

Die Aufnahme in den Orden vom Heiligen Geist schien aufgeschoben zu sein, und Madame de Bonnivet verkündete, ihr Architekt habe ihr aus dem Poitou berichtet, es sei ihm gelungen, eine ausreichende Zahl von Arbeitern zu versammeln. Sie bereitete sich, ebenso wie Armance, auf ihre Reise vor und war nur mäßig erfreut, als der Chevalier ankündigte, er werde sie nach Bonnivet begleiten, um, wie er sagte, das alte Schloß, die Wiege seiner Familie, wiederzusehen.

Der Chevalier sah sehr wohl, daß seine Gegenwart seiner Stiefmutter lästig wäre; doch dies war nur ein Grund mehr für ihn, sie auf der Reise zu begleiten. Er hoffte Armance mit der Erinnerung an den Ruhm seiner Vorfahren zu beeindrucken; denn er hatte bemerkt, daß Armance die Freundin des Vicomte de Malivert war, und wollte sie ihm wegnehmen. Diese Absicht, von langer Hand vorbedacht, wurde erst sichtbar, als sie zur Ausführung gelangte.

Da er im Umgang mit jungen Leuten eine ebenso glückliche Hand hatte wie beim gesetzteren Teil der Gesellschaft, war es dem Chevalier de Bonnivet noch vor seiner Abreise aus Andilly gelungen, Octave eifersüchtig zu machen. So glaubte Octave nach Armances Abreise sogar, daß dieser Chevalier de Bonnivet, der ihr eine grenzenlose Wertschätzung und Achtung erwies, vielleicht der geheimnisvolle Gemahl sei, den ein alter Freund seiner Mutter für sie gefunden haben sollte.

Als Armance und ihr Cousin sich trennten, wurden beide von düsterem Mißtrauen gequält. Armance spürte, daß sie Octave Madame d'Aumale überließ, besaß aber nicht den Mut, ihm zu schreiben.

Während dieser schmerzlichen Trennung konnte Octave an Madame de Bonnivet nur zwei oder drei sehr hübsche, im Ton aber merkwürdige Briefe schreiben. Hätte ein Außenstehender, der nicht zu ihrer Gesellschaft gehörte, sie gelesen, er hätte glauben müssen, Octave sei verrückt vor Liebe zu Madame de Bonnivet, wage sie ihr aber nicht zu gestehen.

Mademoiselle de Zohiloff wiederum, deren gesunder Menschenverstand durch das Glück, mit ihrem Cousin unter einem Dach zusammenzuleben und ihn täglich dreimal zu sehen, nicht getrübt worden war, machte sich während ihrer einmonatigen Abwesenheit ernste Gedanken. Wenn auch ihr Verhalten allem Anstand entsprach, so täuschte sie sich doch nicht darüber hinweg, wie leicht es sein mußte, in ihren Augen zu lesen, sobald sie ihren Cousin ansah.

Auf der Reise hörte sie zufällig einige Bemerkungen der bei Madame de Bonnivet in Dienst stehenden Frauen, die sie manche Träne vergießen ließen. Wie alle Menschen, die sich in der Nähe wichtiger Persönlichkeiten aufhalten, sahen diese Frauen überall nur Geldinteressen am Werk, und so führten sie auch die Anzeichen von Leidenschaft, die Armance erkennen ließ, auf ein solches Motiv zurück. Ihr Ziel sei es, sagten Sie, Vicomtesse de Malivert zu werden, was für eine junge Dame ohne Vermögen und von niedriger Geburt nicht wenig sei.

Armance wäre nie auf den Gedanken verfallen, daß sie so verleumdet werden könnte. »Ich bin verloren«, sagte sie sich, »meine Gefühle für Octave haben mehr als Argwohn erregt, und das ist noch nicht einmal das größte Unrecht, das man mir zutraut: Ich lebe im selben Haus wie er, und dabei ist es ausgeschlossen, daß er mich heiratet.« Von diesem Moment an vergiftete der Gedanke, der stärker war als alle Vernunft – der Gedanke an die Verleumdungen, deren Opfer sie war, ihr Leben.

Zuweilen glaubte sie sogar ihre Liebe zu Octave vergessen zu haben. »In meiner Situation heiratet man nicht«, dachte sie, »ich werde nicht seine Frau werden, ich muß viel mehr in Distanz zu ihm leben. Sollte er mich vergessen, was gut möglich ist, werde ich mein Leben in einem Kloster beenden; es wird ein sehr angemessenes und erwünschtes Asyl für den Rest meines Lebens sein. Ich werde an ihn denken, von seinen Erfolgen hören. In den Annalen der Gesellschaft werde ich nicht die erste sein, die ein solches Leben führt.«

Diese vorausschauenden Überlegungen waren wohlbegründet; doch die für ein junges Mädchen schreckliche Vorstellung, sie könnte – und scheinbar zu Recht – den Verleumdungen eines ganzen Hauses, noch dazu des Hauses, in dem Octave lebte, ausgesetzt sein, beschwerte Armances Leben mit einer Trauer, die nichts von ihr nehmen konnte. Wenn sie sich von dem Gedanken an ihre Irrtümer – denn so nannte sie jetzt ihr Leben in Andilly – befreien wollte, dachte sie an Madame d'Aumale und machte sie, ohne es zu wissen, in ihrer Vorstellung liebenswerter, als sie war; die Anwesenheit des Chevalier de Bonnivet trug dazu bei, daß sie sich all die Übel, mit denen die Gesellschaft jene bestraft, die sie schokkiert haben, noch viel heilloser ausmalte, als sie in Wirklichkeit waren. Gegen Ende ihres Aufenthalts im alten Schloß Bonnivet weinte Armance alle Nächte hindurch. Ihre Tante bemerkte ihre Traurigkeit sehr wohl und verhehlte ihr nicht ihren Verdruß.

Während ihres Aufenthalts im Poitou erfuhr Armance von einem Ereignis, das kaum Eindruck auf sie machte. Sie hatte drei Onkel, die in russischen Diensten standen. Diese jungen Leute schieden inmitten der Wirren, die Rußland heimsuchten, durch Selbstmord aus dem Leben. Ihr Tod wurde verheimlicht, doch erhielt Mademoiselle de Zohiloff nach einigen Monaten Briefe, die die Geheimpolizei nicht hatte abfangen können.[63] Sie erbte ein komfortables Vermögen, das sie zu einer annehmbaren Partie für Octave machte.

Das Ereignis war nicht dazu angetan, Madame de Bonnivets Verärgerung zu beheben, denn sie war auf Armance angewiesen. Das arme Mädchen mußte einige harte Worte bezüglich ihrer Bevorzugung des Salons von Madame de Malivert hinnehmen. Vornehme Damen sind nicht boshafter als das Gros reicher Frauen, aber man wird im Umgang mit ihnen empfindlicher und nimmt jedes ungnädige Wort, wenn ich so sagen darf, ernster und endgültiger.

Armance glaubte das Maß ihres Unglücks randvoll, als der Chevalier de Bonnivet ihr eines Morgens mit jener gleichgültigen Miene, mit der man eine schon nicht mehr neue Nachricht verkündet, eröffnete, Octave gehe es wieder schlechter, seine Wunde am Arm sei wieder aufgesprungen und gebe Anlaß zu Besorgnis. Seit Armances Abreise hatte sich

Octave, der dem Glück gegenüber anspruchsvoll geworden war, im Salon oft gelangweilt. Beim Jagen beging er Unvorsichtigkeiten, die ihn teuer zu stehen kamen. Er hatte sich in den Kopf gesetzt, ein leichtes Gewehr mit der linken Hand abzufeuern. Erfolge, die er dabei hatte, ermutigten ihn.

Eines Tages sprang er beim Verfolgen eines verletzten Rebhuhns über einen Graben und stieß sich den Arm an einem Baum, worauf er wieder Fieber bekam. Während dieses Fiebers und des darauf folgenden Unwohlseins schien ihm das – sozusagen – künstliche Glück, das er unter den Augen von Armance genossen hatte, so flüchtig wie ein Traum.

Endlich kam Mademoiselle de Zohiloff nach Paris zurück, und schon am nächsten Tag sahen sich die Liebenden im Schloß von Andilly wieder, aber sie waren sehr traurig, und diese Traurigkeit war von der schlimmsten Art, von jener, die gegenseitigen Zweifeln entspringt. Armance wußte nicht, welchen Ton sie gegenüber ihrem Cousin anschlagen sollte, und so sprachen sie am ersten Tag fast gar nicht miteinander.

Während Madame de Bonnivet sich dem Vergnügen hingab, im Poitou gotische Türme zu errichten und sich dabei einzubilden, sie baue das zwölfte Jahrhundert wieder auf, hatte Madame d'Aumale mit einem entscheidenden Vorstoß den großen Erfolg herbeigeführt, der Monsieur de Bonnivets lange gehegten Ehrgeiz endlich gekrönt hatte. Sie war die Heldin von Andilly. Um sich während ihrer Abwesenheit von einer so nützlichen Freundin nicht zu trennen, hatte Madame de Bonnivet die Gräfin d'Aumale dazu bewogen, eine kleine Wohnung unter dem Dach des Schlosses zu beziehen, ganz in der Nähe von Octaves Zimmer. Und Madame d'Aumale schien sich, für alle sichtbar, sehr gut daran zu erinnern, daß Octave ja gewissermaßen ihretwegen die Wunde empfangen hatte, die ihn jetzt fiebern machte. Es war sicherlich geschmacklos, an diese Affäre zu erinnern, die den Marquis de Crêveroche das Leben gekostet hatte. Madame d'Aumale konnte sich jedoch nicht zurückhalten und spielte wiederholt darauf an: Gesellschaftliche Bräuche sind nämlich für eine zarte Seele etwa dasselbe, was die Naturwissenschaft für den Geist ist. Ihr ganz nach außen gekehrter und unromantischer Charakter ließ sich vor allem von handfesten Dingen beeindrucken. Armance war kaum einige Stunden in Andilly, als die häufige Wiederkehr derselben Idee, und das bei einem normalerweise so flatterhaften Menschen, sie traf wie ein Schlag.

Sie kam todtraurig und zutiefst entmutigt dort an; zum zweiten Mal in ihrem Leben spürte sie Anwandlungen eines schlimmen Gefühls, schlimm vor allem, wenn es in ein und demselben Herzen mit einem ausgeprägten Sinn für Anstand zusammentrifft. Armance glaubte sich in dieser Hinsicht große Vorwürfe machen zu müssen. »Ich muß streng auf mich achten«, sagte sie sich, indem sie die Augen gewaltsam von Octave fortriß und sie auf die strahlende Erscheinung der Gräfin d'Aumale richtete. Und jeder ihrer Reize war für Armance Anlaß zu einem Akt übertriebener Erniedrigung. »Wie sollte Octave ihr nicht den Vorzug geben?«, fragte sie sich. »Ich selbst bewundere sie ja.«

Solche schmerzlichen Gefühle, verbunden mit den Gewissensbissen, die Armance sicherlich zu Unrecht, aber deshalb nicht weniger peinigend verspürte, machten sie Octave gegenüber recht wenig liebenswert. Am Tag nach ihrer Ankunft kam sie frühmorgens nicht in den Garten, was früher ihre Gewohnheit gewesen war; und dabei wußte sie, daß Octave sie dort erwartete.

Im Verlauf des Tages richtete Octave vielleicht zwei- oder dreimal das Wort an sie. Eine extreme Schüchternheit, die von ihr Besitz ergriff, sobald sie daran dachte, daß alle Welt sie beobachtete, lähmte sie, und sie antwortete kaum.

An diesem Abend sprach man beim Essen von dem Vermögen, das der Zufall Armance beschert hatte, und sie bemerkte, daß die Nachricht von diesem Ereignis Octave nicht angenehm war, denn er verlor darüber kein Wort. Dieses nicht ausgesprochene Wort, hätte ihr Cousin es gesagt, es hätte ihr an Freude nicht den hundertsten Teil von dem gebracht, was sein Schweigen ihr an Schmerz zufügte.

Aber Octave hörte nicht einmal zu, er dachte über Armances merkwürdiges Verhalten seit ihrer Rückkehr nach. »Sicher liebt sie mich nicht mehr«, sagte er sich, »oder sie hat sich endgültig dem Chevalier de Bonnivet versprochen.« Für Armance war Octaves Gleichgültigkeit angesichts der Bekanntgabe ihrer Erbschaft eine neue Quelle gewaltigen Unglücks. Zum ersten Mal dachte sie lange und ernst über diese Erbschaft nach, die ihr vom Norden zukam und durch die sie, hätte Octave sie geliebt, zu einer für ihn einigermaßen angemessenen Partie geworden wäre.

Um einen Vorwand zu haben, ihr einige Zeilen schreiben zu können, hatte Octave ihr ins Poitou ein kleines Gedicht über Griechenland geschickt, das Lady Nelcombe, eine junge Engländerin und Freundin von Madame de Bonnivet, gerade veröffentlicht hatte. Dieses Gedicht, das in aller Munde war, gab es in Frankreich nur in zwei Exemplaren. Wenn das Exemplar, das ins Poitou gereist war, im Salon aufgetaucht wäre, hätten sich zwanzig Hände ausgestreckt, um es zu ergattern. Octave bat seine Cousine, es ihm bringen zu lassen. Armance, völlig verschüchtert, brachte nicht den Mut auf, ihrer Kammerzofe einen solchen Auftrag zu geben. Sie stieg in den zweiten Stock des Schlosses hinauf und befestigte das kleine englische Gedicht am Knauf von Octaves Zimmertür, so daß er nicht hineinkonnte, ohne es zu bemerken.

Octave war sehr verstört; er sah, daß Armance offensichtlich entschlossen war, nicht mit ihm zu reden. Da er nicht die geringste Lust verspürte, sie seinerseits anzusprechen, verließ er den Salon vor zehn Uhr. Er war voll düsterer Gedanken. Auch Madame d'Aumale gefiel es bald nicht mehr im Salon; man sprach von Politik und jammerte unentwegt; sie klagte über Kopfschmerzen und war vor halb elf in ihren Räumen. Wahrscheinlich gingen Octave und Madame d'Aumale zusammen spazieren; dieser Gedanke, der jedem im Salon kam, ließ Armance erbleichen. Gleich darauf aber warf sie sich sogar ihren Schmerz als etwas Unstatthaftes vor, das sie der Wertschätzung ihres Cousins weniger würdig machte.

Am nächsten Morgen fand sich Armance zu früher Stunde

bei Madame de Malivert ein, die einen bestimmten Hut benötigte. Ihre Kammerzofe war ins Dorf gegangen, so lief Armance zu dem Zimmer, in dem sich der Hut befand. Dabei mußte sie an Octaves Zimmer vorbei. Sie blieb wie vom Donner gerührt stehen, als sie das kleine englische Gedicht am Türknauf stecken sah, wie sie es am Vorabend dort angebracht hatte. Ihr war klar, daß Octave nicht nach Hause gekommen war.

So war es auch. Trotz seines erneuten Mißgeschicks mit seinem Arm war Octave zur Jagd gegangen, und so hatte er, um früh am Morgen aufstehen zu können, ohne gesehen zu werden, die Nacht beim Jagdaufseher verbracht. Er wollte um elf Uhr, wenn es zum Frühstück läutete, ins Schloß zurückkommen und so den Vorwürfen entgehen, die man ihm sonst wegen seiner Unvernunft gemacht hätte.

Als Armance zu Madame de Malivert zurückkehrte, konnte sie nicht umhin zu erklären, sie fühlte sich nicht wohl. Von diesem Moment an war sie nicht mehr dieselbe. »Dies ist eine gerechte Strafe«, dachte sie, »für die falsche Stellung, die ich mir angemaßt habe und die einem jungen Menschen nicht ansteht. Inzwischen verspüre ich darüber solche Schmerzen, daß ich sie mir nicht einmal mehr eingestehen kann.«

Als sie Octave wiedersah, wagte Armance nicht die leiseste Frage bezüglich des Zufalls, der verhindert hatte, daß er das englische Gedicht bemerkte; sie glaubte, damit hätte sie gegen alles verstoßen, was sie sich schuldig war. Dieser dritte Tag war noch düsterer als die vorangegangenen.

XXVI

Octave, der über die Veränderung in Armances Verhalten bestürzt war, glaubte, auch in seiner Eigenschaft als ihr Freund auf ein klärendes Wort über den Grund ihrer Beunruhigung hoffen zu können; denn daß sie unglücklich war, daran konnte Octave nicht zweifeln.

Ebenso klar war es für ihn, daß der Chevalier de Bonnivet ihnen jede Gelegenheit vereiteln wollte, einander zu sprechen, Gelegenheiten, wie sie der Zufall auf Spaziergängen oder im Salon ergab.

Die Andeutungen, die Octave bisweilen wagte, blieben ohne Echo. Um ihren Schmerz eingestehen und das System vollkommener Zurückhaltung, das sie sich auferlegt hatte, aufgeben zu können, hätte Armance einer heftigen Gemütsbewegung bedurft. Octave war zu jung, und er war selbst zu unglücklich, um diese Entdeckung zu machen und sie zu nutzen.

Der Kommandeur de Soubirane war zum Essen nach Andilly gekommen; am Abend brach ein Gewitter los, und es regnete in Strömen. So forderte man den Kommandeur auf, zu bleiben, und brachte ihn in einem Zimmer gleich neben demjenigen unter, das Octave im zweiten Stock des Schlosses bezogen hatte. An diesem Abend hatte Octave versucht, Armance ein bißchen fröhlicher zu stimmen; er mußte sie lächeln sehen; in ihrem Lächeln hätte er ein Bild der alten Innigkeit gesehen. Seine Heiterkeit mißlang ihm jedoch völlig und mißfiel Armance aufs äußerste. Da sie nicht antwortete, blieb ihm nichts anderes übrig, als seine Worte an Madame d'Aumale zu richten, die bei ihnen war und sich sehr amüsierte, während Armance sich in finsteres Schweigen hüllte.

Octave versuchte es mit einer Frage, die eine längere Antwort verlangt hätte: es kamen zwei kurze, trockene Worte. Voller Verzweiflung darüber, daß er so offensichtlich in Ungnade gefallen war, verließ er den Salon auf der Stelle. Als er im Garten Luft schöpfte, traf er den Jagdaufseher und teilte ihm mit, daß er am nächsten Morgen früh zur Jagd aufbrechen werde.

Madame d'Aumale, die im Salon nur noch ernste Leute erblickte, mit denen zu sprechen ihr lästig war, verschwand kurzentschlossen. Dies zweite Rendezvous schien der unglücklichen Armance nur allzu deutlich. Sie war entrüstet, vor allem über das Doppelspiel Octaves, der ihr noch am selben Abend, als er von einem Raum in den anderen ging, sehr zärtliche Worte gesagt hatte, und sie lief nach oben, um ein Buch zu holen, das sie, wie zuvor das kleine englische

Gedicht, auf Octaves Türknauf legen wollte. Als sie den Flur entlangging, der zum Zimmer ihres Cousins führte, hörte sie aus seinem Zimmer Geräusche; die Tür stand offen, er brachte sein Gewehr in Ordnung. Es gab dort ein winziges Kämmerchen, das als Abstellraum für das dem Kommandeur zugewiesene Zimmer diente, und die Tür dieses Kämmerchens ging auf den Flur hinaus. Unglücklicherweise war sie offen. Octave näherte sich seiner Zimmertür, als Armance nahte, und schien auf den Gang heraustreten zu wollen. Für Armance wäre es sehr unangenehm gewesen, in diesem Moment von Octave angetroffen zu werden. Sie konnte sich gerade noch in die offene Tür werfen, die sich ihr anbot. »Sobald Octave fort ist«, dachte sie, »werde ich das Buch anbringen.« Der Gedanke an das, was sie sich erlaubte und was ein großer Mißgriff war, verwirrte sie so sehr, daß sie zu einer vernünftigen Überlegung kaum mehr imstande war.

Octave verließ tatsächlich sein Zimmer, ging an der offenen Tür des Kämmerchens, in dem Armance sich befand, vorbei, aber nur bis zum Ende des Ganges; er stellte sich an ein Fenster und pfiff zweimal, so wie man ein Zeichen gibt. Da der Jagdaufseher in der Dienststube saß und trank, antwortete er nicht, und Octave blieb am Fenster stehen. Die Gesellschaft befand sich im Salon im Erdgeschoß und die Dienerschaft im Souterrain, und so herrschte in diesem Teil des Schlosses eine so vollkommene Stille, daß Armance, deren Herz heftig schlug, keine Bewegung wagte. Im übrigen konnte die unglückliche Armance nicht übersehen, daß Octave ein Zeichen gegeben hatte, und so wenig es einer Dame entsprach, schien es ihr doch gut möglich, daß Madame d'Aumale es vorgeschlagen haben könnte.

Das Fenster, an dem Octave lehnte, befand sich am oberen Ende der kleinen Treppe, die zum ersten Stock hinunterführte, und es war unmöglich, an ihm vorbeizukommen. Octave pfiff ein drittes Mal, als es gerade elf geschlagen hatte; der Jagdhüter war immer noch mit den Dienstboten in der Stube und antwortete nicht. Gegen halb zwölf ging Octave in sein Zimmer zurück.

Armance, die sich in ihrem ganzen Leben noch nie auf etwas eingelassen hatte, dessentwegen sie hätte erröten müssen, war so verwirrt, daß sie sich außerstande sah, zu gehen. Es war klar, daß Octave irgendein Zeichen gab, auf das jemand antworten würde, und dann würde er wieder herauskommen. Die Schloßuhr schlug Viertel vor zwölf, dann Mitternacht. Die unschickliche Stunde verschlimmerte Armances Gewissensbisse; sie beschloß, die Kammer zu verlassen, in der sie Zuflucht gefunden hatte, und machte sich, als es zwölf geschlagen hatte, auf den Weg. Sie war so verstört, daß sie, die sonst einen leichten Gang hatte, ziemlich viel Lärm machte.

Als sie den Korridor entlangging, sah sie im dunkeln, nahe dem Fenster an der Treppe eine Gestalt, die sich gegen den Himmel abhob, und erkannte alsbald Monsieur de Soubirane. Er wartete dort auf seinen Diener, der ihm eine Kerze brachte, und gerade als Armance regungslos auf die Gestalt des Kommandeurs starrte, den sie soeben erkannt hatte, erschien der Schein der Kerze, der die Treppe heraufkam, an der Decke des Ganges.

Mit etwas Geistesgegenwart hätte Armance versuchen können, sich hinter einem großen Schrank zu verstecken, der in der Ecke des Korridors stand, nahe der Treppe; vielleicht wäre sie gerettet gewesen. Aber vor Schreck erstarrt, blieb sie zwei Sekunden stehen, und als der Diener an der letzten Treppenstufe angekommen war, fiel der volle Lichtschein der Kerze auf sie, und der Kommandeur erkannte sie. Ein unheilvolles Lächeln erschien auf seinen Lippen. Sein Verdacht eines heimlichen Einverständnisses zwischen Octave und Armance hatte sich bestätigt, aber er besaß auch ein Mittel, sie beide für immer ins Verderben zu stürzen. »Saint-Pierre«, sagte er zu seinem Diener, »ist dies da nicht Mademoiselle de Zohiloff?« – »Ja, Monsieur«, sagte der Diener, ganz bestürzt. »Octave geht es hoffentlich besser, Mademoiselle?« sagte der Kommandeur in spöttischem und gemeinem Ton und ging vorbei.

XXVII

Die verzweifelte Armance sah sich zugleich für immer entehrt und von ihrem Liebsten betrogen. Sie setzte sich für einen Moment auf die letzte Treppenstufe. Da kam ihr die Idee, bei der Kammerzofe von Madame de Malivert anzuklopfen. Das Mädchen schlief und antwortete nicht. Madame de Malivert, in der unbestimmten Furcht, daß ihr Sohn etwa krank sei, nahm ihre Nachtlampe und ging selbst die Tür ihres Zimmers öffnen; sie erschrak, als sie Armances Gesicht sah. »Ist Octave etwas zugestoßen?« rief Madame de Malivert aus. »Nichts, Madame, gar nichts ist Octave zugestoßen, es geht ihm gut, ich bin es nur, die unglücklich und verzweifelt ist, weil ich Ihren Schlaf gestört habe. Ich wollte mit Madame Dérien sprechen und nur dann bei Ihnen vorstellig werden, wenn ich erführe, daß Sie noch nicht schliefen.« – »Mein Kleines, du verdoppelst meine Angst, wenn du mich ›Madame‹ nennst. Es muß etwas Außerordentliches vorgefallen sein. Ist Octave krank?« – »Nein, Mama«, sagte Armance und brach in Tränen aus, »nur ich bin es, die verloren ist.«

Madame de Malivert ließ sie in ihr Zimmer eintreten, und sie erzählte, was ihr gerade zugestoßen war, wobei sie nichts verbarg oder verschwieg, nicht einmal ihre Eifersucht. Armances Herz, erschöpft von soviel Mißgeschick, besaß keine Kraft mehr, irgend etwas zu verheimlichen.

Madame de Malivert war entsetzt. Plötzlich rief sie aus: »Wir dürfen keine Zeit verlieren, gib mir meinen Pelzumhang, mein armes Kind, mein liebes Kind«, und sie gab ihr zwei oder drei Küsse mit der ganzen Leidenschaft einer Mutter. »Zünde mir den Leuchter an, und du, du bleibst hier.« Madame de Malivert lief zu ihrem Sohn; die Tür war zum Glück nicht verschlossen; sie tritt leise ein, weckt Octave und erzählt ihm, was geschehen ist. »Mein Bruder kann uns ins Verderben stürzen«, sagte Madame de Malivert, »und allem Anschein nach wird er nichts unversucht lassen. Steh auf, geh in sein Zimmer, sag ihm, daß ich bei dir einen Blutsturz erlitten habe. Oder weißt du etwas Besseres?« – »Ja, Mama: gleich morgen Armance heiraten, wenn dieser Engel mich noch haben will.«

Dies unerwartete Wort erfüllt die innigsten Wünsche von Madame de Malivert, sie küßt ihren Sohn; aber mit Überlegung fügt sie hinzu: »Dein Onkel kann Armance nicht leiden, er könnte alles weitererzählen; er wird versprechen, nichts zu sagen, aber er hat noch seinen Diener, der auf seine Anweisung hin reden kann und den er anschließend entlassen wird, weil er geredet hat. Ich bleibe bei meiner Idee mit dem Blutsturz. Diese Komödie wird uns drei Tage lang auf unangenehme Weise beschäftigen, aber die Ehre deiner Frau ist kostbarer als alles andere. Denk daran, daß du sehr erschrocken tun mußt. Sobald du den Kommandeur in Kenntnis gesetzt hast, geh hinunter in mein Zimmer und teile Armance unseren Einfall mit. Als der Kommandeur sie auf der Treppe traf, war ich in deinem Zimmer, und sie ging Madame Dérien holen.« Octave lief, um seinen Onkel zu benachrichtigen, und traf ihn hellwach an. Der Kommandeur betrachtete ihn mit einem spöttischen Blick, der Octaves Erregung in Zorn verwandelte. Octave verließ Monsieur de Soubirane, um im Flug das Zimmer seiner Mutter zu erreichen: »Ist es möglich«, fragte er Armance, »daß Sie nicht den Chevalier lieben und daß er nicht jener geheimnisvolle Gemahl ist, den Sie vor mir einmal erwähnt haben?« – »Der Chevalier widert mich an. Aber Sie, Octave, lieben Sie nicht Madame d'Aumale?« – »In meinem ganzen Leben werde ich sie nicht wiedersehen und nicht an sie denken«, sagte Octave. »Liebe Armance, haben Sie doch die Güte, mir zu sagen, daß Sie mich als Ehemann akzeptieren. Der Himmel straft mich dafür, daß ich Ihnen meine Jagdpartien verheimlicht habe, ich pfiff dem Jagdaufseher, der mir aber nicht antwortete.« Octaves Beteuerungen besaßen die ganze Hitze, aber nicht das ganze Zartgefühl der wahren Leidenschaft; Armance glaubte zu spüren, daß er nur eine Pflicht erfüllte und an etwas anderes dachte. »Sie lieben mich nicht in diesem Augenblick«, sagte sie zu ihm. – »Ich liebe Sie mit all der Kraft meiner Seele, aber ich bin voller Zorn auf diesen unsäglichen Kommandeur; ein

Schuft, auf dessen Diskretion man sich nicht verlassen kann.« Octave wiederholte sein Werben. »Ist es denn bestimmt Liebe, die da spricht?« sagte Armance zu ihm. »Vielleicht ist es nur Großmut, und Sie lieben Madame d'Aumale? Bisher verabscheuten Sie die Ehe. Dieser plötzliche Sinneswandel kommt mir verdächtig vor.« – »Um Gottes Willen, liebe Armance, verlieren wir keine Zeit, mein ganzes restliches Leben wird dir den Beweis meiner Liebe geben.« Er war so überzeugt von dem, was er sagte, daß er schließlich auch sie überzeugte. Er ging schnell wieder hinauf und fand den Kommandeur bei seiner Mutter, der die Freude über Octaves baldige Heirat die Kraft gab, ihre Rolle gut zu spielen. Dennoch schien der Kommandeur von dem schweren Anfall, den seine Schwester erlitten haben sollte, nicht recht überzeugt zu sein. Er erlaubte sich einen Scherz über Armances nächtliche Streifzüge. »Monsieur, einen gesunden Arm habe ich noch«, schrie Octave, sprang plötzlich auf und stürzte sich auf ihn, »wenn Sie noch ein einziges Wort sagen, werfe ich Sie dort zum Fenster hinaus.« Octaves aufgestauter Zorn ließ den Kommandeur erbleichen, er dachte an die Wahnsinnsanfälle seines Neffen und sah, daß dieser erregt genug war, um ein Verbrechen zu begehen.

In diesem Augenblick kam Armance herein, doch Octave wußte nicht, was er ihr sagen sollte. Er konnte sie nicht einmal liebevoll ansehen, die plötzliche Stille hatte ihn aus der Fassung gebracht. Der Kommandeur wollte, um Haltung zu bewahren, etwas Heiteres sagen, aber Octave fürchtete, er werde Armance verletzen. »Monsieur«, sagte er zu ihm und packte fest seinen Arm, »ich fordere Sie auf, sich auf der Stelle zurückzuziehen.« Da der Kommandeur zögerte, ergriff Octave ihn beim Arm, zog ihn in sein Zimmer, warf ihn dort zu Boden, schloß die Tür ab und steckte den Schlüssel in die Tasche.

Als er zu den Damen zurückkehrte, war er wütend. »Wenn ich diese Krämerseele niedrigster Art nicht umbringe«, rief er aus, als spräche er zu sich selbst, »wird er Schlechtes von meiner Frau sagen. Wehe ihm!«

»Was mich betrifft, ich mag Monsieur de Soubirane«, sagte Armance, die erschrocken war und sah, welchen Schmerz Octave seiner Mutter bereitete. »Ich mag Monsieur de Soubirane, und wenn Sie weiter so wütend sind, könnte ich auf den Gedanken kommen, Sie seien verärgert wegen einer gewissen, etwas eiligen Verlobung, die wir ihm soeben mitgeteilt haben.« – »Das glauben Sie selbst nicht«, unterbrach sie Octave, »dessen bin ich mir sicher. Aber wie immer haben Sie recht. Genaugenommen muß ich diesem Kleingeist Dank erweisen«. Und nach und nach legte sich seine Wut. Madame de Malivert ließ sich in ihr Zimmer tragen, wobei sie die Komödie des Blutsturzes glänzend weiterspielte. Sie schickte nach ihrem Arzt in Paris.

Der Rest der Nacht war bezaubernd. Die fröhliche Stimmung seiner glücklichen Mutter übertrug sich auf Octave und seine Freundin. Die heiteren Worte Madame de Maliverts veranlaßten Armance, die noch immer ganz verwirrt war und ihre Selbstbeherrschung noch nicht wiedergewonnen hatte, Octave zu zeigen, wie lieb er ihr war. Höchst erfreut stellte sie fest, daß er auf den Chevalier de Bonnivet eifersüchtig war. Sie begrüßte diese Regung, weil sie ihr auf so glückliche Weise seine scheinbare Gleichgültigkeit der letzten Tage erklärte. Madame d'Aumale und Madame de Bonnivet, die entgegen Madame de Maliverts Anweisungen geweckt worden waren, kamen noch sehr spät hinzu, und alle gingen schlafen, als der Morgen dämmerte.

XXVIII

Schon früh am anderen Tag fuhr Madame de Malivert nach Paris, um ihrem Gatten Octaves Heirat vorzuschlagen. Er kämpfte einen ganzen Tag. »Es ist keineswegs so, daß ich diesen fatalen Vorschlag nicht seit langem erwarte. Ich würde zu Unrecht so tun, als sei ich überrascht. Mademoiselle de Zohiloff ist nicht ganz ohne Vermögen, das gebe ich zu; ihre russischen Onkel sind gerade zum richtigen Zeitpunkt gestorben. Doch dieses Vermögen übertrifft nicht das, was wir auch anderswo finden könnten, und, was für meinen Sohn die weitreichendsten Folgen haben wird: es ist eine Verbindung ohne Familie. Ich sehe darin nur eine unheilvolle Ähnlichkeit der Charaktere. Octave hat in der Gesellschaft zu wenig verwandtschaftliche Beziehungen, und seine nach innen gekehrte Art verschafft ihm keine Freunde. Er wird, nach seinem Cousin und nach mir, Pair werden, das ist alles, und Sie wissen, meine beste Freundin, daß diese Position in Frankreich gerade so viel wert ist wie der Mann, der sie ausfüllt. Ich gehöre zum alten Eisen, wie diese Frechlinge sagen; ich werde bald abtreten, und mit mir werden alle Verbindungen abreißen, die mein Sohn in der Gesellschaft hat; denn für die Marquise de Bonnivet ist er nur ein Mittel zum Zweck. Man müßte, wenn man Octave verheiraten will, eher nach Stützen in der Gesellschaft als nach Vermögen Ausschau halten. Ich sehe, daß er die besondere Fähigkeit hat, allein zu reüssieren. Meine Erfahrung ist aber, daß diese so besonderen Leute des ständigen Lobes bedürfen, und mein Sohn, weit entfernt davon, denjenigen, von denen Name und Ansehen abhängen, zu schmeicheln, scheint ein boshaftes Vergnügen daran zu finden, sie herauszufordern und vor den Kopf zu stoßen. Auf diese Weise kommt man nicht nach oben. Mit einer zahlreichen Familie von gutem Stand hätte er in der Gesellschaft als ministerwürdig gegolten; so aber wird er von niemandem gepriesen und wird nur ein Original werden.«

Madame de Malivert erhob heftigen Einspruch gegen diese Äußerungen. Sie sah, daß irgend jemand ihren Mann beeinflußt haben mußte.

Er ließ sich nicht beirren. »Ja, meine liebste Freundin, ich würde nicht meine Hand dafür ins Feuer legen, daß Octaves leichtentzündliche Reizbarkeit und seine Leidenschaft für das, was man – seitdem die Jakobiner alles, selbst unsere Sprache, verändert haben – *Prinzipien* nennt, ihn nicht eines Tages in die schlimmste aller Torheiten stürzen werden, in das, was Sie *Opposition* nennen. Der einzige hervorragende Mann, den Ihre ›Opposition‹ besaß, Graf Mirabeau, hat sich am Ende verkauft; das ist ein schlimmer Ausgang, den ich meinem Sohn nicht wünsche.« – »Und den Sie auch nicht zu befürchten haben!« erwiderte Madame de Malivert lebhaft. – »Nein, denn sein Geschick wird sich in einem Abgrund ganz anderer Art vollenden. Diese Heirat wird aus ihm nur einen Bürgerlichen machen, der sich in der tiefsten Provinz in seinem Schloß verkriecht. Sein düsterer Charakter zieht ihn schon allzu sichtbar zu dieser Lebensweise. Unsere liebe Armance hat eine groteske Art, die Dinge zu betrachten; statt daß sie zu ändern suchte, was ich an Octave auszusetzen habe, wird sie seine bürgerlichen Gewohnheiten noch unterstützen, und so werden Sie mit dieser Heirat die Familie ruinieren.« – »Octave ist für die Pairskammer nominiert, er wird dort ein edler Vertreter des jungen Frankreich sein und durch seine Redegewandtheit persönliches Ansehen erwerben.« – »Er wird nicht der einzige sein. All diese jungen Pairs beanspruchen, redegewandt zu sein. Mein Gott, und sie werden in ihrer Kammer wie in ihren Kreisen sein, vollendet höflich, höchst gebildet, und damit Schluß. All diese jungen Vertreter der französischen Jugend werden für Octave schädlich sein, da er eine zumindest originelle Auffassungsgabe hat.«

Madame de Malivert kam sehr spät nach Andilly zurück, aber mit einem reizenden Brief von Monsieur de Malivert an Armance, in dem er für Octave um ihre Hand bat.

Obwohl dieser Tag sie sehr angestrengt hatte, beeilte sich Madame de Malivert, Madame de Bonnivet aufzusuchen, die von dieser Heirat nur durch sie selbst erfahren sollte. Sie zeigte ihr Monsieur de Maliverts Brief an Armance; sie war froh, diese Vorsichtsmaßnahme gegen alle, die versuchen würden, ihren Mann umzustimmen, treffen zu können. Im übrigen war dieser Besuch notwendig, da die Marquise ja gewissermaßen Armances Vormund war. Ihre Funktion verpflichtete sie zum Schweigen. Madame de Malivert war Madame de Bonnivet dankbar für die Freundschaft, die sich in ihren Äußerungen über Octave zeigte, obwohl sie keineswegs den Eindruck machte, diese Heirat innerlich gutzuheißen. Die Marquise versteckte sich hinter großen Lobeshymnen auf den Charakter Mademoiselle de Zohiloffs. Madame de Malivert vergaß ihrerseits nicht, an ihren Vorstoß bei Armance einige Monate zuvor und an die edelmütige Weigerung der jungen Waise zu erinnern, die damals noch mittellos war.

»Oh! Es ist doch nicht nötig, mich auf Armances noble Eigenschaften hinzuweisen, um meine Freundschaft für Octave zu beleben«, sagte die Marquise. »Sie erhält Bedeutung nur durch uns. Diese Standesheiraten sollten nur mit sehr reichen Bankiers geschlossen werden; da ihr Hauptzweck das Geld ist, sind sie dort an der richtigen Adresse, und man erspart sich viele Umstände.«

»Wir gehen einer Zeit entgegen«, erwiderte Madame de Malivert, »wo die Gunst des Hofes – sofern man nicht gewillt ist, sie durch beständige persönliche Bemühungen zu erkaufen – für einen Mann von hoher Geburt, der Pair von Frankreich und sehr reich ist, nur von zweitrangiger Bedeutung ist. Sehen sie zum Beispiel unseren Freund, Mylord N...: er hat enormen Einfluß in seinem Land, weil er elf Mitglieder des House of Commons ernennt, und er trifft nie mit dem König zusammen.«

Auf die gleiche Weise antwortete Madame de Malivert auch auf die Einwände ihres Bruders, der sich viel heftiger widersetzte. Wütend noch wegen der Szene am Vortag und entschlossen, diese Gelegenheit zur Inszenierung eines großen Zornesausbruchs nicht verstreichen zu lassen, wollte er sich nur beruhigen lassen, um sich dadurch seinen Neffen auf ewig zu verpflichten.

Dabei hätte er Octave allein verziehen, denn er mußte ihm wohl oder übel verzeihen, wenn er nicht auf seine Träume vom Reichtum verzichten wollte, die ihn seit einem Jahr fast ausschließlich beschäftigten. Bezüglich der Szene in der letzten Nacht hätte sich seine Eitelkeit im Kreis seiner nächsten Verwandten mit der allseits bekannten Verrücktheit Octaves getröstet, der die Lakaien seiner Mutter aus dem Fenster zu werfen pflegte.

Die Vorstellung aber, Armance könnte Alleinherrscherin über das Herz eines Ehemannes werden, der sie bis zum

Wahnsinn liebte, bewog Monsieur de Soubirane zu der Erklärung, er werde Andilly zeit seines Lebens nicht mehr betreten. Ganz Andilly war darüber entzückt, man nahm ihn gewissermaßen beim Wort, und nach allen möglichen Entschuldigungen und Gesten des Entgegenkommens dachte man nicht mehr an ihn.

Seitdem er durch die Ankunft des Chevalier de Bonnivet, der ihn mit guten Argumenten und gelegentlich auch mit ganzen vorgefertigten Sätzen versorgte, Verstärkung erhalten hatte, war aus seiner Distanz zu Mademoiselle de Zohiloff blanker Haß geworden. Er hatte ihr die Anspielung auf die russische Tapferkeit nicht verziehen, die sich vor den Mauern von Ismailoff gezeigt habe, während die Malteserritter, die *geschworenen* Feinde der Türken, sich auf ihrem Felsen ausgeruht hätten. Dabei hätte der Kommandeur die bissige Bemerkung, die er selbst provoziert hatte, noch vergessen können; doch in Wahrheit lag diesem Zorn gegen Armance das *Geld* zugrunde. Der ein wenig schwächliche Kopf des Kommandeurs war von der Idee, an der Börse reich zu werden, völlig verdreht. Wie bei allen gewöhnlichen Menschen war mit dem Herannahen des fünfzigsten Lebensjahres sein Interesse am Geschehen dieser Welt geschwunden, Langeweile hatte sich breitgemacht; wie es ebenfalls üblich ist, hatte sich der Kommandeur nacheinander als Literat, als politischer Intrigant und als Liebhaber der Oper versucht. Ich weiß nicht, welches Mißverständnis ihn daran hinderte, ein Jesuit in Zivil zu werden.

So war ihm schließlich die Börse als ausgezeichnetes Mittel gegen die übergroße Langeweile erschienen. Um aber an der Börse zu spekulieren, fehlte es ihm an Mitteln und am Kredit. Das Entschädigungsgesetz war da gerade im rechten Augenblick gekommen, und der Kommandeur hatte geschworen, er werde seinen Neffen, der nur ein Philosoph war, leicht lenken können. Er rechnete fest damit, einen großen Teil dessen, was Octave als Anteil an der Entschädigung seiner Mutter erhalten würde, zur Börse zu tragen.

Auf dem Höhepunkt seiner euphorischen Freude über die Millionen war wie ein unüberwindliches Hindernis vor dem Kommandeur Armance aufgetaucht. Ihre Aufnahme in die Familie löste seine Verfügung über seinen Neffen, und damit seine Luftschlösser, für immer in nichts auf. Der Kommandeur verlor in Paris keine Zeit und eilte zur Herzogin C..., der Beschützerin der Familie, zur Herzogin d'Ancre, zu Madame de la Ronze und Madame de Claix, mit denen er ständig zusammen war, und wiegelte sie gegen die Heirat seines Neffen auf. Die Unzulässigkeit dieser Verbindung wurde bald von allen Freunden der Familie bestätigt.

In weniger als acht Tagen war die bevorstehende Heirat des jungen Vicomte überall bekannt, und sie wurde nicht weniger allgemein verurteilt. Alle großen Damen mit heiratsfähigen Töchtern waren empört.

»Madame de Malivert«, sagte die Gräfin de Claix, »ist grausam genug, den armen Octave zur Heirat mit ihrer Gesellschaftsdame zu zwingen; offensichtlich will sie ihr Gehalt sparen. Es ist zum Gotterbarmen.«

Inmitten all dieser Aufregung fühlte sich der Kommandeur in Paris vergessen und starb fast vor Langeweile. Der allgemeine Aufschrei gegen Octaves Heirat konnte genausowenig ewig währen wie alles andere. Man mußte diese allgemeine Empörung nutzen, solange sie noch vorhanden war. Beschlossene Ehen entzweit man jedoch nicht aus der Ferne.

All diese guten Argumente, und mehr noch die Langeweile, bewirkten schließlich, daß man eines schönen Morgens den Kommandeur wieder in Andilly ankommen sah, wo er sein Zimmer bezog und seinen gewohnten Tagesablauf wiederaufnahm, so als ob nichts geschehen wäre.

Man war sehr höflich zu dem Neuankömmling, der es nicht versäumte, sich seiner zukünftigen Nichte gegenüber äußerst aufmerksam und zuvorkommend zu zeigen. »Illusionen gibt es in der Freundschaft ebenso wie in der Liebe«, sagte er zu Armance, »und wenn ich ein gewisses Abkommen zunächst verurteilt habe, so deshalb, weil auch ich Octave leidenschaftlich liebe.«

Armance hätte auf diese höflichen Aufmerksamkeiten hereinfallen können, aber sie verschwendete keinen Gedanken an den Kommandeur; es gab andere Dinge, die sie beunruhigten.

Seitdem seiner Heirat nichts mehr entgegenstand, litt Octave unter Anfällen von Melancholie, die er kaum verbergen konnte. Er täuschte starke Kopfschmerzen vor und ging allein in den Wäldern von Écouen und Senlis spazieren. Er ritt bis zu sieben oder acht Meilen im Galopp. Dies waren für Armance unheilvolle Anzeichen: Sie merkte, daß er ihr manchmal Blicke zuwarf, in denen mehr Mißtrauen als Liebe lag.

Allerdings endeten diese Anfälle finsterer Laune oft in überschwenglichen Liebesbezeigungen und in einer leidenschaftlichen Hingabe, wie sie sie »zur Zeit ihres Glücks« nie an ihm gesehen hatte. Diese Bezeichnung gab sie neuerdings, wenn sie an Méry de Tersan schrieb, der Zeit von der Verwundung Octaves bis zu ihrer fatalen Ungeschicklichkeit, als sie sich in dem Kämmerchen neben dem Zimmer des Kommandeurs verborgen hatte. Seitdem ihre Heirat offiziell war, war es ihr ein Trost, der vertrauten Freundin ihr Herz öffnen zu können. Méry, die in einer sehr zerstrittenen und von immer neuen Intrigen geschüttelten Familie aufgewachsen war, konnte ihr vorzüglich mit guten Ratschlägen helfen.

Auf einem der langen Spaziergänge, die sie mit ihrem Cousin im Schloßgarten unter den Fenstern Madame de Maliverts unternahm, sagte Armance eines Tages zu ihm: »Ihre Traurigkeit hat etwas so Außerordentliches, daß ich, die ich auf der Welt doch allein Sie liebe, erst eine Freundin um Rat fragen mußte, bevor ich mit Ihnen so zu sprechen wage, wie ich es jetzt tun werde. Sie waren glücklicher vor jener schlimmen Nacht, als ich so unvorsichtig war, und ich brauche Ihnen nicht zu sagen, daß mein Glück noch schneller entschwunden ist als das Ihre. Ich mache Ihnen daher einen Vorschlag: Kehren wir zu dem Zustand zurück, in dem wir vollkommen glücklich waren, zu jener sanften Vertrautheit, durch die mein Leben so zauberhaft schön war, von dem Moment an, da ich wußte, daß Sie mich lieben, bis zu jener fatalen Idee der Heirat. Den merkwürdigen Eindruck, den dieser Sinneswandel machen wird, werde ich auf mich nehmen. Ich werde den Leuten sagen, ich hätte ein Gelübde abgelegt, niemals zu heiraten. Man wird diesen Entschluß verurteilen, und er wird die Meinung einiger Freunde über mich beeinträchtigen; was kümmert mich das? Die Meinung anderer ist für ein reiches Mädchen letzten Endes nur dann wichtig, wenn sie ans Heiraten denkt; ich aber werde niemals heiraten.« Als Antwort nahm Octave ihre Hand, und Tränen entströmten seinen Augen. »O mein guter Engel«, sagte er ihr, »wieviel besser sind Sie als ich!« Der Anblick der Tränen bei einem Mann, der solche Schwäche sonst selten zeigt, und die Einfachheit dieser Worte brachten Armances Entschlossenheit ins Wanken.

Schließlich sagte sie zu ihm mit einiger Anstrengung: »Antworten Sie mir, mein Freund, nehmen Sie meinen Vorschlag an, er wird mich wieder glücklich machen. Wir werden auch so unser Leben miteinander verbringen.« Sie sah einen Diener herankommen. »Gleich wird es zum Essen läuten«, setzte sie beunruhigt hinzu, »Ihr Vater wird von Paris kommen, ich werde nicht mehr mit Ihnen sprechen können, und wenn ich nicht mit Ihnen spreche, werde ich noch den ganzen Tag unglücklich und beunruhigt sein, denn ich werde ein wenig an Ihnen zweifeln!« – »Sie – an mir zweifeln!« sagte Octave mit einem Blick, der einen Moment lang alle Ängste von Armance nahm.

Nachdem sie einige Minuten schweigend weitergegangen waren, begann Armance aufs neue: »Nein, Octave, ich zweifle nicht an Ihnen; wenn ich an Ihrer Liebe zweifelte, hoffe ich, daß Gott so gnädig wäre, mich von meinen Qualen zu erlösen; aber schließlich sind Sie doch weniger glücklich, seitdem Ihre Heirat beschlossene Sache ist.« – »Ich werde mit Ihnen sprechen wie mit mir selbst«, sagte Octave mit Ungestüm. »Es gibt Momente, in denen ich viel glücklicher bin, denn ich bin mir endlich sicher, daß nichts auf der Welt uns mehr trennen kann; ich werde Sie jederzeit sehen, jederzeit mit Ihnen sprechen können, nur ...« – und er verfiel in einen dieser Momente finsteren Schweigens, die Armance jedesmal zur Verzweiflung brachten.

Die Befürchtung, die Glocke könne zum Frühstück rufen und sie vielleicht für den Rest des Tages trennen, gab ihr zum zweitenmal den Mut, Octaves düsteres Sinnen zu unterbrechen. »Nur – was, lieber Freund?« fragte sie. »Sagen Sie mir alles, dieses fürchterliche ›nur‹ macht mich hundertmal unglücklicher als alles, was Sie hinzufügen könnten!«

»Nun gut«, sagte Octave und blieb stehen, wandte sich zu ihr hin und sah sie starr an, nicht mehr wie ein Liebender, sondern so, als ob er sehen wollte, was sie denken werde: »Sie werden alles erfahren; der Tod wäre mir nicht so unangenehm, wie der Bericht, den ich Ihnen geben werde, aber ich liebe Sie ja auch mehr als mein Leben. Muß ich Ihnen schwören, nun nicht mehr als der, der Sie liebt« (und in diesem Augenblick waren seine Blicke tatsächlich nicht mehr die eines Liebenden), »sondern als Ehrenmann und so, wie ich es Ihrem Vater schwören würde, hätte die Güte des Himmels ihn uns erhalten – muß ich Ihnen schwören, daß ich allein Sie auf der Welt liebe, wie ich nie jemanden geliebt habe, wie ich nie wieder jemanden lieben werde? Von Ihnen getrennt zu sein, wäre der Tod für mich, und hundertmal schlimmer als der Tod; aber ich habe ein schreckliches Geheimnis, das ich nie einer Menschenseele anvertraut habe; dieses Geheimnis wird Ihnen mein fatales und sonderbares Verhalten erklären.«

Während er diese Worte hervorbrachte, zogen sich Octaves Gesichtszüge zusammen, seine Augen schienen abwesend; es war, als sähe er Armance nicht mehr; seine Lippen zuckten. Armance, die noch unglücklicher war als er, lehnte sich an den Kasten eines Orangenbaumes; sie fuhr zusammen, als sie den fatalen Orangenbaum erkannte, neben dem sie in Ohnmacht gefallen war, als Octave nach jener im Wald verbrachten Nacht in so harten Worten zu ihr sprach. Octave stand gerade vor ihr, wie von Entsetzen gepackt, und wagte nicht weiterzusprechen. Seine angsterfüllten Augen blickten starr vor sich hin, als sähe er ein Ungeheuer vor sich.

»Lieber Freund«, sagte Armance, »ich war viel unglücklicher, als Sie an diesem Orangenbaum vor einigen Monaten so grausam zu mir sprachen; damals zweifelte ich an Ihrer Liebe. – Was sage ich?« fuhr sie leidenschaftlich fort, »an jenem schlimmen Tag hatte ich die Gewißheit, daß Sie mich nicht liebten. Ach, mein Freund, um wieviel glücklicher bin ich doch heute!«

Die Aufrichtigkeit, mit der Armance die letzten Worte aussprach, schien den scharfen, bösen Schmerz zu lindern, von dem Octave in diesem Augenblick gepackt wurde. Armance vergaß ihre gewohnte Zurückhaltung, drückte ihm leidenschaftlich die Hand und drängte ihn, weiterzusprechen; ihr Gesicht war dem Octaves einen Moment lang so nah, daß er die Wärme ihres Atems spürte. Diese Empfindung löste seine Spannung; es wurde ihm leicht zu sprechen.

»Ja, liebe Freundin«, sagte er zu ihr und sah sie endlich an, »ich bete dich an, und du zweifelst nicht an meiner Liebe; nur, was für ein Mann ist es, der dich anbetet? Ein Ungeheuer!«

Bei diesen Worten schien die Rührung von Octave abzufallen; er wurde plötzlich wütend, entwand sich den Armen Armances, die vergeblich versuchte, ihn zurückzuhalten, und ergriff die Flucht. Armance blieb wie angewurzelt stehen. Im selben Augenblick läutete die Glocke zum Frühstück. Mehr tot als lebendig, brauchte Armance sich Madame de Bonnivet nur zu zeigen, damit diese ihr die Erlaubnis gab, nicht bei Tisch zu erscheinen. Bald darauf kam Octaves Diener, um zu melden, ein wichtiges Geschäft habe seinen Herrn veranlaßt, im Galopp nach Paris aufzubrechen.

Das Frühstück verlief schweigsam und kühl; der einzige, der sich wohl fühlte, war der Kommandeur. Nach der ersten Überraschung über die Abwesenheit beider junger Leute entdeckte er Tränen der Sorge in den Augen seiner Schwester; das verschaffte ihm einen Moment der Freude. Er nahm an, daß das Heiratsprojekt nicht mehr allzu gut vorankomme; »man hat schon weiter gediehene Verlobungen aufgelöst«, sagte er bei sich, und seine Besessenheit von diesem einen Gedanken hinderte ihn daran, gegen Madame d'Aumale und Madame de Bonnivet besonders liebenswürdig zu sein. Die Ankunft des Marquis, der trotz der Nachwirkungen eines Gichtanfalls aus Paris angereist war und sich erbost zeigte, weil er Octave, den er doch von seiner Reise in Kenntnis gesetzt hatte, nicht antraf, steigerte die Freude des Kommandeurs. »Jetzt ist der Moment«, dachte er, »um die Stimme der Vernunft laut werden zu lassen.« Kaum war das Essen abgetragen, begaben sich Madame d'Aumale und Madame de Bonnivet auf ihre Zimmer; Madame de Malivert ging zu Armance, und der Kommandeur zeigte sich angeregt, das heißt glücklich, während der nun folgenden fünf Viertelstunden, die er auf den Versuch verwandte, die Entscheidung seines Schwagers bezüglich der Heirat Octaves ins Wanken zu bringen.

Alles, was der alte Marquis darauf antwortete, zeugte von großer Redlichkeit. »Die Entschädigung gehört Ihrer Schwester«, sagte er; »was mich betrifft, so bin ich nur ein Bettler. Erst diese Entschädigung hat uns in den Stand gesetzt, an eine Verheiratung Octaves zu denken; Ihre Schwester wünscht, glaube ich, noch mehr als er diese Heirat mit Armance, die ja im übrigen nicht ganz ohne Vermögen ist; in all diesen Dingen kann ich als Ehrenmann nur meinen Rat geben; ich kann nicht meine Autorität in die Waagschale werfen; es würde den Eindruck erwecken, als wollte ich meine Frau um den Genuß bringen, ihr Leben mit ihrer vertrauten Freundin zu verbringen.«

Madame de Malivert hatte Armance höchst aufgeregt, aber wenig mitteilsam angetroffen. Aus Freundschaft sprach Armance schließlich doch; sie sagte etwas ziemlich Vages von irgendeinem kleinen Streit, wie er bisweilen selbst bei Leuten vorkommt, die sich sehr lieben. »Ich bin sicher, daß Octave im Unrecht ist«, sagte Madame de Malivert, indem sie aufstand, »sonst würdest du mir alles sagen«; und sie ließ

Armance allein. Damit erwies sie ihr einen großen Dienst. Armance war bald überzeugt, Octave müsse irgendein großes Verbrechen begangen haben, dessen unheilvolle Konsequenzen er sich wohl zu lebhaft ausmale, doch er wolle als Ehrenmann nicht erlauben, daß sie ihr Schicksal an das eines eventuellen Mörders binde, ohne ihr vorher die ganze Wahrheit gesagt zu haben.

Wird man mir glauben, wenn ich sage, daß diese Erklärung für Octaves merkwürdiges Verhalten seine Cousine beinahe beruhigte? Sie ging in den Garten hinunter, wobei sie ein wenig hoffte, ihn zu treffen. Jetzt fühlte sie sich ganz geheilt von ihrer tiefen Eifersucht, deren Ursache Madame d'Aumale gewesen war; allerdings gestand sie sich den Grund ihrer Rührung und des Glücks, das sie empfand, nicht ein. Sie empfand ein lebhaftes, überaus zärtliches und großmütiges Mitleid. »Wenn wir Frankreich verlassen und ein fernes Exil aufsuchen müssen, und wäre es auch in Amerika – nun gut, so werden wir dorthin gehen«, sagte sie sich freudig, »und je früher, desto besser.« Und ihre Phantasie verlor sich in Bildern völliger Abgeschiedenheit und einsamer Inseln, die zu romanhaft – und vor allem durch die Romane zu abgenutzt – sind, als daß wir sie hier wiedergeben wollen. Octave kam weder an diesem noch am nächsten Tag; erst am Abend des zweiten Tages erhielt Armance einen Brief, der aus Paris kam. Nie war sie glücklicher gewesen. Aus dem Brief sprach die heftigste und rückhaltloseste Leidenschaft. »Ach«, sagte sie sich, »wäre er hier gewesen, als er diesen Brief schrieb, er hätte mir alles gestanden.« Octave gab ihr zu verstehen, er werde in Paris durch die Scheu, ihr sein Geheimnis zu offenbaren, zurückgehalten. »Ich habe nicht jederzeit den Mut«, fügte er hinzu, »dieses fatale Wort zu sagen, nicht einmal Ihnen, denn es könnte die Gefühle mindern, die Sie mir freundlicherweise entgegenbringen und die mir alles bedeuten. Drängen Sie mich in dieser Sache nicht, liebste Freundin.« Armance beeilte sich, ihm durch den Diener, der wartete, zu antworten. »Ihr größtes Verbrechen«, schrieb sie ihm, »ist es, nicht hier zu sein«, und ihre Überraschung war ebensogroß wie ihre Freude, als sie eine halbe Stunde darauf Octave, der die Antwort in Labarre, nicht weit von Andilly, abgewartet hatte, ankommen sah.

Die nun folgenden Tage waren restlos glücklich. In ihrer Leidenschaft verstieg Armance sich zu so merkwürdigen Vorstellungen, daß sie sich bald daran gewöhnt hatte, einen Mörder zu lieben. So groß, glaubte sie, müsse das Verbrechen, das Octave ihr nicht gestehen wollte, mindestens sein. Ihr Cousin konnte sich zu gut ausdrücken, als daß er unabsichtlich übertrieben hätte, und hatte er nicht selbst gesagt: »Ich bin ein Ungeheuer«?

In dem ersten Liebesbrief, den sie ihm je geschrieben hatte, hatte sie versprochen, ihm nie Fragen zu stellen, und dieser Schwur war ihr heilig. Octaves Antwortbrief hütete sie wie einen Schatz; sie hatte ihn wohl zwanzigmal wiedergelesen; sie gewöhnte sich an, dem Mann, der ihr Gemahl werden sollte, jeden Abend zu schreiben; und da sie sich geniert hätte, seinen Namen gegenüber der Kammerzofe zu nennen, versteckte sie den ersten Brief in dem Kasten des Orangenbaumes, den Octave gut kennen mußte.

Sie sagte es ihm eines Morgens, als sie sich zu Tisch setzten. Er verschwand unter dem Vorwand, er habe eine Anweisung zu geben, und Armance freute sich über alle Maßen, als er eine Viertelstunde später zurückkam und sie in seinen Augen höchstes Glück und größte Dankbarkeit lesen konnte.

Einige Tage später traute sich Armance, ihm zu schreiben: »Ich halte Sie eines großen Verbrechens für schuldig; Sie werden Ihr ganzes Leben daran wenden, es wiedergutzumachen, wenn es reparabel ist; aber seltsamerweise bin ich Ihnen vielleicht noch zärtlicher verbunden als vor diesem Geständnis.

Ich fühle, wieviel das Geständnis Sie gekostet haben muß, es ist das erste große Opfer, das Sie mir je gebracht haben, und, was soll ich Ihnen sagen, erst seit jenem Augenblick bin ich von einem unschönen Gefühl befreit, das ich Ihnen fast auch nicht zu gestehen gewagt hätte. Ich stelle mich auf das Schlimmste ein. Daher, glaube ich, sind Sie mir eine genauere Erklärung erst nach einer gewissen Zeremonie schuldig. Ich werde Sie nicht der Täuschung zeihen, das versichere ich Ihnen. Gott verzeiht dem Reuigen, und Sie haben Ihre Verfehlung übertrieben, dessen bin ich mir gewiß. Und sollte sie auch noch so groß sein: Ich, die ich Ihre Ängste miterlebt habe, verzeihe Ihnen. Legen Sie mir heute in einem Jahr ein vollständiges Geständnis ab, vielleicht flöße ich Ihnen dann weniger Angst ein ... Ich kann Ihnen eines allerdings nicht versprechen: Sie noch mehr zu lieben.«

Mehrere Briefe in diesem Ton engelsgleicher Güte hatten Octave beinahe so weit gebracht, seiner Freundin schriftlich das Geheimnis mitzuteilen, wie er es ihr schuldig war: Aber Scham und Hemmungen, einen solchen Brief zu schreiben, hielten ihn noch zurück.

Er fuhr nach Paris, um Monsieur Dolier zu besuchen, jenen Verwandten, der ihm als Sekundant gedient hatte. Er wußte, daß Dolier ein Mann von höchsten Ehrbegriffen war, geradeaus dachte und gar nicht Verstand genug besaß, um mit der Pflicht zu handeln oder sich Illusionen zu machen. Octave fragte ihn, ob er Mademosielle de Zohiloff unbedingt jenes fatale Geheimnis verraten müsse, das er ihrem Vater oder Vormund vor der Hochzeit ohne Zögern bekannt hätte. Er ging so weit, Dolier die oben angeführte Stelle aus Armances Brief zu zeigen.

»Es führt kein Weg daran vorbei, Sie müssen es sagen«, sprach der tapfere Offizier, »es ist Ihre unumgängliche Pflicht. Sie dürfen nicht im voraus mit der Großzügigkeit Mademoiselle de Zohiloffs rechnen. Es wäre Ihrer unwürdig, irgend jemanden zu täuschen, und es wäre erst recht unter der Würde des vornehmen Octave, ein armes Waisenkind zu täuschen, das außer ihm vielleicht keinen einzigen Freund unter den männlichen Mitgliedern der Familie hat.«

Octave hatte sich all dies schon tausendmal gesagt, aber es gewann ein ganz anderes Gewicht, als er es aus dem Mund eines ehrenhaften und charakterfesten Mannes vernahm.

Octave glaubte die Stimme des Schicksals zu hören.

Er verließ Dolier und schwor sich, den schicksalhaften Brief im ersten Café zu schreiben, das er, aus dem Haus seines

Verwandten tretend, rechter Hand finden würde; er hielt Wort. Er schrieb einen Brief von zehn Zeilen und adressierte ihn an Mademoiselle de Zohiloff, Schloß ***, bei Andilly.

Beim Verlassen des Cafés hielt er nach einem Briefkasten Ausschau, der Zufall wollte es, daß er keinen sah. Bald überzeugte ihn ein Rest des schmerzlichen Gefühls, um dessentwillen er sein Geständnis so lange aufgeschoben hatte, davon, daß ein Brief von dieser Wichtigkeit nicht der Post anvertraut werden dürfe und daß es besser sei, ihn persönlich in den Orangenbaumkasten im Garten von Andilly zu stecken. Es kam Octave nicht in den Sinn, in der Idee dieser Verzögerung ein letztes Aufleben der fast schon besiegten Leidenschaft zu sehen.

Am wichtigsten war es jetzt, nicht einen Millimeter jenem Widerwillen nachzugeben, den er mit Doliers Hilfe gerade überwunden hatte. Er bestieg sein Pferd, um seinen Brief nach Andilly zu bringen.

Seit dem Morgen, an dem der Kommandeur den Eindruck gewonnen hatte, zwischen den Liebenden könne es irgendeine Mißstimmung geben, war die angeborene Unbeständigkeit seines Charakters einem ziemlich beständigen Willen gewichen, Schaden anzurichten.

Zu seinem Vertrauten hatte er sich den Chevalier de Bonnivet gewählt. Die gesamte Zeit, die der Kommandeur bis vor kurzem noch damit zugebracht hatte, von Börsenspekulationen zu träumen und Zahlen in ein Heft zu schreiben, verwendete er nun darauf, Mittel und Wege zu finden, um die Heirat seines Neffen zu verhindern.

Zunächst waren seine Pläne nicht sehr vernünftig, und so brachte der Chevalier de Bonnivet Ordnung in seine Angriffsmethoden. Er riet ihm, Armance beschatten zu lassen, und mit Hilfe einiger Louisdors machte der Kommandeur alle Bediensteten des Hauses zu Spitzeln. Sie berichteten ihm, daß Octave und Armance sich Briefe schrieben und sie im Innern eines Orangenbaumkastens mit der und der Nummer versteckten.

Ein solcher Leichtsinn war dem Chevalier de Bonnivet unbegreiflich; er ließ den Kommandeur darüber brüten. Als er nach acht Tagen sah, daß dem Kommandeur nichts eingefallen war außer der naheliegenden Idee, die Liebeserklärungen der beiden Liebenden zu lesen, erinnerte er ihn geschickt daran, daß er unter zwanzig verschiedenen Liebhabereien sechs Monate lang auch die des Sammelns von Autographen betrieben habe; der Kommandeur hatte damals einen sehr fähigen Kopisten beschäftigt. Der Gedanke ging durch seinen Kopf, bewirkte aber nichts. Und dabei war er dort einem so glühenden Haß benachbart!

Der Chevalier fragte sich, ob es überhaupt Sinn habe, sich mit einem solchen Mann einzulassen. Die Dumpfheit seines Verbündeten nahm ihm allen Mut. Außerdem wäre der Kommandeur imstande gewesen, beim ersten Mißerfolg alles zu verraten. Zum Glück erinnerte sich der Chevalier eines trivialen Romans, dessen bösartiger Held die Handschrift der Liebenden nachahmt und falsche Briefe herstellt. Der Kommandeur las kaum etwas, aber er hatte einmal eine Vorliebe für schöne Einbände gehabt. Der Chevalier entschloß sich zu einem letzten Versuch; wenn dieser nicht gelingen sollte, würde er den Kommandeur der ganzen Dürftigkeit seiner geistigen Anlagen überlassen. Ein Buchbinder aus der Werkstatt von Thouvenin arbeitete für eine fürstliche Bezahlung Tag und Nacht und versah den Roman, in dem von der Kunst des Briefefälschens Gebrauch gemacht wurde, mit einem prächtigen Einband. Der Chevalier nahm das herrliche Buch, brachte es nach Andilly und beschmutzte die Seite, auf der das Vertauschen der Briefe beschrieben wurde, mit einem Kaffeefleck.

»Ich bin ganz verzweifelt«, sagte er eines Morgens zum Kommandeur, »Madame de ***, die, wie Sie wissen, in ihre Bücher vernarrt ist, hat diesen erbärmlichen Roman wunderbar einbinden lassen. Ich war so dumm, ihn auszuleihen und eine Seite zu beschmutzen. Sie haben doch für alles und jedes ein Geheimnis, wie man's macht; könnten Sie mir nicht eine Methode nennen, wie man eine neue Seite *herstellt*?« Nachdem der Chevalier lange gesprochen und die Worte verwendet hatte, die der Idee, die er suggerieren wollte, *am nächsten* lagen, ließ er das Buch im Zimmer des Kommandeurs zurück.

Er sprach es gewiß zehnmal an, bevor dem Kommandeur der Einfall kam, die beiden Liebenden mit Hilfe gefälschter Briefe auseinanderzubringen. Er war so stolz auf diese Idee, daß er ihre Bedeutung zunächst gar nicht hoch genug einschätzen konnte; in diesem Sinne sprach er mit dem Chevalier, der ein so unmoralisches Mittel mit Abscheu von sich wies und am selben Abend nach Paris abreiste. Zwei Tage später kam der Kommandeur im Gespräch mit ihm auf seine Idee zurück. »Einen Brief fälschen ist etwas Abscheuliches«, rief der Chevalier aus. »Lieben Sie Ihren Neffen mit hinreichender Zärtlichkeit, daß *der Zweck das Mittel heiligen könnte*?«

Aber der Leser ist all dieser trüben Details vielleicht ebenso müde wie wir; Details, in denen man die vergifteten Produkte der jungen Generation mit der Oberflächlichkeit der alten im Wettstreit sieht.

Der Kommandeur, der die reine Tugend des Chevalier immer etwas mitleidig betrachtete, machte diesem klar, daß in einem so gut wie aussichtslosen Fall Untätigkeit das sicherste Mittel zu verlieren sei.

Ohne langes Zieren nahm Monsieur de Soubirane vom Kamin seiner Schwester mehrere Proben von Armances Schrift und erhielt von seinem Kopisten mühelos Nachahmungen, die nur schwer vom Original zu unterscheiden waren. Für den Fall der Auflösung von Octaves Verlobung erwog er im Geiste bereits detaillierte Möglichkeiten, was die Intrigen des kommenden Winters, die Ablenkungen auf den Bällen und die günstigen Partien betraf, die er der Familie vorschlagen würde. Der Chevalier de Bonnivet bewunderte diesen Charakter. »Warum ist ein solcher Mann nicht Minister?« dachte er, »die höchsten Würden wären mein. Aber mit dieser verdammten Verfassung, den öffentlichen Debatten und der Pressefreiheit wird so einer nie Minister, welcher hohen Abstammung er sich auch rühmen mag.« Schließlich, nachdem der Chevalier zwei Wochen geduldig gewartet hatte, kam dem Kommandeur die Idee, einen Brief Armances an Méry de Tersan, ihre enge Freundin, zu entwerfen. Der Chevalier war zum zweitenmal nahe daran aufzugeben. Monsieur de Soubirane verbrachte zwei Tage damit, das Muster eines Briefes zu entwerfen, geistsprühend und voller feinsinniger Gedanken – eine Reminiszenz an jene Briefe, die er 1789 geschrieben hatte.

»Unser Jahrhundert ist nüchterner«, sagte der Chevalier zu ihm, »seien Sie eher pedantisch, schwerfällig, langweilig ... Ihr Brief ist reizend, der Chevalier de Laclos[64] hätte ihn nicht verworfen, aber heute kann er niemanden mehr täuschen.« – »Heute, immer ist nur vom Heute die Rede!« entgegnete der Kommandeur. »Ihr Laclos war nur ein Laffe. Ich weiß nicht, warum ihr jungen Leute euch an ihm ein Vorbild nehmt. Seine Personen schreiben wie Perückenmacher, etc., etc.«

Den Chevalier entzückte dieser Haß des Kommandeurs auf de Laclos; standhaft verteidigte er den Autor der »Gefährlichen Liebschaften«, wurde vernichtend geschlagen und erhielt endlich den Entwurf eines nicht mehr so überschwenglichen und deutsch-romantischen, sondern annähernd vernünftigen Briefes. Der nach so stürmischer Diskussion verabschiedete Entwurf wurde vom Kommandeur an seinen Handschriftenkopisten übergeben, der, im Glauben, es handele sich um galante Zwecke, nur soviel Widerstand entgegensetzte, wie zu einer guten Bezahlung nötig war, und die Schrift von Mademoiselle de Zohiloff täuschend ähnlich nachahmte. Es sah aus, als habe Armance an ihre Freundin Méry de Tersan einen langen Brief über ihre bevorstehende Hochzeit mit Octave geschrieben.

Als Octave mit dem Brief, den er auf Monsieur Doliers Rat hin geschrieben hatte, in Andilly ankam, hatte er nur einen Gedanken: Er wollte erreichen, daß Armance seinen Brief erst am Abend, nachdem sie sich verabschiedet haben würden, läse. Octave wollte am anderen Morgen in aller Frühe aufbrechen, er war sich sicher, daß Armance ihm antworten würde. Auf diese Weise hoffte er, die Verlegenheit des ersten

Zusammentreffens nach seinem Geständnis ein wenig zu vermindern. Octave hatte sich nur deshalb dazu entschlossen, weil er in Armances Denkweise einigen Heroismus spürte. Seit langer Zeit hatte er in ihrem Leben keine Viertelstunde entdecken können, die nicht durch das Glück oder den Kummer, der von ihrer gemeinsamen jeweiligen Stimmung ausging, bestimmt gewesen wäre. Octave zweifelte nicht daran, daß sie ihn äußerst leidenschaftlich liebte. In Andilly angekommen, sprang er vom Pferd, lief in den Garten und fand – als er seinen Brief unter einigen Blättern im Kasten des Orangenbaums versteckte – einen Brief von Armance.

XXX

Er begab sich rasch in eine Lindenallee, um ihn ungestört lesen zu können. Schon den ersten Zeilen entnahm er, daß dieser Brief an Mademoiselle Méry de Tersan gerichtet war (es war der vom Kommandeur verfaßte Brief). Doch die ersten Zeilen hatten ihn so sehr beunruhigt, daß er weiterlas:

> Ich weiß nicht, was ich auf Deine Vorwürfe entgegnen soll. Du hast recht, meine gute Freundin, ich muß verrückt sein, mich zu beklagen. Diese Vereinbarung ist in jeder Beziehung viel mehr, als ein armes, über Nacht reich gewordenes Mädchen – ohne Familie, die es verheiraten oder beschützen könnte – erwarten dürfte. Er ist geistreich und höchst tugendhaft; vielleicht zu sehr für mich. Soll ich es Dir verraten? Die Zeiten haben sich sehr geändert; was mich vor einigen Monaten noch überglücklich gemacht hätte, ist mir nur noch eine Pflicht; sollte der Himmel mir die Fähigkeit beständiger Liebe versagt haben? Ich schließe ein Heiratsabkommen, das, wie ich mir ständig sage, vernünftig und vorteilhaft ist, aber mein Herz empfindet nicht mehr die süßen Regungen, die mir der Anblick des vollkommensten Mannes, den es in meinen Augen auf Erden gab, des einzigen, der es wert war, geliebt zu werden, eingab. Heute

sehe ich, daß seine Stimmung wechselhaft ist, oder vielmehr – warum ihn anklagen –: *er* hat sich nicht verändert; all mein Unglück rührt daher, daß *mein* Herz unbeständig ist. Ich werde eine in jeder Hinsicht vorteilhafte und ehrenvolle Ehe schließen; aber, liebe Méry, ich erröte, es Dir zu gestehen: Ich heirate nicht mehr den, den ich über alles liebte. Ich finde ihn ernst und bisweilen wenig amüsant, und mit ihm soll ich mein ganzes Leben verbringen! Vermutlich in irgendeinem einsamen Schloß im hintersten Winkel einer Provinz, wo wir den gegenseitigen Unterricht[65] und die Impfung propagieren werden. Es kann sein, liebe Freundin, daß ich Madame de Bonnivets Salon vermissen werde; wer hätte das vor sechs Monaten zu behaupten gewagt? Diese merkwürdige Flatterhaftigkeit meines Charakters ist es, die mich am meisten bekümmert. Ist Octave denn nicht der bemerkenswerteste junge Mann, dem wir in diesem Winter begegnet sind? Aber ich habe eine so traurige Jugend gehabt! Ich wünschte mir einen amüsanten Ehemann. Übermorgen *erlaubt man mir*, nach Paris zu fahren; um elf Uhr werde ich vor Deiner Tür stehen.

Octave war starr vor Entsetzen. Dann erwachte er plötzlich wie aus einem Traum und lief, um den Brief zurückzuholen, den er gerade in dem Orangenbaumkübel deponiert hatte; er zerriß ihn voller Wut und steckte die Fetzen in die Tasche.

»Um für mein schreckliches Geheimnis Nachsicht erlangen zu können«, sagte er sich kaltblütig, »hätte ich der wahnsinnigsten und tiefsten Leidenschaft bedurft. Gegen jede Vernunft, gegen alles, was ich mir immer geschworen hatte, glaubte ich jemanden gefunden zu haben, der weit über dem Rest der Menschheit steht. Um eine solche Ausnahme zu verdienen, hätte ich liebenswürdig und heiter sein müssen, und genau das bin ich nicht. Ich habe mich getäuscht; mir bleibt nur der Tod.

Das Geständnis nicht abzulegen wäre zweifellos ein Verstoß gegen die Ehre, falls ich Mademoiselle de Zohiloffs

Schicksal für immer mit dem meinen verbände. Aber ich kann sie ja in einem Monat freigeben. Sie wird eine junge, reiche, überaus schöne Witwe sein, und man wird sie sicher sehr begehren; mit dem Namen de Malivert wird sie eher einen *›amüsanten‹ Ehemann* finden, als mit dem noch recht unbekannten de Zohiloff.«

Mit diesen Gedanken trat Octave bei seiner Mutter ein, wo er Armance antraf, die eben von ihm sprach und an seine bevorstehende Rückkehr dachte; sie war bald ebenso bleich und fast ebenso unglücklich wie er, und dabei hatte er seiner Mutter gerade gesagt, er ertrage den Aufschub nicht, der seine Heirat verzögere. »Es gibt viele, die mein Glück trüben wollen«, hatte er hinzugefügt, »dessen bin ich ganz sicher. Wozu brauchen wir so viele Vorbereitungen? Armance ist reicher als ich, und es ist kaum wahrscheinlich, daß sie je Mangel an Kleidern oder Schmuck erleiden wird. Ich wage zu hoffen, daß sie noch vor Ende des zweiten Jahres unserer Verbindung heiter und glücklich sein, daß sie alle Vergnügungen, die Paris bietet, genießen und es niemals bereuen wird, diesen Schritt getan zu haben. Ich denke, sie wird niemals in irgendeinem alten Schloß auf dem Land eingekerkert sein.«

Im Klang von Octaves Worten lag etwas so Befremdliches, etwas, das mit dem Wunsch, den sie ausdrücken sollten, so wenig übereinstimmte, daß Madame de Malivert und Armance fast zur gleichen Zeit fühlten, wie ihre Augen sich mit Tränen füllten. Armance hatte kaum die Kraft zu antworten: *»Ach, lieber Freund, wie grausam Sie sind!«*

Äußerst unzufrieden darüber, daß er nicht imstande war, Glück vorzutäuschen, verließ Octave abrupt den Raum. Der Entschluß, seiner Ehe durch den Tod ein Ende zu machen, gab seinem Gebaren etwas Schroffes und Grausames.

Nachdem sie gemeinsam mit Armance die Verrücktheit ihres Sohnes, wie sie es nannte, beweint hatte, schloß Madame de Malivert, die Einsamkeit sei einem von Natur aus düsteren Charakter nicht zuträglich. »Liebst du ihn noch immer, trotz dieses Fehlers, unter dem er selbst am meisten zu leiden hat?« fragte Madame de Malivert. »Befrage dein Herz, mein Kind, ich will nicht, daß du unglücklich wirst; noch kann man alles aufhalten.« –»Ach, Mutter, ich glaube, ich liebe ihn noch mehr, seitdem ich ihn nicht mehr für so vollkommen halte.« – »Also gut, meine Kleine, ich werde dafür sorgen, daß deine Hochzeit in acht Tagen stattfindet. Bis dahin sei nachsichtig mit ihm, denn er liebt dich, daran kannst du nicht zweifeln. Du weißt, welch hohe Vorstellungen er von den Pflichten gegenüber seinen Verwandten hat, und doch hast du seinen Zorn erlebt, als er glaubte, daß du zur Zielscheibe der Verleumdungen meines Bruders geworden bist. Sei sanft und gut mit ihm, mein Kind, mit ihm, den ein seltsames Vorurteil gegen die Ehe unglücklich macht.« Armance, der diese aufs Geratewohl hingeworfenen Worte voller Wahrheit schienen, verdoppelte ihre Aufmerksamkeit und zärtliche Ergebenheit gegenüber Octave.

Am nächsten Morgen fuhr Octave in aller Frühe nach Paris und gab eine beträchtliche Summe – fast zwei Drittel dessen, worüber er verfügen konnte –, für kostbare Juwelen aus, die er zu den Brautgeschenken legen ließ.

Er ging zum Notar seines Vaters und ließ dem Heiratsvertrag einige Bestimmungen anfügen, die für seine zukünftige Ehefrau äußerst günstig waren und ihr im Falle, daß sie Witwe würde, die glänzendste Unabhängigkeit sicherten.

Mit Vorkehrungen dieser Art füllte Octave die zehn Tage aus, die von der Entdeckung des angeblich von Armance stammenden Briefes bis zu seiner Hochzeit verstrichen. Diese Tage waren für Octave ruhiger, als er zu hoffen gewagt hatte. Was zarten Gemütern ihr Unglück so grausam werden läßt, ist immer nur der kleine Hoffnungsfunke, der bisweilen nachglimmt.

Octave dagegen besaß keine Hoffnung mehr. Sein Entschluß war gefaßt, und für einen festen Charakter macht der Entschluß, wie hart er auch sein mag, das Nachdenken über sein weiteres Schicksal unnötig; er erfordert nichts als den Mut, ihn wie geplant auszuführen, und das ist nicht viel.

Was Octave am meisten bewegte, sobald ihn die notwendigen Vorbereitungen und Besorgungen aller Art sich selbst überließen, war die große Verwunderung darüber, daß Mademoiselle de Zohiloff ihm nichts mehr bedeuten sollte. Er war so sehr daran gewöhnt, seine Liebe und ihre vertraute Verbindung für ewig zu halten, daß er immer wieder vergaß, daß alles sich geändert hatte; er konnte sich kein Leben ohne Armance vorstellen. Fast jeden Morgen mußte er sich beim Aufwachen sein Unglück in Erinnerung rufen. Dies war ein schmerzlicher Augenblick. Doch sogleich kam der Gedanke an den Tod, der ihn tröstete und wieder beruhigte.

Dennoch ließ ihn gegen Ende dieses zehntägigen Intervalls Armances extreme Zärtlichkeit für Momente schwach werden. Auf ihren einsamen Spaziergängen erlaubte sich Armance, die sich durch ihre nahe Heirat dazu autorisiert glaubte, ein oder zweimal, Octaves Hand, die sehr schön war, zu nehmen und an ihre Lippen zu führen. Diese Zunahme der Zärtlichkeit bemerkte Octave sehr wohl, und er war gegen seinen Willen dafür außerordentlich empfänglich. Der Schmerz, den er überwunden zu haben glaubte, wurde dadurch wieder scharf und stechend.

Er stellte sich vor, wie ihre Liebkosungen ausgefallen wären, wenn die, von der sie kamen, ihn wahrhaftig liebte, wenn sie von derselben Armance kämen, die sie, nach ihrem eigenen Geständnis in dem fatalen Brief an Méry de Tersan, noch vor zwei Monaten gewesen war. »Und wegen meiner mangelnden Liebenswürdigkeit und Fröhlichkeit hat sie aufgehört, mich zu lieben«, sagte sich Octave bitter. »Weh mir! Ich hätte lernen sollen, wie man sich mit Erfolg in der vornehmen Welt bewegt, anstatt mich so vielen unnützen Wissenschaften zu widmen! Was haben sie mir gebracht? Was haben meine Erfolge bei Madame d'Aumale mir gebracht? Sie hätte mich geliebt, wenn ich es nur gewollt hätte. Ich bin nicht dazu geschaffen, der zu gefallen, die ich hochachte. Anscheinend macht eine fatale Schüchternheit mich traurig und wenig liebenswert, wo ich leidenschaftlich zu gefallen begehre.

Armance hat mir immer Angst eingeflößt. Ich trat ihr nie gegenüber, ohne zu fühlen, daß ich vor der Herrin meines Schicksals erschien. Ich hätte aus der Erfahrung und aus dem, was ich in der Gesellschaft vorgehen sah, mir eine richtigere Vorstellung von dem Eindruck bilden sollen, den ein liebenswürdiger Mann zu erwecken sucht, wenn er ein junges Mädchen von zwanzig Jahren interessieren will.

Doch all dies ist jetzt müßig«, sagte Octave und unterbrach sich, traurig lächelnd: »Mein Leben ist zu Ende: ›Vixi et quem dederat cursum fortuna peregi.‹«*

Bisweilen, in düsteren Momenten, sah Octave in den zärtlichen Gesten Armances, die so wenig mit ihrer angeborenen extremen Zurückhaltung in Einklang zu bringen waren, nichts als die Erfüllung einer lästigen Pflicht, die sie sich auferlegt hatte. Dann war nichts der Schroffheit seines Verhaltens vergleichbar, die wirklich bis an den Rand des Wahnsinns ging.

In anderen, weniger unglücklichen Augenblicken ließ er sich dann wieder von der verführerischen Grazie dieses jungen Mädchens, das bald seine Gattin werden sollte, rühren. Es war in der Tat schwierig, sich irgend etwas Rührenderes und Edelmütigeres vorzustellen als die liebkosenden Gesten dieses sonst so reservierten jungen Mädchens, das mit Gewalt die ihr eigenen Gewohnheiten abtat, um dem Mann, den sie liebte, ein wenig Ruhe zu verschaffen. Sie glaubte, er leide unter Selbstvorwürfen, und empfand trotzdem eine heftige Leidenschaft für ihn. Seit sie sich nicht mehr bei Tag und Nacht veranlaßt sah, ihre Liebe zu verbergen und sie sich vorzuwerfen, war Octave ihr noch teurer geworden.

Eines Tages, während eines Spazierganges in den Wäldern von Écouen, ging Armance, bewegt von den eigenen zärtlichen Worten, die sie sich erlaubt hatte, so weit zu sagen – und sie war in diesem Moment ganz aufrichtig: »Ich habe bisweilen die Vorstellung, ein ebenso großes Verbrechen wie du zu begehen, damit ich verdiene, daß du mich nicht mehr fürch-

* Von Aeneas verlassen, ruft Dido sterbend aus: »Ich habe gelebt, und die Bahn, die das Schicksal mir vorgeschrieben, ich habe sie durchlaufen.«[66]

test.« Octave, den dieser Tonfall wahrer Leidenschaft ergriff und der ihre Gedanken verstand, blieb stehen, um sie fest anzusehen, und es hätte nicht viel gefehlt, so hätte er ihr den Geständnisbrief ausgehändigt, dessen Fetzen er immer noch bei sich trug. Als er aber in die Tasche seines Anzugs griff, fühlte er das feinere Papier des angeblichen Briefes an Méry de Tersan, und sein guter Vorsatz gefror zu Eis.

XXXI

Octave mußte eine große Zahl von Verwandten aus der Generation seiner Eltern und Großeltern aufsuchen, die, wie er wußte, seine Heirat entschieden verurteilten. Unter normalen Umständen wäre ihm nichts unangenehmer gewesen. Er wäre unglücklich und vom Glück angeekelt aus den Häusern seiner vornehmen Verwandten gekommen. Zu seinem größten Erstaunen stellte er, während er seine Pflicht erfüllte, fest, daß ihm nichts unangenehm war; denn nichts interessierte ihn mehr. Er war der Welt gestorben.

Seitdem Armance sich als unbeständig erwiesen hatte, waren die Menschen fremde Wesen für ihn. Nichts konnte ihn mehr beeindrucken, weder Tugend, die bestraft, noch Verbrechen, das belohnt wird. Eine heimliche Stimme sagte ihm: »Diese Unglücklichen sind weniger unglücklich als du.«

Octave trug mit bewunderswerter Gleichgültigkeit den von der modernen Zivilisation angehäuften Berg sinnloser Erledigungen ab, mit denen man sich den schönsten Tag verderben kann. Dann fand die Hochzeit statt.

Octave machte sich einen Brauch zunutze, der sich gerade allenthalben durchsetzte, und brach mit Armance sogleich in Richtung der Besitzungen der Maliverts im Dauphiné auf; in Wirklichkeit brachte er sie nach Marseille. Dort eröffnete er ihr, er habe einen Schwur abgelegt, nach Griechenland zu fahren, um dort zu beweisen, daß er trotz seiner Abneigung gegen militärische Bräuche mit dem Schwert umgehen könne. Armance war seit ihrer Heirat so glücklich, daß sie ohne Verzweiflung in die vorübergehende Trennung einwilligte.

Octave selbst, der nicht übersehen konnte, wie glücklich Armance war, besaß die in seinen Augen große Schwäche, seine Abreise um acht Tage zu verschieben, um mit ihr in dieser Zeit Sainte-Baume, das Schloß Borelli und die Umgebung von Marseille zu besichtigen. Das Glück seiner jungen Gattin rührte ihn. »Sie spielt nur Theater«, sagte er sich, »der Brief an Méry ist dafür ein deutlicher Beweis; aber sie spielt es so gut!« Es gab Augenblicke der Illusion, in denen Armances Glückseligkeit ihn am Ende selber glücklich machte. »Welche andere Frau auf der Welt«, dachte Octave, »könnte, selbst wenn sie ehrlicher für mich empfände, mir so viel Glück geben?«

Schließlich war der Augenblick des Abschieds gekommen; kaum war Octave an Bord gegangen, bezahlte er teuer für seine Illusionen. Einige Tage lang brachte er nicht mehr den Mut auf, zu sterben. »Ich wäre der unwürdigste aller Menschen«, dachte er, »und in meinen Augen ein Feigling, wenn ich nach meiner Verurteilung durch den weisen Dolier Armance nicht bald die Freiheit wiedergäbe. Ich verliere wenig, wenn ich aus dem Leben scheide«, fügte er seufzend hinzu; »wenn Armance mir mit soviel Anmut Liebe vorgaukelt, ist das nur eine Wiedererinnerung, sie erinnert sich dessen, was sie einmal für mich empfand. Es hätte nicht lange gedauert, und ich wäre ihr langweilig geworden. Wahrscheinlich schätzt sie mich, aber sie empfindet keine Leidenschaft mehr für mich, und mein Tod wird sie betrüben, aber nicht in Verzweiflung stürzen.« Diese bittere Gewißheit ließ Octave sogar die göttliche Schönheit Armances vergessen, als sie, trunken vor Glück, am Abend vor seiner Abfahrt in seinen Armen ohnmächtig wurde. Er faßte wieder Mut, und schon am dritten Tag seiner Schiffsreise stellte sich mit dem Mut auch die Ruhe wieder ein. Das Schiff befand sich auf der Höhe der Insel Korsika. Die Erinnerung an einen großen Mann, der im Unglück gestorben war, kam Octave in den Sinn und festigte sein Gemüt. Da er unablässig an ihn dachte, war jener für ihn beinahe ein Zeuge seines Tuns. Er täuschte eine tödliche Krankheit vor. Zum Glück war der einzige Arzt an Bord ein alter Zimmermann, der vorgab, sich mit dem Fieber auszukennen, und der sich als erster von Octaves Delirium und seinem schrecklichen Zustand täuschen ließ. Dank einigen Momenten der Verstellung konnte Octave so nach Ablauf von acht Tagen feststellen, daß man ihn aufgegeben hatte. Er ließ in einem seiner, wie man sagt, lichten Momente den Kapitän zu sich kommen und diktierte sein Testament, das von den neun Besatzungsmitgliedern als Zeugen unterschrieben wurde.

Octave hatte vorsichtshalber daran gedacht, ein gleichlautendes Testament bei einem Notar in Marseille zu hinterlegen. Er vermachte alles, worüber er verfügen konnte, seiner Frau, unter der merkwürdigen Bedingung, daß sie sich innerhalb von zwanzig Monaten nach seinem Ableben wieder verheiratete. Für den Fall, daß es Madame Octave de Malivert nicht ratsam erschien, diese Bedingung zu erfüllen, bat er seine Mutter, sein Vermögen anzunehmen.

Nachdem er sein Testament in Anwesenheit der ganzen Besatzung unterzeichnet hatte, verfiel Octave in einen Zustand großer Schwäche und bat um die Sterbegebete, die einige italienische Matrosen an seinem Bett sprachen. Er schrieb an Armance und legte seinem Brief jenen anderen bei, den er in einem mutigen Moment in einem Pariser Café an sie geschrieben hatte, ferner den Brief Armances an ihre Freundin Méry de Tersan, den er im Kasten des Orangenbaums gefunden hatte. Niemals hatte Octave so sehr unter dem Eindruck zärtlichster Liebe gestanden wie in diesem letzten Moment. Abgesehen von der Art seines Todes vergönnte er sich das Glück, seiner Armance alles zu offenbaren. Octave siechte mehr als eine Woche dahin und bereitete sich jeden Tag aufs neue eine Freude, indem er ihr schrieb. Er vertraute seine Briefe mehreren Matrosen an, die ihm versprachen, sie eigenhändig seinem Notar in Marseille auszuliefern.

Ein Schiffsjunge rief vom Ausguck herunter: »Land in Sicht!« Es war griechischer Boden, man konnte die Berge Moreas[67] am Horizont sehen. Eine frische Brise trug das Schiff schnell voran. Der Name Griechenland erweckte

Octave noch einmal zum Leben: »Ich grüße dich«, sagte er zu sich, »Land der Helden!« Und um Mitternacht, am 3. März, als der Mond hinter dem Berge Kalos aufging, erlöste ein selbstzubereitetes Gemisch aus Opium und Digitalis Octave sanft von diesem Leben, das für ihn so bewegt gewesen war. In der Morgendämmerung fand man ihn reglos an Deck, auf einigen Tauen liegend. Auf seinen Lippen lag ein Lächeln, und seine seltene Schönheit bewegte selbst die Matrosen, die ihn begraben mußten. Die Art seines Todes ahnte in Frankreich niemand außer Armance. Wenig später, nachdem der Marquis de Malivert gestorben war, nahmen Armance und Madame de Malivert im selben Kloster den Schleier.

Ende

Anhang

Stendhals Brief an Prosper Mérimée

Paris, den 23. Dezember 1826

Es gibt mehr Impotente, als man glaubt. Eine der Frauen, die Sie montags treffen, ist mit einem Olivier[1] verheiratet. In dem netten kleinen Fragment der *Memoiren der Herzogin de Brancas*, das vom verstorbenen Herzog de Lauraguais herausgegeben ist[2] und das Ihnen Mareste borgen wird, gibt es zwei Impotente: den Minister de Maurepas und den Marquis de La Tournelle, den ersten Mann der Herzogin de Châteauroux. Ich habe auch Swifts Fall studiert, in Walter Scotts *Leben der Romanschriftsteller.*[3]

Den Namen Olivier habe ich gewählt, ohne weiter nachzudenken, als Herausforderung. Mir liegt sehr an diesem Namen, weil nur er einen *Hinweis* bietet, und zwar einen dezenten Hinweis. Nähme ich den Namen Edmond oder Paul, würden viele Leute nicht auf den Umstand des *Babilanismus* (italienischer Ausdruck für den Fall des Monsieur de Maurepas) verfallen. Ich möchte Interesse an Olivier wecken, möchte ihn zeichnen. Der Schluß, den Sie vorschlagen, mit der Überraschung des Lord Seymour etc., entstammt dem Kopf eines guten Dramatikers, aber letzten Endes ist mein armer Olivier darin *hassenswert*. Die verständigen Leute werden sagen »Zum Teufel! wenn man *babilano* ist, heiratet man doch nicht! Olivier quält seine Frau und Lord Seymour; soll er doch verschwinden, gute Reise!« Der Babilanismus macht schüchtern, andernfalls wäre nichts besser als zu gestehen. Der Mann jener Frau am Montag wie auch Monsieur de Maurepas und Monsieur de La Tournelle haben es getan. De La Tournelle starb verzweifelt und verrückt vor Liebe nach seiner Frau. Olivier versteht sich, wie alle Babilani, sehr gut auf die Hilfsmittel, deren sich der »Präsident«[4] immer rühmt. Eine geschickte Hand, eine fleißige Zunge haben Armance lebhafte Ekstasen verschafft. Ich bin sicher, viele junge

Mädchen wissen gar nicht genau, worin die körperliche Seite der Ehe besteht.

Auch bin ich mir des noch häufigeren Falles sicher: Der Vollzug der Ehe ist ihnen *drei oder vier Jahre lang* verhaßt, vor allem, wenn sie groß, bleich, schlank und mit der dem Modegeschmack entsprechenden Taille versehen sind. Es stimmt, ich habe Armance nach einem Vorbild gezeichnet: nach der Gesellschaftsdame von Monsieur de Stroganoffs Mätresse, die im vorigen Jahr immer in den Bouffes zu sehen war.

Ich habe wie Sie die größten Bedenken im Hinblick auf den Brief, den der Kommandeur schreibt. Aber ich brauche einen kleinen Anlaß, der das Geständnis verhindert. Meine Erfahrung hat mir gezeigt, daß ein sittsames Mädchen seine Briefe lieber in einem Versteck hinterlegt, als daß sie sie ihrem Geliebten aushändigt. Es wagt den Geliebten nicht einmal anzusehen, wenn es weiß, daß er ihren Brief gerade eben gelesen hat.

Malivert ist der Name meines Dorfes; *Bonnivet* ist der Name des Admirals und Günstlings von Franz I. Hätte er Nachkommen gehabt, so wäre Bonnivet heute ein großer Name wie etwa Montmorency, und größer als Luynes und Sully.

Dieser Roman ist zu *erudito*, zu gelehrt. Besitzt er genug Hitze, um eine hübsche französische Marquise bis zwei Uhr morgens nicht schlafen zu lassen? *That is the question*. Das war meine Reaktion, als ich Ihren Brief empfing. Madame d'Aumale ist Madame de Castries, nur etwas braver gezeichnet. Aber ich komme auf die Frage der Hitze zurück. Sie sagen dazu nichts. Ist das ein schlechtes Zeichen? Wenn der Roman nicht dazu verhilft, eine Nacht schlaflos zu verbringen, wozu ihn dann schreiben?

Wird eine junge Frau Olivier interessant finden?

Ich muß eine Liebesszene schreiben. Armance wird gestehen, daß sie verliebt ist. Olivier würde in die Rolle des *Hahnreis* verfallen, wenn er sich daraufhin umbrächte; das fiele in die Kategorie des *Meinau*, in *Menschenhaß und Reue*.[5]

Der wahre Babilano bringt sich um, damit er nicht in die Verlegenheit kommt, ein Geständnis abzulegen. Ich (aber ich bin ja auch schon dreiundvierzig und elf Monate) würde ein bildschönes Geständnis ablegen; man würde nur sagen: »Na und?« Ich führe mit meiner Frau nach Rom. Dort würde ihr, mit Hilfe eines Goldstücks, ein schöner Bauernjunge in einer Nacht drei Freundlichkeiten erweisen.

Aber diese Wahrheit gehört zu denen, die die *Schwarzweißmalerei*, die auf die Vorstellungskraft des Zuschauers Rücksicht nehmen muß, nicht wiedergeben kann. Wie viele wahre Dinge lassen sich in der Kunst nicht ausdrücken! Zum Beispiel, daß ein Mann ohne Arme und Beine Liebe einflößt, wie die infame Kreatur, die Ihren Schreibtisch verunziert.

Mir scheint also, daß der Babilano kein Hahnrei sein darf. Der wirklich schöne Hahnrei ist *Émile*, der aus Liebe und Respekt geheiratet hat. Haben Sie die Fortsetzung von Émile gelesen? Der *Dekan Swift* wollte nicht heiraten, um kein Geständnis ablegen zu müssen; er heiratete schließlich, weil seine Freundin es verlangte, aber er sah sie nie unter vier Augen, weder vorher noch nachher.

Im Salon eines Grafen und Pair von Frankreich, adlig seit 1500 und sehr reich, fröstelt mich, wenn ich am Fenster stehe und der Wind von Norden weht. Ihr Einwand kommt aus dem Gesichtspunkt der *allgemeinen Wahrheit*, meine Behauptung aus dem *Studium der Natur*. In England würde Ihr Einwand ohne weiteres gelten.

Ich habe Ihren Brief noch einmal gelesen:

Auch wenn Armance mit meinem Olivier in Marseille jede Nacht verbrächte und verwundert wäre:

1. Sie betet ihn an, und er verschafft ihr mit der Hand zwei oder drei Ekstasen pro Nacht.
2. Aus Schüchternheit und weiblicher Scham wird sie sich nicht trauen, etwas zu sagen.

Die Liebe allein genügt, um alles zu erklären.

Die Art Malerei, deren ich mich befleißige, die deutliche Schwarz-auf-Weiß-Technik, erlaubt mir nicht, mich an die Wahrheit zu halten. Im Jahre 2826, falls es dann noch eine intelligente Menschheit gibt und ich wieder einmal in die Rue Duphot[6] komme, werde ich erzählen, daß Olivier sich einen schönen portugiesischen Godemiché aus elastischem Gummi, den er sich geschickt an den Gürtel anschnallt, gekauft hat und daß er, nachdem er seiner Frau eine vollkommene, und zwar wirklich *fast vollkommene* Ekstase verschafft hat, seine ehelichen Pflichten in der Rue de Paradis in Marseille[7] damit brav erfüllt hat.

Wenn man ein Phantast ist, ein Mann von Geist, ein Absolvent des Polytechnikums wie Olivier, dann macht man es so. Ekstasen mit der Hand hervorrufen, welch schöne Umschreibung des schmutzigen Wortes w.chs.n! Gegenstand von Oliviers Nachdenken: Ekstasen hervorrufen etc. war Oliviers Gegenstand des Nachdenkens während seiner ganzen Jugend. Sie müssen wissen, daß er seine Jugend bei leichten Mädchen zubrachte; ich habe es vorsichtig anzudeuten versucht. Armance berichtet ihm von dieser Verleumdung, die man auf seine Kosten verbreite.[8]

Aber *um des Himmels willen*! antworten Sie mir zum Thema *Hitze*! Heben Sie meinen Brief auf, wir sprechen vielleicht 1828 noch einmal darüber.

Graf de Chadevelle

Anmerkungen

Armance

1 *Vivian Grey*: erster, anonym veröffentlicher Roman (1826) von Benjamin Disraeli (1804–81), dem späteren britischen Premierminister. – *Almak's High Life*: Dieser Romantitel scheint sich auf einen 1827 anonym erschienenen englischen Schlüssel- und Skandalroman *Almack's* zu beziehen. »Almack's Assembly Rooms« war ein Londoner Vergnügungslokal mit Ballsälen, Sitz eines Klubs, den Stendhal auf einer Englandreise besucht hatte. – *Matilda*: Roman eines Lord Normanby, 1826 in französischer Übersetzung erschienen.

2 Der Sänger Matteo *Porto* trat in Neapel und Paris auf. – *La Molinara* (1788; dt. *Die schöne Müllerin*), italienische Oper von Giovanni Paisiello (1740–1816); hier geht es um die Liebe eines Notars zu der Müllerin.

3 Wörtlich übersetzt lauten die italienischen Verse: »In meinem Herzen streiten sich Tinte und Mehl.«

4 Komödie von Louis-Benoît Picard und Edouard Mazères, am 31. 5. 1827 in der Comédie française aufgeführt.

5 Vgl. *Le Rouge et le Noir*, Motti zu Bd. 1, Kap. 13 und zu Bd. 2, Kap. 19 sowie das erste Vorwort zu *Lucien Leuwen*: »Un roman doit être un miroir« (ein Roman soll ein Spiegel sein).

6 Vermutlich St. Gingolf am Genfer See.

7 Ludwig VII. (reg. 1137–80), mit dem Beinamen »der Junge«, führte zusammen mit dem deutschen König Konrad III. den 2. Kreuzzug (1147–49) an, der in einer Reihe von Niederlagen gegen die Türken katastrophal endete.

8 Das Gesetz wurde 1825 erlassen zur Entschädigung der Emigranten durch Rentenpapiere in Höhe von insgesamt etwa einer Milliarde.

9 Louis *Bourdaloue* (1632–1704), Jesuit und großer Kanzelredner, Hofprediger von Ludwig XIV.

10 Gemeint ist ein Jesuitenpater und späterer Bischof namens *Fayet*, Zeitgenosse Stendhals und sein politischer Gegner.

11 Franz I. (reg. 1515–47) von Orléans-Angoulème, prachtliebender absolutistischer Herrscher, Erbauer der Schlösser Chambord, Blois und Fontainebleau; er führte mehrere Kriege gegen Kaiser Karl V.

12 Vgl. Anm. 8; das tatsächliche Stimmenverhältnis von 1825: von insgesamt 430 Deputierten waren 320 ehemals privilegierte Emigranten.

13 Der berühmte *Cordon bleu* (Ordensband der Ritter vom Heiligen Geist seit dem 16. Jh.) war von der Französischen Revolution aufgehoben, in der Restaurationszeit wieder eingeführt worden (1830 endgültig abgeschafft).

14 Vittorio *Alfieri* (1749–1803), italienischer Tragödiendichter; er trat in seinen Werken, im Stil der französischen Klassik, für freiheitliche revolutionäre Gesinnung ein.

15 Lucius Iunius *Brutus*, einer der beiden ersten Konsuln in Rom (509 v. Chr.); als legendärer Befreier Roms von den Tarquiniern ließ er seine beiden Söhne, die mit den Tarquiniern konspirierten, hinrichten.

16 *Tibiae*: (lat.) die Schienbeinknochen (auch: Flöten, Pfeifen).

17 Johann Peter *Pickler* (1765–1806), aus Italien stammender Zeichner und Graveur.

18 Joseph *Thouvenin* (1790–1834), ein berühmter Buchbinder in Paris; seine Einbände sind heute gesuchte Raritäten.

19 Claude-Adrien *Helvétius* (1715–71), französischer Philosoph, vertrat soziologisch-materialistische Ideen; sein Hauptwerk, »De l'esprit« (1758) wurde öffentlich verbrannt. – Jeremy *Bentham* (1748–1822), englischer Philosoph und Pazifist; seine neue Sozialethik war ausgerichtet auf »das größtmögliche Glück der größtmöglichen Zahl«. – Pierre *Bayle* (1647–1706), französischer Philosoph, Vertreter der Aufklärung, Begründer einer streng kritischen Geschichtsschreibung; er forderte Toleranz und Trennung von Staat und Kirche.

20 »Gymnase Dramatique« war der Name eines 1820 gegründeten Pariser Lustspieltheaters; bald auch »Théâtre de Madame« genannt.

21 Augustin-Eugène *Scribe* (1791–1861), Autor beliebter Lustspiele wie *Le verre d'eau* (*Das Glas Wasser*), 1840; von ihm stammen auch einige Opernlibretti, z. B. für Auber und Meyerbeer.

22 Vgl. Anm. 20.

23 *Le mariage de raison* von Scribe wurde am 10. 10. 1826 im »Gymnase« aufgeführt.

24 Dieser Abbé *Dubois* (1765–1848) war ein damals bekannter Missionar.

25 Das *Byron*-Porträt von Thomas *Phillips* (1765–1848) hängt in der National Portrait Gallery, London.

26 Ludwig XVIII. (reg. 1814–24) war als Prinz im Jahre 1791 aus Frankreich geflohen; von den langen Emigrations-Jahren verbrachte er auch eine Zeit in *Mitau*, Hauptstadt der damaligen russischen Ostseeprovinz Kurland.

27 Bei *Montmirail* (Département Marne) besiegte Napoleon am 12. 2. 1814 die Truppen der Aliierten.

28 *Alceste*: Hauptfigur in Molieres Komödie »Le Misanthrope« (1666).

29 *Jardin du Roi*: heute »Jardin des Plantes«, der Botanische Garten von Paris. – *Bois de Mousseaux* (zuvor erwähnt) war der frühere Name des »Parc Monceau«.

30 *Tortoni*: Dieses Café am Boulevard des Italiens war Treffpunkt der eleganten Gesellschaft.

31 Der *Père Lachaise* war damals erst teilweise Friedhof, in großen Partien noch ein Erholungspark. – Mit dem zuvor erwähnten *Musée français* ist das »Musée des monuments français« gemeint, das 1816 aufgelöst worden war.

32 André *Masséna* (1758–1817), ein damals berühmter französischer Marschall, wegen seiner militärischen Verdienste zum Herzog von Rivoli und zum Fürsten von Eßling ernannt.

33 Der Marschall André *Labédoyère* hatte Grenoble, Stendhals Geburtsstadt, 1815 während der 100 Tage an Napoleon übergeben und war nach dessen zweitem Sturz erschossen worden.

34 *B ...*: wahrscheinlich eine Reverenz Stendhals vor Bathilde Curial, Tochter Clémentine Curials, am 12. 1. 1827 12jährig gestorben. Ihre Mutter war bis 1826 Stendhals Geliebte. Am 19. 9. 1826, vier Tage nach dem endgültigen Bruch, hatte Stendhal die seit dem 8. 2. 1826 unterbrochene Arbeit an »Armance« wieder aufgenommen.

35 In der *Vendée*, dem Küstengebiet südlich der Loire-Mündung, waren 1793–96 Bauernaufstände gegen die Französische Revolution ausgebrochen und von den Revolutionstruppen blutig niedergeschlagen worden. Auch 1815 gab es dort Unruhen zugunsten der Bourbonen.

36 Die Memoiren der Madame de La *Rochejacquelein*, 1815 erschienen, schilderten die Zeit der Französischen Revolution.

37 Anspielung auf Voltaires böse Verstragödie *Mahomet* (1741), die sich gegen Fanatismus und Intoleranz richtet. *Mohammed* ist hier ein skrupelloser Volksverführer; seinem Sklaven und gläubigen Anhänger *Said* bläst er das Gefühl göttlicher Sendung ein

und benutzt ihn, das Werkzeug Allahs, als Mörder seines Feindes.

38 Das *Théâtre Italien*, mit italienischem Ensemble, war die Pariser Oper.

39 *Ultras*: die Partei der Ultra-Rechten (Ultra-Royalisten) während der Restaurationszeit.

40 François-Joseph *Talma*, ein damals bekannter Schauspieler, war 1826 gestorben.

41 *Liancourt:* Reformwaisenhaus mit Lehrlingswerkstätte und Manufaktur, von einem liberalen Herzog de Liancourt gegründet.

42 *Le Roman*: Komödie des Autors Alexandre-Jean-Joseph La Ville de Miremont (Urauff. Comédie Française, 22. 6. 1825).

43 Pierre Corneille, *Polyeucte martyr* (1641/42), 4. Akt, 6. Szene: »Je te dirai bien plus, mais avec confidence ...«. – Zu *Talma* vgl. Anm. 40.

44 Angesehene englische Liberale, die Stendhal persönlich sehr schätzte.

45 Maximilian *Foy* (1775–1825), französischer General in den Kriegen der Revolution und Napoleons (in Italien, Konstantinopel, Spanien, Portugal); in der Restaurationszeit trat er als ausgezeichneter Redner der Liberalen auf.

46 Diesen Vergleich verwendete Stendhal in seinen Werken immer wieder, z. B. in »Le Rouge et le Noir« und »La Chartreuse de Parme.«

47 Gemeint ist das *Institut de France*: Zusammenschluß der fünf großen Akademien (seit 1795), höchste Körperschaft für Wissenschaft und Kunst in Frankreich. Das Institut vereint die Académie française, deren 40 Mitglieder (»die Unsterblichen«) die Aufgabe haben, über die französische Sprache und Literatur zu »wachen«; die Académie des Inscriptions et Belles-Lettres (die Klasse für Geschichte und Literatur des Instituts), die Académie des Sciences (Naturwissenschaften), die Académie des Beaux-Arts (Bildende Künste) und die Académie des Sciences Morales et Politiques zur Pflege von Philosophie, politischen Wissenschaften, Rechts- und Wirtschaftswissenschaften, Geschichte und Geographie.

48 Vgl. Anm. 41.

49 Charles-Nicolas *Fabvier* (1782–1855), französischer Offizier, ab 1823 in griechischen Diensten, 1826/27 Verteidiger der Akropolis gegen die Türken.

50 *Missolunghi*: italienische Bezeichnung für die griechische Stadt und Festung Mesolongion, die im griechischen Freiheitskampf ab 1822 immer wieder vergebens von den Türken belagert wurde. Am 25. 3. 1826 durchbrach ein Teil der Freiheitskämpfer die Belagerung, die anderen sprengten die Festung; die Stadt fiel an die Türken (für 3 Jahre). 1824 war hier Lord Byron gestorben.

51 Gemeint ist Rossinis Oper *Othello* (1816); Rossini leitete übrigens 1824–26 in Paris das Théâtre Italien (die Oper).

52 *Hämorrhagie*: (griech.) Blutung.

53 *Tilbury*: zweirädriger, offener Wagen.

54 Gemeint ist Ismail, oft umkämpfte türkische Festung in Moldawien.

55 Gemeint ist Ludwig XVIII., der seit 1814/15 regierte und 1824 gestorben war. Thronfolger war sein jüngerer Bruder Karl X. (reg. 1824–30).

56 *Maître des Requêtes:* Berichterstatter im Staatsrat.

57 *Saint-Acheul*: berühmtes Jesuitenkolleg bei Amiens.

58 *L'Étoile* galt als Zeitung der Jesuiten.

59 Molière, *Tartuffe* (1669), 3. Akt, 2. Szene.

60 *La Pandore* war eine liberale Zeitung der Restaurationszeit.

61 Dieser bekannte Ausspruch wird Talleyrand (1754–1838) zugeschrieben, ist aber bereits bei Voltaire (Dialog 14) zu finden.

62 In Brig an der Rhone, im Kanton Wallis, bestand ein weiteres Jesuitenkolleg.

63 Gemeint ist der Dekabristenaufstand von 1825 in Petersburg, mit dem junge Leute, meist Offiziere, gegen den Zarismus und für eine Verfassung auftraten. Der Aufstand wurde sofort niedergeschlagen; fünf Teilnehmer wurden zum Tode verurteilt, viele andere nach Sibieren verbannt.

64 Gemeint ist Pierre-Ambroise Choderlos de Laclos mit seinem intrigenreichen Briefroman *Les Liaisons dangereuses (Die gefährlichen Liebschaften)* von 1782.

65 Schulmodell nach englischem Vorbild, Forderung der Liberalen in Frankreich, unter Napoleon (100 Tage) eingeführt und gegen Ende der Restauration abgeschafft: Ältere Schüler unterrichten die jüngeren, bis diese sie ersetzen können.

66 Vergil, »Äneis« 4,653.

67 *Morea*: (neugriech.) Peloponnes.

1 Siehe Nachwort S. 215.
2 Paris 1802.
3 In *Lives of the novelists* (1825) von Walter Scott kommt Jonathan Swift nicht vor; gemeint ist vielleicht Scotts Vorwort zu seiner Swift-Ausgabe von 1814.
4 Deckname eines Gastes im Salon der Sängerin Pasta.
5 *Menschenhaß und Reue*: sentimental-pathetisches Schauspiel (1789) von August Kotzebue; darin die Eheleute *Meinau*, die jahrelang getrennt und unter falschen Namen leben und sich nach unsäglichen Verwirrungen wiederfinden.
6 Stendhal schrieb »Armance« in der Rue Richepanse Nr. 10, Ecke *Rue Duphot*.
7 Anspielung auf eine andere Wohnung Stendhals, in der er eine Zeitlang mit einer Schauspielerin lebte.
8 Vgl. S. 73.

Nachwort

Der Roman *Armance ou quelques scènes d'un salon de Paris en 1827* erschien im August des im Titel genannten Jahres ohne Autornamen. Immerhin erfährt der Leser aus einem dem Romantext vorangestellten Vorwort, daß der Autor – in Frankreich seit Jahrhunderten keine Rarität – eine Frau sei, die ihre Gründe dafür gehabt habe, ihren Namen nicht zu offenbaren. Der Verfasser des Vorworts, der selbst nur als Redaktor und Herausgeber ihres Manuskripts gelten will, tut weniger verschwiegen; er sagt, wer er ist: *Stendhal.* Es war dies nicht das erste Mal, daß Henri Beyle (geboren 1783 in Grenoble, gestorben 1842 in Paris) für eines seiner Werke jenes Pseudonym wählte, unter dem er heute in der ganzen Welt bekannt ist. Er hatte es, in einer für Zeitgenossen kaum erkennbaren Anspielung auf den Geburtsort des Archäologen und Kunsthistorikers Johann Joachim Winckelmann (1717–68), neben anderen Pseudonymen gelegentlich schon früher benutzt, und er benutzte es vor allem später für seine beiden großen Romane *Le Rouge et le Noir* (1830) und *La Chartreuse de Parme* (1839).

Armance ist Stendhals erster Roman. Vor 1827 hatte er, der als junger Mann davon träumte, ein moderner Molière oder ein neuer Rousseau zu werden, viele andere Werke veröffentlicht, Musikerbiographien, Reiseliteratur, Bücher über die Malerei, literarische Pamphlete und Rezensionen, auch einen Traktat über die Liebe (*De l'Amour*, 1822). Alles hatte er, ständig in Geldnot, hastig zusammengeschrieben, fast immer, indem er in reichlichem Maß Anleihen bei anderen Autoren machte, die er entweder nicht nannte oder über die er sich trotz offensichtlichen Plagiats lustig machte. Auch im Falle seines ersten Romans ging der Anstoß von anderer Seite aus, und auch diesmal brauchte er für die Niederschrift nur kurze Zeit, im ganzen gerade fünf Wochen, die sich mit Unterbrechungen über das Jahr 1826 erstreckten. Im Juli des folgenden Jahres reiste er, das hochwillkommene Honorar seines Pariser Verlegers Urbain Canel in den Händen und ohne das Erscheinen des Romans abzuwarten, nach Italien.

Stendhal liebte Italien. Er hatte es als Achtzehnjähriger, damals Dragoner in der französischen Armee, kennengelernt. Nach dem Sturz Napoleons (»im Dienste des Kaisers« hatte er sich auch längere Zeit in Deutschland und Österreich aufgehalten) war Italien, zumal Mailand, für sieben Jahre seine Wahlheimat gewesen, und nach der Julirevolution (1830) verbrachte er, nun endlich in Ausübung eines zwar nicht besonders interessanten, aber hinreichend dotierten Staatsamts, der Leitung des französischen Konsulats in Civitavecchia, die meisten der ihm verbleibenden Lebensjahre in Italien. Die Liebe zu Italien, zu italienischer Kunst, Lebensweise und Mentalität, durchzieht Stendhals gesamtes Schrifttum. Sein zweiter großer Roman und seine späten Erzählungen (*Chroniques italiennes*, 1855) spielen in Italien; in ihnen, aber auch in früheren Werken, ist viel von italienischer Leidenschaft die Rede, von italienischer Lebensenergie und Liebeskraft, italienischem Stolz und Ehrgefühl. Auch die beiden Hauptfiguren seines ersten Romans, Octave und Armance, sind leidenschaftliche Charaktere des »südlichen« Typus, für die das Herz, nicht der Kopf die Lebenswerte setzt. Aber sie leben ihr jugendliches Leben in einengender, fremder, reaktionärer Gesellschaft, deren heuchlerisches, durch Geld und Macht bestimmtes Intrigenspiel sie zwar durchschauen, aber nicht mitspielen wollen und können.

Der Doppeltitel des Romans, der einerseits die weibliche Hauptfigur nennt, andererseits Einblick in eine bestimmte soziale Schicht der Gegenwart verspricht, deutet in seiner Gegenüberstellung von Individuum und Gesellschaft zwar das große Thema des literarischen Realismus an, weist jedoch zugleich sowohl auf eine erzähltechnische wie auch auf eine dokumentarische Schwierigkeit: Armance ist nicht der eigentliche Protagonist, sondern Octave; das soziale Milieu, das zur Darstellung kommt, kannte der Autor nicht aus eigener Anschauung. Was die Milieuschilderung betrifft, so ist trotz des dokumentarischen Defizits hervorzuheben, daß

Stendhal zwei politische Ereignisse der jüngsten Vergangenheit (April 1825, April 1826) zu den Brennpunkten seiner Romanhandlung macht und präzise auf die Personen, die die Handlung tragen, bezieht. Das eine – das Entschädigungsgesetz (loi d'indemnité) zugunsten der mit den Bourbonen zurückgekehrten Emigrés – bestimmt Verhalten und Gesinnung der aristokratischen Salongesellschaft; das andere – die Eroberung von Mesolongion durch die Türken – verhilft Octave zur Verwirklichung seiner langgehegten Fluchtpläne aus verhaßter Pariser Gesellschaft, indem er seinem Vater gegenüber vorgibt, daß ihn Standesehre und Freiheitsliebe zur Unterstützung der Griechen bewegen. Das grundsätzliche Interesse Stendhals an der Einbettung politischer und gesellschaftspolitischer Themen in die Romanhandlung ist auch daran zu erkennen, daß sie wenigstens gelegentlich von Personen der Handlung erörtert werden, sogar von den beiden jugendlichen Hauptfiguren. Das auffälligste Beispiel ist das lange Gespräch zwischen Octave und Armance im 14. Kapitel; hier betont Stendhal, sich nur halb für sein Verfahren entschuldigend, wie fremd die politisch-gesellschaftliche Thematik dem traditionellen Roman ist: »La politique venant couper un récit aussi simple, peut faire l'effet d'un coup de pistolet au milieu d'un concert« (»Wenn die Politik in eine so schlichte Erzählung einbricht, kann sie wie ein Pistolenschuß inmitten eines Konzerts wirken«, vgl. S. 99).

Die andere Schwierigkeit, von der wir sprachen, bezieht sich auf die gesamte Erzählstruktur des Romans. Indem Stendhal – er hatte es zunächst anders geplant – den Namen der weiblichen Hauptfigur und nicht der männlichen Hauptfigur, die ja im eigentlichen Zentrum der Romanhandlung steht, in den Titel setzt, wird ein erzähltechnisches Problem sichtbar, das Stendhal nicht gelöst hat, vielleicht auch deswegen nicht lösen wollte, weil er an den vielfachen Facetten der von ihm vorgenommenen Verrätselung seine Freude hatte. Mit dem Titel und dem Vorwort beginnt Stendhal sein Rätselspiel. Seine volle Ausprägung erhält es aber erst durch den Romantext selbst, und zwar in dreifacher Weise: einmal auf der Ebene der Handlung, d. h. zwischen Octave und den anderen Personen, die das von ihm aufgegebene Rätsel, sein Geheimnis (*le secret*), nicht lösen; zum anderen zwischen dem Erzähler und seinem Leser, der auch am Schluß des Romans nicht erfährt, worin denn Octaves Geheimnis überhaupt bestanden hat; schließlich, wenn man will, in der Beziehung Octaves zu sich selbst, insofern er nämlich auch dann jegliche klare Sprache meidet, wenn er mit sich selbst spricht, reflektierend, affektiv oder im Traum. Mag diese dreifache Verrätselungstechnik auch ein erzählerisches Bravourstück besonderer Art sein, den Leser, gerade den psychologisch interessierten Leser, für den Stendhal gewiß in erster Linie schreibt, kann sie schon deswegen nicht befriedigen, weil er gern erfahren hätte, wie sich die junge Frau in Kenntnis des »Geheimnisses« ihres Geliebten würde verhalten haben. So kommt selbst derjenige Leser zu kurz, der das Rätsel von Autor und Protagonist zu lösen vermag.

Außer einigen Freunden, mit denen Stendhal während der Arbeit an seinem Roman in Paris sprach oder die er brieflich ins Bild setzte, gab es gewiß nicht viele zeitgenössische Leser, die sofort verstanden haben, welches Geheimnis der Protagonist bis an die Schwelle seines Todes so schamvoll hütet. Ein Rezensent schließt eine literarische Scharlatanerie des Verfassers nicht aus, indem er meint, daß »Madame oder Monsieur de Stendhal« dem Leser ein unlösbares Rätsel (»un enigme sans mot«) aufgegeben habe (*Nouveau Journal de Paris et des Départements*, 24. 10. 1827); ein anderer Rezensent, der den Roman ebensowenig versteht, hält ihn für eine mißlungene Satire auf das Pflichtgefühl (*Le Globe*, 18. 8. 1827). Dem Umstand, daß der Roman wegen der Verrätselung des Geschehens sehr schlecht aufgenommen wurde und kaum Käufer fand (die »zweite« Auflage von 1828 ist in Wahrheit bis auf das Titelblatt, das jetzt übrigens Stendhal als Autor präsentiert, mit der ersten identisch), hätte Stendhal in einer echten Neuausgabe wahrscheinlich Rechnung getragen. Wie man den Bemerkungen, die er in sein Handexemplar zu einzelnen Textstellen einträgt, entnehmen kann, hält er es nun für nötig, in einem neuen Vorwort die Dinge beim Namen zu nennen und im Text selbst einige eher kryptische Anspielungen zu verdeutlichen. Dem entspricht Stendhals ursprüngliche Absicht, wenigstens den literarisch interessierten Leser hinreichend über das Problem des Helden zu informieren; in seinem Brief an den Freund Prosper Mérimée vom 23. Dezember 1826 heißt es: »Ich habe den Namen Olivier gewählt, ganz spontan, um der Herausforderung willen. Mir liegt sehr an diesem Namen, weil nur er einen klaren Hinweis bietet, und zwar keinen anstößigen. Wenn ich den Namen Edmond oder Paul wählen würde, würden viele Leute nicht erraten, daß es sich um Impotenz handelt.« Trotz seiner Bedenken folgt Stendhal dann aber doch Mérimées Ratschlag, die männliche Hauptfigur nicht Olivier zu nennen, und macht dadurch seinen Roman zu einem für ein breites Publikum noch schwerer zugänglichen Werk. Wie Mérimée später in einen Passus seiner Erzählung *La Vénus d'Ille* (1837), in dem es ebenfalls um Impotenz geht, eine nur für den Freundeskreis oder allenfalls für den literarischen Kenner verständliche Anspielung einflicht (nämlich auf Montaigne und Madame de Sévigné, die auch Stendhal in einem unveröffentlichten Kapitel über die Impotenz aus seinem Traktat *De l'Amour* zitiert hatte), so war auch das »Rätsel« des Stendhalschen Romans lediglich für Kenner der Pariser literarischen Szene lösbar. Als solche erwiesen sich immerhin jene beiden Rezensenten, die die Leser von *La Pandore* (1. 2. 1828) und der *Revue Encyclopédique* (Mai 1828) darauf aufmerksam machten, daß sich hinter dem Geheimnis von Stendhals Helden sicher dasselbe Problem verberge, das der männlichen Hauptfigur in einem nicht veröffentlichten Roman der Herzogin de Duras soviel Kummer bereite.

Die literarische Herausforderung, die Stendhal mit der Wahl des Namens Olivier beabsichtigt hatte, bezieht sich tatsächlich auf ebenden Roman, der in den beiden Rezensionen gemeint ist. Die Herzogin Claire de Duras (1778–1828), die 1824 *Ourika* (Liebesbeziehung zwischen einer Schwarzen und einem jungen Mann aus gutem Hause) und 1825 *Edouard* (Liebesbeziehung zwischen einem Nichtadligen und einer Frau des Hochadels) veröffentlicht hatte, arbeitete 1824/25 an einem Briefroman, dessen Thema die Liebesbeziehung zwischen einer jungen verwitweten Gräfin und einem impotenten Grafen war und dessen Titel *Olivier ou le secret* lauten sollte. Wer Zugang zu ihrem Salon im Faubourg Saint-Germain hatte, konnte Genaueres erfahren: Ihren Freunden las sie aus ihrem neuen Werk vor. Aber auch außerhalb ihres Salons war man bald neugierig geworden, und so war es kein Wunder, daß zumindest die, denen wie Stendhal der Faubourg Saint-Germain verschlossen war, den Anfang 1826 anonym erschienenen *Olivier* der Herzogin zuschrieben. In seiner Rezension, die er unter dem 18. Januar 1826 für das *New Monthly Magazine* verfaßte, betont Stendhal die literarische Kühnheit der vermeintlichen Autorin: »*Olivier* heißt der neue Roman der Herzogin de Duras. Nichts dergleichen ist jemals geschrieben worden, dazu von einer Frau, von einer Herzogin gar. Man soll nur nicht denken, daß *Olivier* ein lüsterner Roman sei, ganz im Gegenteil. Wenn man mich richtig versteht, wird man in England darüber erstaunt sein, daß eine Frau der höchsten Gesellschaftsschicht ein solches Buch hat schreiben, ja veröffentlichen können.«

Stendhals Erstaunen war nur zu gut begründet. Die Duras hatte ja wirklich nicht gewagt, ihren Roman zu veröffentlichen. Der von Stendhal rezensierte *Olivier* war nämlich das Werk des Schriftstellers Henri de Latouche (1785–1851), der die Erwartung der informierten Leser spielerisch ausnutzte. Zwei Jahre später ist Stendhal besser unterrichtet; in seinem Nachruf auf die Anfang 1828 verstorbene Herzogin teilt er den Lesern des *New Monthly Magazine* mit (indem er diesmal freilich Latouches *Olivier* unerwähnt läßt, um seine *Armance* desto klarer herauszustellen): »Das letzte Werk dieser berühmten Autorin war ein Roman mit dem Titel *Olivier*; sie hat daraus einigen Freunden vorgelesen, veröffentlicht wird er jedoch nie. Das Thema des Romans hatte die Autorin auf ein gefährliches Gelände geführt. Monsieur de Stendhal hat es allerdings unternommen, der Gefahr zu trotzen: Eine zweite Auflage seiner *Armance* befindet sich jetzt im Druck.«

Vor dem Hintergrund der beiden *Olivier*-Romane von Claire de Duras und Henri de Latouche überrascht Stendhals erzählerisches Verfahren, den Leser das Leiden der männlichen Hauptfigur nur aus behutsamen Andeutungen erraten zu lassen, keineswegs. Weder wagt der Olivier der Herzogin der geliebten Louise sein »Geheimnis« anzuvertrauen, noch vermag Latouches Olivier dem Freund César oder der geliebten Émilie gegenüber deutlich zu sein; als sich Latouches Olivier, durch die Intrige einer früher von ihm abgewiesenen Baronin gezwungen, dennoch mit Émilie vermählt, ergreift er unmittelbar nach der Eheschließung die Flucht und zieht sich, der geliebten Frau einen keineswegs eindeutigen Brief hinterlassend, in ein Kloster zurück. Allen drei Romanen, die durch dasselbe Thema und dieselbe sprachliche Zurückhaltung verbunden sind, ist weiterhin gemeinsam, daß die Liebenden unter dem Eindruck des erfahrenen Leids ihrem Leben in der Gesellschaft oder ihrem Leben überhaupt ein Ende setzen: Louise und Armance nehmen den Schleier, Émilie lebt in selbstgewählter Isolation, Latouches Olivier wird Mönch, der andere Olivier und Octave begehen Selbstmord. In allen drei Romanen gehören die Hauptfiguren dem (Hoch-)Adel an; die Handlung spielt in jüngerer oder jüngster Vergangenheit.

Das literarische Ereignis der drei Romane mit dem Thema des impotenten Helden ist bisher, wenn es denn überhaupt als solches verstanden worden ist, vornehmlich aus der Perspektive der einzelnen Verfasser kommentiert worden. Claire de Duras' Anliegen war offensichtlich die Gestaltung schwieriger oder unmöglicher Liebesverbindungen; bei Henri de Latouche wird als Intention die in Frankreich in jahrhundertelanger Tradition geübte Belebung der literarischen Szene durch eine Replik oder Überbietung besonders hoch zu veranschlagen sein; ähnliches gilt, wie aus dem Brief an Mérimée ersichtlich, für Stendhal. Man kann bei Stendhal jedoch darauf hinweisen, daß er sich auch sonst am Phänomen der

Impotenz als einem psychologischen Problem interessiert zeigt. Das deutlichste Beispiel ist das erwähnte unveröffentlichte Kapitel aus seinem Traktat *De l'Amour*. In diesem Kapitel führt er mehrere Autoren an, die sich zur Impotenz geäußert haben: Die berühmtesten sind Montaigne (*Essais* 1,21) und Madame de Sévigné (Briefe an ihre Tochter vom 8. und 17. April 1671). Stendhal hat ganz sicher auch die ausführlichen Artikel über die Impotenz in Voltaires *Dictionnaire philosophique* (1764) und in der berühmten *Encyclopédie* (VIII, 1765, dazu das *Supplément*, III, 1777) gekannt. Das zweibändige Werk des Arztes Pierre-Jean Georges Cabanis über die Beziehungen zwischen Körper und Seele des Menschen (*Rapports du Physique et du Moral de l'Homme*, 1802), das unter der Kapitelüberschrift »De l'influence des sexes sur le caractère des idées et des affections morales« (Über den Einfluß des Geschlechts auf den Charakter der Vorstellungen und der seelischen Leiden) auch die Impotenz behandelt, hat Stendhal auf das tiefste beeindruckt und beeinflußt. Was Stendhal an dem Problem der Impotenz interessierte, ist genau das, was Cabanis erörtert: Stendhal stellt in seinem Roman das Denken, Fühlen und Verhalten eines körperlich Behinderten dar. »Der Held ist verwirrt und wütend, weil er weiß, daß er impotent ist« (»Le protagoniste est troublé et enragé parce qu'il se sent impuissant«), beginnt Stendhals eigene Inhaltsangabe des Romans (Notiz vom 6. Juni 1828 in dem erwähnten Handexemplar). Die Frage, ob die Impotenz seines Helden als Folge eines gestörten Verhältnisses zu Eltern und Umwelt anzusehen sei, stellt Stendhal nicht; dagegen scheint er sich darüber im klaren gewesen zu sein (er drückt es nur anders aus), daß die Verwendung der Impotenz als eines ernsten Romanthemas an sich eine entscheidende künstlerische Neuerung ist, die freilich nicht ihm, sondern der Herzogin de Duras zuzuschreiben ist, denn die Tradition, von der Antike bis an den Anfang des 19. Jahrhunderts, kennt in den fiktionalen Gattungen (Roman, Theater, Erzählung) nur die komische Gestaltung dieses Themas, nicht die ernsthafte, wie sie allerdings bereits in der nichtfiktionalen

Literatur (Biographie, Brief, Traktat) möglich war. Wenn für Stendhal das künstlerische Problem nach Ausweis seiner eigenen Worte auch nur darin bestanden hat, seinen Protagonisten mit niemandem über sein Geheimnis sprechen zu lassen und selbst dem Leser dieses Geheimnis nicht zu lüften, erkennen wir heute, daß keineswegs die erzähltechnische Auseinandersetzung mit diesem Problem die eigentliche künstlerische Leistung Stendhals darstellt, sondern gerade die Art und Weise der Verwendung eines bestimmten literarischen Motivs, für das er selbst keine Originalität beanspruchen konnte und wollte.

Nicht erst seine beiden großen Romane, sondern bereits sein erster Roman zeigt aufs schönste, wie wirkungsvoll Stendhal mit bestimmten Motiven umgeht, sie einführt, wieder aufnimmt, mit ihrer Hilfe Korrespondenzen zwischen einzelnen Szenen herstellt, bald ein einzelnes, bald mehrere durch eine Kapitelfolge oder durch den ganzen Romantext hindurchführt. Das auffälligste Beispiel hierfür ist natürlich das »Geheimnis« des Protagonisten, für das im Verlauf des Romans immer neue Varianten, teils überraschende, teils amüsante, geboten werden. Andere Beispiele sind die Diamanten der Mutter und der Geliebten, die objektiv nichts miteinander zu tun haben und doch in ihrer Bedeutung für den Protagonisten aufeinander bezogen sind (Kap. 1, 18 und 24), oder der leitmotivisch eingesetzte Orangenbaumkübel (»caisse d'oranger«), der viele Szenen bedeutungsvoll miteinander verbindet (Kap. 18, 24, 29, 30, 31: Orangenblüten gehören im damaligen Frankreich zum Schmuck der Braut), oder das vielfach variierte Fluchtmotiv, das für den Protagonisten so charakteristisch ist (Flucht ins Kloster, in einen bürgerlichen Beruf, in ein anderes Land, in den Tod). Das letztgenannte Motivbeispiel führt uns zur Frage nach der künstlerischen Gestaltung des Themas der Impotenz zurück.

Das Thema der Impotenz als Romanautor ernst nehmen, hieß für Claire de Duras und Henri de Latouche auch, dem Leser Stimmung und Verhalten des Protagonisten aus seiner physiologischen Insuffizienz erklärbar machen. Die literarische Originalität Stendhals liegt nun darin, daß durch die Tiefe seiner psychologischen Analyse wie auch durch die symbolische Ausnutzung des Motivs der Impotenz die literarische Tat seiner beiden Vorläufer als auf das Maß einer einfachen Anregung für ihn beschnitten erscheint.

Bereits im ersten Kapitel weist der Erzähler darauf hin, wenn auch nur indirekt durch das Zitat der ärztlichen Diagnose, daß Octaves Charakter und Verhalten als für die Jugend seiner Generation und seiner Gesellschaftsschicht typisch verstanden werden können. An anderen Stellen des Romans erscheinen Metaphern wie »la maladie de son siècle« (»die Krankheit seiner Zeit«, Kap. 9) oder »les produits gangrenés de la nouvelle génération« (»die vergifteten Produkte der jungen Generation«, Kap. 29). Bei aller ironischen Distanzierung zeigen sie, daß Stendhal sozialpsychologische »Krankheitssymptome« nicht nur bei seinem Helden sieht. Der vom Autor gestaltete Zusammenhang von individuellem und typischem Verhalten des Protagonisten erhält eine zusätzliche Dimension, wenn wir seine Verwendung des Motivs der Impotenz als literarischen Ausdruck für die tiefe psychische und soziale Störung interpretieren, die das Verhältnis des jungen Aristokraten zu seinem Vater, genauer: zur Generation seines Vaters, bestimmt.

Octave steht als letzter Sproß einer aristokratischen Familie (Faubourg Saint-Germain) in einer Epoche, in der die reaktionäre Politik Karls X. (1824–30) noch einmal den Versuch macht, den Adel in seine vorrevolutionären wirtschaftlichen und politischen Rechte einzusetzen. Sein Protest gegen die »Väter« äußert sich am Anfang des Romans in der Ablehnung des Entschädigungsgesetzes, die er vor seiner Mutter damit begründet, daß er als Erbe eines großen Vermögens zu standesgemäßer Ehe verpflichtet sei; sein Protest äußert sich in der Mitte des Romans in den verschiedenen (freilich nicht verwirklichten) Wunschvorstellungen, aus dem Stand, in den er geboren wurde, auszubrechen und unerkannt ein einfaches Leben zu führen; er äußert sich am Schluß des Romans in der Flucht aus der Ehe in den Selbstmord. Octaves Haß auf die

»Väter« kommt einmal in charakteristischer Verschiebung zum emotionalen Durchbruch, als er den Diener des Hauses, ohne daß für ihn selbst oder einen anderen ein Motiv erkennbar wäre, aus dem Fenster stößt (Kap. 3). Denselben Mordangriff droht er später, diesmal bewußt, seinem Onkel an, derjenigen Vaterfigur im Roman, die im Unterschied zu dem ambivalent gezeichneten leiblichen Vater mit durchaus negativen Aspekten der Vaterimago besetzt ist (Kap. 27). Octaves nicht gelungene positive Identifikation mit dem Vater ist generell an seiner psychischen Unsicherheit erkennbar, speziell an seinem Unvermögen, sexuelle Identität zu gewinnen. Der Sohn akzeptiert bewußt nicht die soziale, unbewußt nicht die sexuelle Rolle der Männlichkeit. Der sozialen Labilität entspricht das wirklichkeitsscheue Drängen in die Nähe der Mutter, die ihn emotional und erotisch an sich bindet. In dem Bereich der Mutter und der mütterlich-schwesterlichen Cousine genießt er latent-inzestuöses Glück: Die Verpflichtung zur Rolle des Männlich-Erwachsenen entfällt. Octave ist impotent: Er ist es in metaphorischer Bedeutung (wie der unglückliche Namensvetter in Alfred de Mussets *La Confession d'un enfant du siècle*, 1836); er ist es dank Stendhals künstlerisch konsequenter Gestaltung im eigentlichen Wortsinn. Seine Impotenz ist Ausdruck einer psychischen und sozialen Orientierungslosigkeit, die ihn zu Selbstmordphantasien (Kap. 2 und öfter) und schließlich in den Tod treibt. Octaves Impotenz ist vorweggenommener Untergang der Familie: Der Vater stirbt, Mutter und Cousine nehmen den Schleier (Schlußsatz des Romans).

Stendhals Auslotung der Psyche seines impotenten Helden und die symbolische Verwendung des Motivs im Sinne einer Veranschaulichung der »maladie de son siècle«, die für ihn die Krankheit einer bestimmten Gesellschaftsschicht ist, haben mehrere spätere Romanautoren zu vergleichbaren Werken angeregt, von denen wir hier nur Knut Hamsuns *Die Weiber am Brunnen* (1920) und Ernest Hemingways *The Sun also Rises* (1926; dt. *Fiesta*) nennen wollen. Daß Hemingway Stendhals *Armance* gelesen hat, darf vermutet werden; in Paris hatte er seit Anfang 1925 die beste Gelegenheit dazu.

Thomas Mann, der das Motiv der Impotenz bekanntlich mehrfach verwendet hat, hat die neue *Armance*-Ausgabe (Paris 1925) gekannt; Raymond Lebègues Einleitung und André Gides Vorwort haben ihm überdies zu einer Beobachtung verholfen, die seine Miszelle über Hamsuns Roman besonders wertvoll macht (1925). Er schreibt, auf die unmittelbare Vorgeschichte von Stendhals Protagonist anspielend, über Hamsuns Hauptfigur: »Nun, ist es ein Zufall, daß Hamsun seinen so schlimm beschädigten Helden ›Oliver‹ nennt? Ist es nicht vielmehr ein sehr guter und großartiger Spaß, den er sich damit gemacht hat? Er stellt mit dieser Namengebung sein Werk, seine neue, tiefgelächtervolle Behandlung des klassischen Gegenstandes in einen großen historischen Zusammenhang, er nobilitiert seinen Helden, gibt ihm eine weltliterarische Ahnenschaft.« (*Altes und Neues*, 1953.)

Auch der heutige Leser, der die literarische Behandlung des »klassischen Gegenstands« über Hamsun und Mann hinaus bis in die jüngste Zeit verfolgen könnte, wird zu beachten haben, daß in der mehr als zweitausend Jahre langen Werkreihe Stendhals erstem Roman ein besonders ehrenvoller Platz gebührt.

Ulrich Mölk

Inhalt

Französische Erzähler

IN RECLAMS UNIVERSAL-BIBLIOTHEK

Balzac, *Das Chagrinleder.* 2440 – *Eugénie Grandet.* 2108 – *Oberst Chabert.* 2107 – *Vater Goriot.* 2268
Chateaubriand, *René. Atala.* 976
Constant, *Adolphe.* 8452
Daudet, *Briefe aus meiner Mühle.* 3227 – *Die wunderbaren Abenteuer des Herrn Tartarin aus Tarascon.* 1707
Diderot, *Jacques der Fatalist.* 9335 – *Rameaus Neffe.* 1229
Fénelon, *Die Abenteuer des Telemach.* 1327
Flaubert, *Madame Bovary.* 5666 – *Salammbô.* 1650
Gide, *Die Pastoral-Symphonie.* 8051
Goncourt, *Renée Mauperin.* 8625
La Fayette, *Die Prinzessin von Clèves.* 7986
Maupassant, *Bel-Ami.* 9686 – *Fettklößchen.* 6768 – *Novellen.* 4297 (auch geb.) – *Der Schmuck. Der Teufel. Der Horla.* 6795
Mérimée, *Carmen.* 1602 – *Colomba.* 1244 – *Mateo Falcone / Das Blaue Zimmer.* Zweisprachig. 9795
Montesquieu, *Persische Briefe.* 2051
Murger, *Boheme.* Szenen aus dem Pariser Künstlerleben. 1534
Nerval, *Aurelia. Sylvia.* 7958
Perrault, *Sämtliche Märchen.* 8355
Phantastische Geschichten aus Frankreich. 9869
Prévost, *Manon Lescaut.* 937
Proust, *Combray.* 8620
Robbe-Grillet, *Die Jalousie oder die Eifersucht.* 8992
Rodenbach, *Das tote Brügge.* 5194
Rousseau, *Emile.* 910
Saint-Exupéry, *Durst.* 7847
Scarron, *Die Komödianten.* Ein komischer Roman. 7999
Stendhal, *Die Äbtissin von Castro. Vanina Vanini.* 5088 – *Armance.* 5090
Voltaire, *Candid.* 6549 – *L'Ingénu / Der Freimütige.* Zweisprachig. 7909
Zola, *Germinal.* 4928 – *Therèse Raquin.* 9782

Philipp Reclam jun. Stuttgart